小説
ザ・ゼネコン

小説　ザ・ゼネコン

高杉　良

角川文庫　13763

目次

この作品はフィクションです。実在の人物や企業、実際にあった事件等とは関係ないことをお断りしておきます。

第一章　出向前夜

1

「人事部長がお呼びです。いますぐにいらしていただけますか」

「はい。参ります」

企画本部調査役の山本泰世《たいせい》は、人事部長付の女性秘書の電話に答えて、椅子から背広を外し、袖《そで》に腕を通しながらデスクを離れた。時計を見ると午後四時四十分だった。

取締役人事部長の高野弘から直接呼び出しがかかるなど通常はあり得ない。人事異動に関することなら、企画本部の直接の上司である副部長の大野卓朗から打診なり、予告があって然《しか》るべきだ。

なんだろうか。山本は胸騒ぎを覚えながら同じ七階フロア南側の人事部長室に向かった。

山本は昭和四十七（一九七二）年三月に慶応義塾大学経済学部を卒業し、同年四月に都銀中位行の大洋《たいよう》銀行に入行した。

きょう昭和六十二（一九八七）年五月十二日現在で三十八歳、入行して十五年余経ったことになる。

身長一メートル七十六センチのスリムな体形。色白で眉《まゆ》が濃く、二重瞼《ふたえまぶた》の目は涼やかで、鼻も隆《たか》い。美丈夫で通る。

山本は開けっ放しのドアをノックして、高野に向かって一礼した。

「企画本部の山本です」

「どうぞ。ドアを閉めてください」

高野はのっぺりした顔に微笑を浮かべ、手でソファをすすめた。

「失礼します」

「さっそくですが、用件を言います」

高野は笑顔を消さずに切り出した。

山本の表情が緊張感を募らせて、引き締まった。

「六月一日付で、東和建設に出向してもらいます。急な話でびっくりしたと思いますが、新井専務がぜひ山本さんにお願いしたいと言われましてねぇ。新井専務は退任され、東和建設に迎えられますが、六月末の総会で取締役に選任され、代表権をもった副社長に就任することになってます。新井専務が山本さんを指名したのは、あなたのガッツと能力を評価されたからなんでしょう」

「どうも」

山本は小さく頭を下げた。

「新井専務の渋谷《しぶや》支店長時代に一緒だったんでしょう」

「はい。渋谷支店は入行店です」

都銀に就職した者は、一か月間の研修後必ず支店に配属されるが、渋谷支店は屈指の大型店だし、東京を離れずに済んで、山本はひそかに喜んだことを覚えている。

「三年か四年、ゼネコンで勉強するのも悪くないと思いますよ。頑張ってください」

東和建設は準大手といわれるゼネコン、総合建設業者だ。業績は好調で、増収増益を続けている。

大洋銀行は、東和建設のメーンバンクで、大口株主でもある。

過去、大洋銀行は平取《ひらとり》ないし部長クラスを東和建設に利益代表として派遣してきたが、新井のような大物は初めてだ。

次期頭取候補の呼び声高かった新井哲夫が副社長で東和建設に入社するのは、東和建設と大洋銀行にとってどういう意味があるのだろうか。

新井はさぞや不満だろうし、ショックを受けているに相違ない。それにしても、何故、俺を連れて行こうとしているのだろうか――。

山本は、人事部長室から自席に戻りながら、渋谷支店の支店長室で、新井に黄色い嘴《くちばし》で嚙《か》みついた若かりし日の往事を思い出していた。

2

昭和四十七（一九七二）年六月中旬の土曜日の午後、山本が自席で日誌を書いているとき、事務部門の先輩行員がやって来て、出しぬけに言い放った。

「そこをどいてくれないか」

「どうしてですか。わたしは仕事中ですが」

「いいから、どきなさい。店内をレイアウト変更することになったんだ。きみの席は、向こうになる」

山本のデスクは、店内の中央部にあった。奥のほうを指差されたが、山本は動こうとしなかった。

「レイアウト変更の結果、お客さまにとって不便になるんじゃないですか。わたしは反対です」

「おい、ふざけるなよ。役席会議で決めたことにきみがひとり反対してどうなることでもないだろう。文句があるんなら支店長に言いたまえ」

「分かりました。支店長に、わたしの意見を伝えさせてもらいます。レイアウト変更が行われないことになるかもしれませんから、わたしのデスクを動かさないでください」

役席会議とは、支店長、副支店長、課長の連絡会のことだ。

山本は、先輩行員を睨《にら》み返して、つと席を立った。

山本が気色ばんだ顔で、支店長室に出向くと、新井は足をデスクに投げ出すように乗せた行儀の悪い姿勢で、新聞を読んでいた。

「レイアウト変更を撤回していただけませんか」

「どうして」

「銀行にとって都合がいいのかもしれませんが、お客さまは混乱すると思うんです。お客さまあっての銀行ではありませんか。お客さま無視のレイアウト変更に、わたしは断固反対します」

新井は、昭和三十二（一九五七）年に入行した。東大法科出身で、大洋銀行の次代を担うエースのひとりだった。

大先輩に、一年生行員がここまで言うとは、銀行に限らず、サラリーマンの世界では考えにくい。

新井の面長な顔に朱が差した。新井はデスクから足をおろし、おもむろに新聞を畳んだ。

新井は天井を仰いでいた思案顔を山本に向けた。

「山本さん、断固反対なんですか」

「はい。お客さまから非難されると思うからです」

「困りましたねぇ。きのうの役席会議で決めたことですから、朝令暮改はよろしくない。山本さんの言うことも分からぬじゃないが、ここは支店長のわたしの顔を立ててくれませんか」

「………」

「レイアウト変更で、もうみんなが動き始めているんですから。わたしが頭を下げますので、よろしくお願いします」

新井は椅子から腰をあげて、ほんとうに低頭した。

「きょうわたしが支店長に申し上げたことを支店業務の中で参考にしていただきたいと存じます。支店長に対して、失礼があったことはお詫《わ》びします」

「いや、とんでもない。きみの意見は肝に銘じておきます。山本さんのような行員が存在していることを、わたしは頼もしく思ってますよ」

新井は、真顔で言って、腰をおろした。

支店長室でふんぞりかえっていた新井が、二十五日、月末などの混雑日に、ロビーに出てハンドマイクで来客の誘導をやり始めるのは、山本の無謀ともいえる進言のあった直後のことだ。

支店長の率先垂範が功を奏し、渋谷支店の士気は向上し、業績にも好影響を及ぼすことになる。

3

山本が人事部長室から自席に戻った直後、ふたたび机上の電話が鳴った。

「はい。企画本部ですが」

「新井です。人事部長から聞いてくれましたか」

「はい。たったいま、お聞きしました。びっくりしてます」

「東和建設に出向することは不本意なんですか」

「いいえ。そういうことではありません。専務が行かれることにショックを覚えました」

「どうしてですか」

「勿体《もったい》ないと申しますか、役不足と申しますか……。当行にとって損失が大きいと思います」

山本は声をひそめた。耳をそばだてている者はいなかったが、ことがらの性質上、小声になるのは仕方がない。

「電話でもなんですから、お手すきなら、わたしの部屋に来てくれませんか」

「承知しました。すぐ伺います」

山本は、行先を部付の女性に告げるべきか逡巡《しゅんじゅん》したが、黙って席を立った。

大洋銀行では専務以上の役員は代表権を持たされており、会長、頭取、二副頭取、三専務の七名が代表取締役だった。

新井は、企画本部長を委嘱されていた。専務以上の役員フロアは最上階の二十二階だ。

ソファで向かい合うなり、新井が笑顔で言った。

「役不足なんてことはありませんよ。実は、わたしのほうから手を挙げて、会長と頭取のOKを取ったんです」

山本は、信じられない思いで、小首をかしげた。

「東和建設の和田社長は大学の先輩なんです。直々にわたしに話があって、まあ、口説かれたというか、頼むと頭を下げられて、意気に感じて転出するのだから、わたしはハッピーなんですよ」

「専務は、次期頭取になる方だと思ってましたので、やはりショックです」

「頭取候補はたくさんいますよ。人材にはこと欠きません。わたしに話があったのは、産銀とのバランスを考えてのことなんです。きみだから率直に話すが、東和建設は産銀から社長を迎えることになっているんです」

「産銀はメーンでもサブでもありませんが」

「和田社長は、来年六月に会長になるそうです」

「でしたら、新井専務を、社長で迎えるのが筋と思いますが」

「うーん」

新井はメタルフレームの奥で、目をすがめた。

「社長でどうか、という話もないではなかったが、断りました。産銀は大型案件を東和に持ち込み、それに伴って巨額の融資を実行する計画らしいが、和田さんがわたしに社長をどうかと言ったのは、ま、リップサービスみたいなものなんです。受けてもらえないのなら、産銀に頼むつもりだ、と初めから言ってるのですから、それと察しがつきますよ。ウチの会長も頭取も、副社長なら受けるべきではないと強硬でしたが、わたしはお二人を説得しました」

まだ調査役に過ぎない俺に、ここまで胸襟《きょうきん》を開いて、トップシークレットの話を打ち明けてくれるとは――。山本は、新井に信頼されていることに感動した。

「サブメーンの協立銀行はどう受けとめ、どう考えるのでしょうか」

「おっしゃるとおり、協立銀行は蚊帳《かや》の外におかれているので、いまのことがオープンになれば、融資を引き揚げる可能性もあります。感情論に立てば、当然でしょう。和田さんはそれもやむを得ない、もっと言えばそれを望んでいるふしもある。協立銀行としっくりいってないんですかねぇ」

協立銀行は都銀の上位行で、パワーは大洋銀行の比ではなかった。

「東和建設に対する当行の貸し出し残額は三百億円強です。たしか協立が二百五十億円程度でしょうか。産銀が巨額の融資をすることになれば、当行はメーンから脱落しますが、それを甘受するということなのでしょうか」

「大型案件というか巨大プロジェクトというか、産銀が東和になにを持ち込んだのかまだ把握できていないので、なんとも言えないが、頭取はメーンを産銀に譲る気はないようです。会長はどっちつかずですが」

産銀とは、日本産業銀行のことだ。長期信用銀行のトップで、産業金融の雄と言われて久しい。

「メーンを譲らない、あるいは譲れないということになりますと、その融資額の相当額を当行が引き受けざるを得ないことになりますが、専務を含めまして上層部にその覚悟がおありなのでしょうか」

「なにぶんにも、大型案件の中身が分かってないので、答えようがないが、頭取の肚《はら》は、受けて立つというところだと思いますよ。リスクの度合いの問題もあるが、産銀ほどの銀行がいい加減な案件を持ち込むとは考えられないからねぇ」

「六月一日付と聞いてますが、わたしの立場はどういうことになるのでしょうか」

「社長室の課長ということで、トップのブレーンになってもらうのがいいと思います。仮に会長になったとしても、オーナーの立場は変わらないし、名うてのワンマンですからねぇ」

新井は眼鏡を外して、瞼《まぶた》をこすりながら、話をつづけた。

「和田さんから若くて活《い》きのいいのを出向させてほしいと頼まれたとき、わたしは山本さんの顔をすぐに目に浮かべましたよ。渋谷支店で、一年生のきみにやり込められた話をしたら、和田さん膝《ひざ》を打って、喜んでましたよ」

「若気の至りです。お恥ずかしい限りです。専務が支店長でしたので、なんとか聞き流していただけましたが、専務以外のほかの方でしたら、間違いなく潰《つぶ》されてたと思います。ラッキーでした」

「とんでもない。きみに教えられて、わたしは目から鱗《うろこ》が落ちた思いになりましたからねぇ」

山本は黙って低頭した。あのとき生意気なヤツだと、新井に睨まれたら、今日の俺はなかった——。

山本が面を上げて、新井をまっすぐとらえた。

「和田社長のブレーンがわたしに務まるとは思えません。せめて新井副社長の手足になるために、微力を尽くさせていただきます」

「ありがとう。ただねぇ、和田さんはきみに相当期待してると思いますよ。東和建設にも優秀な若い人材はいるでしょうが、オーナーにものを言うのは、勇気を要するからねぇ」

「産銀から、わたしの対面《トイメン》になる人は出向するんでしょうか」

「社長一人ということはないと思いますが、もっと上級の常務とか取締役で出すのか、山本さんクラスの若手になるのか、分かりません」

「なんとおっしゃる方が東和建設の社長になるのですか」

「多分、常務の宮本敏夫さんじゃないかと思います。大学で一年後輩ですが、気心が知れてるので、かれとならコンビを組めると思ってます」

大洋銀行で、審査、人事、企画などを担当してきた新井が、キッタハッタのゼネコンの水に馴染《なじ》むだろうか。このことは俺自身にも言えることだが、未知の世界でどこまで通用するのか、考えだしたら際限がないほど不安が膨む。

六月一日まで、余すところあと二十日ほどしかない。

産銀の大型案件がいかなるものかも気になる。

山本は久しぶりに緊張感と不安感がないまぜになった思いで、その夜はなかなか寝つかれなかった。

4

山本がベッドを軋《きし》ませて、何度目かの寝返りを打ったとき、隣のベッドもわずかに軋んだ。

山本は、杉並区高井戸《たかいど》の分譲マンションに住んでいた。二LDKで、二十二坪。築五年の三階建ての低層マンションだ。二〇七号室の寝室にシングルベッドが二つ並んでいる。

妻の美由紀は三十五歳。八年前に社内結婚したが、子供はいない。結婚当初の三年ほどはバースコントロールしていたが、その意識がなくなってからも、妊娠する気配はなかった。

美由紀は多少気にしているようだが、山本はどうでもいいと思っていた。自然体で、子宝に恵まれなかったら、それまでのことだ。だいたい、子供を欲しいと思ったことはなかった。

「どうしたの。大きな溜息《ためいき》をついたり、寝返りを打ったりして。わたしまで、寝そびれちゃった」

「悪かったなぁ。情緒不安定になってるようだ」

「銀行でなにかあったの」

「うん。寝酒でもやろうか」

「つきあうわ」

二人はパジャマ姿で、リビングに移動した。

湯で割ったむぎ焼酎《しょうちゅう》を飲みながら、山本が言った。

「六月一日付で、ゼネコンに出向することになったよ」

「へえー。なんで黙ってたのよ」

「帰りが遅かったから、あしたの朝、話そうと思ったんだ。もう、きょうだけど」

壁時計は午前一時を回っていた。

「なんていうゼネコンなの」

「東和建設」

「名前ぐらいは聞いたことあるな」

「準大手とか、中堅とかいわれてるよ。出向期間は三年から四年だろう。赤坂《あかさか》にある本社勤務らしいから、大手町《おおてまち》よりちょっと近くなるし、銀行ほど人使いも荒くないんじゃないかな」

「それなのにどうして情緒不安定になるの」

美由紀は、大きな目を見開いて、山本を凝視した。目鼻立ちのはっきりした美人で、容色はいささかも衰えていない。もっとも、惚《ほ》れた弱みもあるかもしれないが。

「僕にとって大親分の新井専務と一緒なんだ。新井専務は出向じゃないけど」

「新井さんは次の頭取間違いないって、あなた言ってなかった」

美由紀がオクターブを上げて、いっそう目を丸くした。新井は、二人の媒酌人になってくれたので、美由紀も親近感をもっていて当然だ。

「だから、そっちのほうがショックで、情緒不安定になってるんだよ。新井専務以外に上層部に次期頭取候補はいない。新井さんがいなくなったあとの銀行が心配なんだ」

「あなたが気を揉《も》んだところで、どうなるものでもないでしょう。誰が頭取になっても、同じだとわたしは思うけど」

「そんなことはないよ。リーダー次第で、組織は変わるからなぁ。新井さんに期待してる大銀《たいぎん》マンは多いからねぇ。皆《み》んな僕以上にショックを受けるんじゃないかな」

山本の焼酎が二杯目になった。

「東和建設に出向するとお給料が減るの」

美由紀が現実的なことを口にした。

「給与の水準はだいぶ違うから、減るんだろうな。ただ差額は銀行が補てんしてくれると思うけど」

「それなら問題ないじゃない」

「きみが心配なのは給料のことだけか」

「そりゃあそうよ。だって、マンションのローンやらなにやら考えたら、大問題じゃない」

美由紀はあくびまじりに言って、口に手を当てた。

「やっと眠けがきたみたい。あなたはどう」

「眠くなってきたよ。寝ようか」

山本も大きな伸びをした。

5

二日後の昼食時間に、山本は行員食堂で融資三部調査役の河原良平とビーフカレーを食べながら、東和建設の話を聞いた。むろん河原は東和建設を担当していた。

河原は同期で出身校は早稲田大学政経学部だが、気心の知れた仲だった。

山本は、新井専務の転出には触れず、自分のことだけを話した。

「東和建設に出向ねぇ。悪くないと思うけど。竹山が総理になれば、東和建設はなにかと旨味《うまみ》を享受できるんじゃないのか。まず株が上がることは間違いないよ」

「竹山銘柄とかいわれてるが、竹山正登とそんなに近い関係なのかね」

竹山正登は、自民党最大派閥の領袖《りょうしゅう》である。曽根田内閣で大蔵大臣として入閣していたが、次期総理を目指して、いまは閣外に去っていた。

曽根田内閣で外務大臣だった安藤伸太郎も、第三次曽根田内閣では入閣しなかった。竹山の後任で大蔵大臣になった宮川一喜を含めた三人の実力者が、ポスト曽根田をめぐって、しのぎを削っていた。

「オーナー社長の和田征一郎が、大蔵官僚だったことは、山本も知ってるんだろう」

「もちろん。しかし、和田征一郎は、昭和四十一年には退官して、東和建設に入社している。昭和二十八年に東大法科を出て、大蔵省に入省したが、十三年間の大蔵官僚時代に竹山との接点はないだろう。竹山が頭角を現すのは、昭和三十九年に佐原内閣が発足したとき内閣官房副長官に起用されてからだと思うが」

「けっこう知ってるじゃないか。ただ、山本は大きな点を一つ見落としてるよ」

山本は、カレーライスをスプーンでこねくりながら、河原を見た。

河原は口の中のカレーライスをゆっくり水と一緒に飲み込んでから、スプーンを置いて、ティッシュで口のまわりをぬぐった。

「竹山が内閣官房副長官のときの官房長官は本橋富美次郎で、和田征一郎は本橋官房長官の秘書官だった。つまり大蔵省から出向していたわけだが、官房副長官の竹山とはあり過ぎるほどの接点があったはずだ」

「なるほど。和田征一郎は、大蔵官僚時代から竹山正登と近い関係にあったわけか」

「大蔵官僚を辞めて東和建設で社長になったほうが断然得だよ、ぐらいのことは竹山のことだから入れ知恵したかもしれない。東和建設の株が竹山銘柄といわれ、選挙や自民党の総裁選で妙な動きをしているのも、両者が持ちつ持たれつの関係にあることを示して余りあるんじゃないのか」

山本はビーフカレーを三分の一ほど残して、コーヒーを飲んだ。

河原はビーフカレーをきれいにたいらげたが、コーヒーはパスした。

河原がテーブルに上体を乗り出して、小声で話をつづけた。

「竹山総理実現の可能性は小さくない。五割以上の確率はあると思うが、そうなれば東和建設にとって、躍進のチャンスかもしれないぞ。おまえ、いいときに東和建設に出向できるじゃないか。ツイてるよ」

「さあ、どうなのかねぇ。社長室で和田征一郎オーナーのカバン持ちみたいなことをやらされるらしいが、ゼネコンと政治のドロドロを見せられるなんて、ノーサンキュウだよ」

「バンカーの山本に、ゼネコンの汚れ役は務まらんよ。それは役割分担ができてるからまったく心配ないと思うよ。政治と闇の世界を一手に引き受けてるのがいるんだ。常務で、福田淳《じゅん》とかいったかなぁ。相当なワルだっていう話だが。とにかく山本は、裏のほうは関係ないよ。表のきれいごとだけ見てればいいんだから安心しろよ」

コーヒーをひとすすりして、山本が訊《き》いた。

「東和建設は海外事業を積極的に展開してるらしいねぇ」

「数多《あまた》のゼネコンの中でも、際立ってるな。これも、和田征一郎が元大蔵官僚だったことと無関係じゃないんだ」

山本はぴんとこなくて、訝《いぶか》しげに小首をかしげた。

「和田征一郎は昭和三十二年から三年間、ジェトロ（日本貿易振興会）に出向して、ブラジルのサンパウロに三年間滞在していた。だからこそ先《ま》ずブラジルに進出して、ホテル建設を受注したわけだ」

サンパウロのカイザー・パークホテルの建設工事受注が東和建設の海外事業の第一号で、昭和四十八（一九七三）年五月に、副社長から社長に昇格した和田征一郎は、創業者で会長の和田太郎を説得して、このプロジェクトを推進した。

カイザー・パークホテルの完成後、施主のブラジル企業が倒産し、工事代金が支払えなくなったため、東和建設が買収し、経営にも当たることになったという。

6

行員食堂が混んできたので、山本と河原は融資本部の応接室に移動した。

「俺はいくらでも時間はあるが、河原はいいのか」

「あと三十分ぐらい大丈夫だ。山本のためにもう少し東和建設の予備知識を与えておくよ」

山本が時計を見ると午後零時四十分だった。

「和田征一郎夫人のことは承知してるのか」

「いや」

「大洋銀行も一枚嚙《か》んでいるというか、現夫人の恵美子さんは、大洋銀行サンパウロ事務所の元OLだよ。日系二世で、サンパウロ大学出身の才媛《さいえん》だ。年齢は二十歳ほど征一郎さんより下だが、英語もポルトガル語も日本語も堪能《たんのう》だ。征一郎さんも英語は達者だけど、ポルトガル語は挨拶《あいさつ》ができる程度だろう」

「二十歳も年齢が違うっていうことは、征一郎氏にとって二度目の夫人っていうわけだな」

「おっしゃるとおりだ。前夫人とは離婚して再婚したわけだが、入籍したのは先代が亡くなったあとだと思う」

和田太郎は、六年前の昭和五十六（一九八一）年十二月にくも膜下出血で永眠した。享年七十八。

「征一郎さんと恵美子さんの出会いは、昭和四十八年から五十一年の間だろう。カイザー・パークホテルのことで、ひんぱんにブラジルを訪問してたらしいし、恵美子さんが征一郎さんの秘書役になって、寄り添ってたんじゃないかねぇ。そしてロマンスに発展したわけだ」

「カイザー・パークホテルの経営はうまくいってるのかなぁ」

「恵美子夫人はサンパウロに滞在してることが多いらしいが、彼女が事実上のゼネラル・マネージャーで経営を取り仕切ってると聞いたことがあるよ。彼女に経営をまかせたことが結果オーライで、きわめてうまくいってるんじゃないかな。なんせ頭のいい女性だからねぇ」

「ふうーん」

「征一郎さんが海外事業に積極展開したいちばん大きな理由は、国内ではどう頑張ったって、加島や志水などの大手に勝てない。経審（経営事項審査）なんていう公共工事の受注基準みたいなものもあるし、いろいろ制約があって、壁が厚いから、海外で頑張るしかないっていうことになったんだろうな。いまゼネコンで海外事業に最も注力してるのは東和建設だが、他社が羨《うらや》むほどうまくいってるよ。昭和五十七年だったか、香港地下鉄路公司から、トンネル、埋立て、護岸工事などを九百億円近い巨費で受注したが、これもうまくいった」

「和田征一郎氏は超ワンマンと聞いてるが、大物政治家との癒着ぶりは気になるなぁ」

「竹山正登との関係は、大蔵省時代から続いてるんだから、しょうがないんじゃないのか。腐れ縁ともいえるが、持ちつ持たれつで、もしかすると東和建設のほうに、よりメリットがあるともいえるんじゃないのか」

「竹山総理が実現すると、マスコミの監視も厳しいことになるから、うっとうしいというか、わずらわしいというか……」

山本は渋面をかしげながら、腕組みした。

「マスコミに尻尾《しっぽ》をつかまれるようなことはないから心配するなって」

時計に目を落としてから、河原はにやっと頬をゆるめた。

「八五年のプラザ合意のときの蔵相は竹山だが、ドル安、円高が進むぐらいのことは、和田征一郎に耳打ちしたかもねぇ。為替《かわせ》が円高に振れれば海外事業にとっては追い風になるものなぁ」

「………」

「株やら裏ガネ作りやらで、さぞや持ち出しも多いと思うが、竹山正登をバックにしていることのメリットはやっぱり大きいんじゃないかなぁ」

「仮にそうだとしても、竹山正登は個人的には好きになれないな。三人の候補者の中では安藤伸太郎が好ましいと思うけど」

「和田征一郎が聞いたら怒るぞ。盟友の竹山に総理になってもらいたいと願ってると思うし、東和建設にとっても、なにかと好都合だと考えてるだろう」

「どっちにしても、ペイペイの俺なんかが気にしても始まらないか」

「和田征一郎の、大洋銀行に対する影響力は小さくないから、かれを後ろ盾にできる山本が羨ましいよ。もっとも、おまえは四十七年組のエース格だから、後ろ盾なんか関係ないか」

河原は冗談ともつかずに言って、肩をすくめた。

山本は河原を強い目で見返した。

「冗談よせよ。四十七年組のずっこけの間違いだろう。そうじゃなかったら、ゼネコンなんかに出されない」

「違うな。ゼネコンでも、東和建設は紳士的というか、まっとうなほうだ。可愛い子には旅をさせろともいうじゃないか」

山本は時計を見た。午後一時二十分だ。

「もう一つ訊いていいか」

「どうぞ」

「産銀が大型プロジェクトを東和建設に持ち込んでるっていう噂があるけど、河原、なにか聞いてないか」

「いや、知らんなぁ」

「そう」

「なにか分かったら教えてもらいたいくらいだよ」

「このことはオフレコにしてくれな。分かったら、こっそり河原に連絡するよ」

「産銀が東和建設にさかんに秋波を送ってることは事実らしいが、具体的にそんなプロジェクトがあるのかねぇ」

河原はとっちゃん坊や面《づら》をゆがめて考え込んだ。

「そんなナーバスになるなって。どっちにしても、間もなくオープンになると思うよ」

「しかし、気になるなぁ」

山本はソファから腰をあげた。

「河原のお陰でいろいろなことが分かって、助かったよ。忙しいのに、お手間を取らせて、悪かった」

「山本の歓送会をやろうや。同期で気の合うのを五、六人集めるよ」

「ありがとう」

「日程の調整をいまやろうか」

「手帳を持ってないから、あとにしよう」

二人ともワイシャツ姿だった。

「夕方、電話するよ」

「来週は、夜はほとんどあいてると思うよ。じゃあな」

山本は、軽く右手を挙げて、先に応接室を出た。

7

五月二十二日夜七時過ぎに、新橋烏森《しんばしからすもり》の割烹《かっぽう》〝葵《あおい》〟に集まった面々は、河原、安井、三田、川崎、そして山本の五人だった。

いずれも昭和四十七年入行組で、本店に勤務していた。

六月一日付で東和建設に出向する山本の歓送会をやろう、と河原が呼びかけたのは九人だが、日程が詰まっていたため、ほとんどの者は山本に電話で断ってきた。日程をキャンセルしてまで出席するいわれはない。審査一部の安井孝一、関連事業部の三田正行、海外業務部の川崎修の三人が呼びかけに応じた。

五人とも調査役だ。課長や班長の下にいて、管理職ではない。製造業なら係長か主任クラスだ。

二階の小部屋で、ビールで乾杯したあと、河原が山本に水を向けた。

「山本、ひとこと挨拶しろよ。おまえは主賓なんだからな」

同期でこの種の歓送迎会は何度となくやっているが、当該者の会費を他の出席者で同等に負担する慣行になっていた。つまり、今夜は四人の割り勘である。

「急なことなのに、四人も集まってくれるとは思わなかったよ。東和建設は大銀《たいぎん》の取締役、部長クラスで卒業した人が行くところだが、若造の調査役が出向するのは僕が初めてだ。どうせ分かることだからオフレコということで報告させてもらうが、新井専務が東和建設の副社長で出ることになっている……」

「ほんとか」

「まさか」

「信じられんなぁ」

安井、三田、川崎の三人が口々に言ったが、山本と河原が顔を見合わせたのは、三人の反応が予想どおりだったからだ。山本は新井の転出について、けさ電話で話しておいた。

「新井専務は、頭取になると思ってたが、それが事実なら番狂わせもいいところだなぁ」

「ガチガチの本命と書いていた新聞や経済誌もあったが、そうなると次期頭取は誰がなるんだ」

川崎と三田の話に、安井が割って入った。

「新井専務は、中原頭取と必ずしも呼吸が合ってなかったとする説もあるよ。中原頭取に追い出されたんだな。中原頭取はもう一期居坐《いすわ》るつもりだろう」

山本が右手を振りながら言った。

「きみたちの話してることはすべて的外れだよ。新井専務に、東和建設の和田社長から直接話が持ち込まれ、新井専務は受ける気になった。そして、会長と頭取を説得した。これが真相だよ。新井専務からじかに聞いた話だから間違っていないと思う」

五人とも口をつぐみ、不味《まず》そうにビールを飲む者、突き出しの鮪《まぐろ》の角煮をつっつく者、手酌でグラスを満たす者。

どの顔にも、釈然としないと書いてあった。もちろん、山本もその一人だ。

長い沈黙を破ったのは、川崎だ。川崎はメタルフレームの眼鏡を右手の中指で持ち上げてから、怒ったような顔で言った。

「新井専務は当然、東和建設の社長になるんだろうな。和田社長は会長になるわけだ」

山本が河原の酌を受けながら、首を左右に振った。

「六月末の総会で取締役に選任されたあと代表取締役副社長に就任する予定だ」

「社長含みでもないのか。一期で副社長から社長に昇格するとか……」

「さあ、その点は分からない」

山本は、川崎に答えて、ちらっと河原に目を流した。

河原が小さくうなずいたところを見ると、産銀の話はしないほうがいいということらしい。

安井がにやついた目で山本を見た。

「東和建設は、数多のゼネコンの中でも有卦《うけ》に入っている。新井さんという強力な後ろ盾もある山本は、いいところに出向できて羨《うらや》ましいよ。ただ、ドロドロしたゼネコンの水に合うだろうか。山本は正義派だからなぁ」

「安井、それは皮肉か」

「おまえが清濁併せ呑《の》めるかどうか心配してるんだよ」

山本は、これに近い話を河原としたことを思い出して、苦笑を洩《も》らした。

「心配しなさんな。山本は、案外わきまえてるから。三年後か四年後か知らないが、大銀なんかに戻りたくないなんて言い出さないとも限らんぞ」

「譬《たと》えはちょっとおかしいが、住めば都ともいうよなぁ。それと、東和建設オーナーの和田征一郎さんには魅力を感じてるよ」

「元大蔵官僚だが、東和建設を土木会社からゼネコンに発展させた力量は、たしかに評価できる。ただの鼠《ねずみ》とはわけが違う」

河原は、融資部門で東和建設を担当しているので、同社の内情に通じていたが、三田と川崎は、ほうーっという顔をして、驚きを隠さなかった。和田征一郎が元大蔵官僚であることを知らない行員のいることに、山本はびっくりした。仮にも大洋銀行は、東和建設のメーンバンクなのだ。

8

ビールから燗酒《かんざけ》になったところで、安井が河原の話を引き取った。

「東和建設の二代目は、出来物《できぶつ》だといわれてるけど、創業者の和田太郎のほうがパワーは遥《はる》かに上だろう。海軍経理学校の出身だが、戦後米軍からブルドーザーの払い下げを受けて、旧海軍軍人を集め、東和建設の前身、日本ブルドーザー工業を創設して、瓦礫《がれき》の山と化した国土の再建に取り組んだ。戦争中、モッコとシャベルで飛行場を作っていた日本軍に対して、米軍はブルドーザーで造成していた。彼我《ひが》の施工速度は二〇対一。日本軍が米軍に負けるのは当然と和田太郎は思ったに相違ない」

「出典は安井と同じだと思うが、ものの本にそんな話が書いてあったねぇ。たしか黒四《くろよん》ダムの建設にも日本ブルドーザー工業は関与したんじゃなかったか」

河原が応じると、安井は細い目をいっそう細めた。

「そうそう。初めは羽座間組の下請けで、トンネルから基地までの道路工事を請け負ったが、近畿電力のドン、芦沢会長に和田太郎はリーダーシップぶりが認められて、後半は下請けではなく近電と土木施工工事を直接契約することになったんだ。黒四ダムで、日本ブルドーザー工業は難工事に果敢に取り組み、その存在を天下に知らしめ、関東電力の安曇《あずみ》ダムや近電の喜撰山《きせんやま》ロックフィルダムなどを次々に手がけた。ダムの建設工程や在庫管理にコンピュータを導入したのも日本ブルドーザー工業が日本で一番早かったはずだ」

「総合建設業などを志向しないで、得意の機械土木に特化してたほうが、東和建設にとってハッピーだったんじゃないのか」

「その安井の意見に与《くみ》することはできないな。ゼネコンを目指したのは二代目ではなく創業者の和田太郎自身だろう」

河原と安井のやりとりを聞いていた山本が口を挟んだ。

「大手ゼネコンに吸収合併された村山建設の社長だった上村《うえむら》政雄なる大物を三顧の礼で副社長に迎えたのが、和田太郎であることは、聞いた覚えがあるよ。二百人からの人材を率いて、上村政雄は日本ブルドーザー工業に乗り込んできた。同じ時期に和田征一郎が大蔵省を辞めて日本ブルドーザー工業に入社した。和田親子、上村の三人の誰が欠けても、東和建設のきょうはなかったし、ゼネコンにもなれなかったろうな。社名変更は昭和四十四年だったか、四十五年だったか忘れたけど」

安井が山本のぐい呑みに酌をしながら、訊《き》いた。

「おまえも、東和建設がゼネコンになってよかったと思ってる口か」

「なんとも言えないが、東和建設の現況を見る限り否定する材料はないと思うけど。逆に安井に訊きたいが、ゼネコンになれなかったら、東和の海外事業が開花することはなかった。それでいいとは言えないだろう」

安井は酒を呷《あお》って、ぐい呑みをテーブルに戻した。

「ゼネコンが多すぎるんだよ。しかもほとんどは公共事業頼みだからねぇ。いま名前が出た上村政雄は東和建設を辞めて名門の飛鳥《あすか》建設に移り、いまや建設業界のドンといわれている。飛鳥では名誉会長だが、かれがなぜドンなのか、知らない者はいないよねぇ。つまり談合の仕切り屋だからだ」

山本が二合半《こなから》の徳利を持ち上げて、安井のぐい呑みに傾けた。

「上村政雄は稀《まれ》に見る人格者で通ってる。東和建設を辞めたのは、和田征一郎を経営トップに育て、東和をゼネコンにし、目的を達成したからだ。名門の飛鳥で大所高所から建設業界全体を見渡して、打つべき手を打っている。ゼネコンの談合体質を詰ることは簡単だが、それなくして建設業界の発展はない。安井のおっしゃるとおりゼネコンは多すぎる。このことは過当競争に陥りやすい脆弱《ぜいじゃく》な体質ということになるが、あからさまに談合というから、おかしく聞こえるけど、予定調和であり、経済合理性に則《なじ》しているともいえるんじゃないのか」

「山本はきれいごとのバンカーじゃないな。おまえは東和建設に骨を埋《うず》めても、立派にやってゆけるよ。清濁併せ呑んでな」

安井は皮肉っぽく言ったあとで、居ずまいを正した。

「上村政雄については、俺と山本の評価は一致している。しかし、かれも高齢だからねぇ。未来永劫《えいごう》に建設業のドンではあり得ない。果たして上村政雄の後釜《あとがま》がいるだろうか。俺はその点も心配でならない。上村政雄だから、ゼネコン業界がまとまってるともいえるからなぁ」

「和田征一郎はどうなんだ」

河原が山本を横目でとらえた。

「竹山正登との関係がネックになるんじゃないか。上村政雄の真似はできないだろう」

「安井の心配もわからんじゃないが、取り越し苦労がすぎるような気もしないではないな」

「そうならいいが」

話題に入らず、もっぱら川崎とゴルフの話に興じていた三田が「そろそろ、おひらきにしようか」と言って時計を見た。

9

山本と河原が東銀座《ひがしぎんざ》の安バーのカウンターに並んだのは、午後十時を五分過ぎた頃だ。

河原が山本を誘ったのだ。

水割りウィスキーを飲みながら河原が言った。

「山本が産銀の話をしなかったのは、よかったんじゃないか」

「しかし、なにかしらとがめるものがあるけどねぇ」

「産銀が東和建設に持ち込んだ大型プロジェクトが少し分かりかけてきたぞ。俺は、自分の口に戸は立てられないほうだから、おまえが産銀の話をすると、まずいと思ったんだ」

「分かりかけたって、どこまで分かったんだ」

「アメリカのコングロマリットが産銀のニューヨーク支店に売り込んできた案件らしいんだ」

山本は息を呑んだ。

「世界的に有名なホテル・チェーンを展開しているウェストンを買い取る日本企業を斡旋《あっせん》して欲しい、というのがコングロマリットからの商談らしいよ」

「とてつもない大型案件っていうことになるんだろうねぇ」

「ウェストンは、十一の国に七十ものホテルを有しているって聞いたが、産銀ニューヨーク支店は、産銀本店の業務企画部に、この案件を丸投げしてきたっていうわけだ」

「話がでかすぎてニューヨーク支店マターで片づく話じゃないよ」

「ニューヨーク支店は、夢物語ぐらいにしか考えてないんじゃないのか」

山本が水割りウィスキーの二杯目をオーダーした。

「それにしても、こんなトップシークレットをどうやって聞き出したんだ。いくら河原が東和建設の担当でも、ニュースソースが東和とは思えないけど」

「もちろん、ソースは東和じゃないよ」

「じゃあ、産銀だな」

「秘中の秘だ」

河原はにやっと相好を崩したが、「お察しのとおりだ」と、山本の耳もとでささやいた。

「産銀のニューヨーク支店に高校時代の友達がいるんだ。そいつが一時帰国したので、きょう昼食を一緒にしたんだが、大型案件のことを聞いたら、そんな甘いプロジェクトじゃないと話してたよ。話がでかすぎて、どこも乗ってこないんじゃないかって。ニューヨーク支店では当てにしてないようなことを言ってたなあ」

「なるほど。東和建設の和田征一郎社長が大乗り気だとは思ってないわけだな」

「うん。これは俺の想像だが、和田社長は、産銀に対して、まだコミットメントしてないんじゃないか。というより、興味ないというポーズを取ってる可能性も否定できない」

山本が大きく首をひねった。

「社長含みで人を取る話と、どうかかわってくるのかねぇ」

「まったく問題が別で、いまのところは連動してないんじゃないのか」

「まさか」

「和田征一郎さんは、海外志向が強く、国内にはさほど強くない。実弟の祥次郎さんが国内を仕切っていたが、病弱で、再起不能らしいんだ。祥次郎氏の代りがどうしても欲しい。それが産銀の某常務っていうわけよ。二人は高校、大学とも同じで無二の親友っていうわけだ。大型案件より、人事の話が先行してたが、いずれ連動してくることになるんだろうな」

山本は、いくら水割りウィスキーを飲んでも、喉《のど》が渇いて仕方がなかった。

和田征一郎は、メーンバンクの大洋銀行の顔を立てて、大型案件についても、大銀との合意が得られたうえでなければ、産銀との本格交渉に入らないつもりとも考えられる。大銀との産銀に対して大型案件に食指を動かしているとは見られたくないのかもしれない。大銀が大型案件に否定的な態度を示したら、文字どおり夢物語で終るのだろうか。いや、それはあり得ない。産銀と大銀ではパワーが違いすぎる――。

「和田征一郎氏がこの大型プロジェクトに乗り気なことは、新井専務の話で明らかだが、内容をディスクローズしてないのは、どうしてなんだろうか」

「本音は分からないが、まだ迷ってるんじゃないかなぁ。新井専務の件も、人事マターの話で、大型プロジェクトとは無関係ともいえるぞ」

「しかし、大型プロジェクトまでは、新井専務は和田征一郎氏から聞いてるんだぜ」

「複雑すぎて、どうなってるのかよく分からんよ。山本が東和建設に出向しないことには解明できないかもなぁ」

「社長室の課長風情に解明できるとは思えないな」

「山本なら、それくらい朝めし前だろう」

河原はカラカラと笑って、山本の肩を叩《たた》いた。

10

三杯目のダブルの水割りウィスキーをバーテンダーにオーダーしてから、山本が憂《うれ》い顔で唐突に言った。

「和田征一郎さんともあろう人がヤクザに絡まれていたとは恐れ入ったよなあ」

「東興建設株買い占めのことか」

「うん。メトロポリタンなんて見え見えの裏街道、スジものだろう。メトロポリタン社長の池山勇は本物のヤクザだが、相対《あいたい》取引でメトロポリタンが保有していた東興株二千万株を東和建設が買い取ったのは、世間体が悪すぎるよなぁ。三〇パーセントを保有して合併を狙ったが、東興の猛烈な反発にあって、上村裁定で合併話は破談になってしまった。恥をかいただけで終りだが、メトロポリタンとの関係では例の大物政治家も介在したのかなぁ」

河原がナッツを口へ放り込んで、むすっとした顔で、カウンターに頰杖《ほおづえ》をついた。

「俺も同感だ。新聞記事で読んだ限りでも、和田社長の行動は不可解だよ。悪名高いグリーンメーラーのメトロポリタンがグリーンメールに失敗して、大物政治家に泣きついたっていう噂があるけど、竹山正登絡みだったのだろうか」

グリーンメールとは、ある企業の買収を断念したとき、または株によって利益を意図したときに、当該企業に高値で株を買い戻させることだ。

東和建設が東興建設の株式三〇パーセントを取得したのは二か月ほど前のことだ。

A新聞は昭和六十二（一九八七）年四月十二日付朝刊で次のように報じた。


中堅建設会社、東和建設の和田征一郎社長は十一日、同業の東興建設の株式三〇パーセントを東和建設グループで買い取り筆頭株主になったことを明らかにした。和田社長は土木事業が中心の東和建設と、建築が中心の東興建設がまず資本提携し、将来は合併も視野に入れている、という。これに対して東興建設の熊切社長は「合併など論外。提携するにしても話し合いをするのが先決だ。株の力で迫ってくるのはおかしい」と反発している。


東和建設が株を手に入れたのは仕手グループの業者からだったこともあって、両社の対立は尾を引きそうだ。

東興建設は冷蔵庫や倉庫などの建築を得意とする年間売上高約七百二十億円、従業員約千九百人の会社。昭和五十七年末ごろに家具製造業者が三三パーセントの株式を買い占め筆頭株主になった。

その後、昨年十月にこの株式が大阪の投資グループで、不動産業のメトロポリタン

（資本金三億円、池山勇社長）に移った。このメトロポリタンと株式の買い戻しの交渉をしたが、不調に終った。

こうした中で、建築部門が弱い東和建設が複数の財界人を通してこの株式を買わないかと持ちかけられ、買い占めに踏み切ったと、和田社長は説明している。

また、同社長は、この話が出た時に「外資系企業が買うとの話も出ているので、早く決断してほしい」といわれたので、東興側に取得話をしなかったという。東和側は「有力財界人を介して十日前から東興の熊切社長に話し合いを申し入れているが、返事がない」といっており、東興側の主張と食い違っている。

山本も河原も、A新聞のスクープ記事を読んでいた。

「複数の財界人が斡旋したようなことをA新聞は書いてたけど、某大物政治家も関与してたんじゃないだろうか」

「河原の見方に与《くみ》するよ。A新聞は財界人を介して、話し合いを申し入れているとも書いてたが、これも大物政治家のことだろうか」

山本がごくごくっと喉を鳴らして水割りウィスキーを一気飲みした。

「大物政治家が介在しているにしろいないにしろ、メトロポリタンなんていうヤクザ会社と関係があること自体問題があるんじゃないのか。和田征一郎さんの見識を疑いたくなるよ」

河原がにたっと笑った。

「ゼネコンで、ヤクザと無関係な会社なんて一社もないだろう。おまえ、そんなにロマンチストだったっけ」

「しかし、和田征一郎が池山勇と懇意にしているとは信じられないよ。ヤクザと経営トップが直接かかわるなんて考えられるだろうか」

「大物政治家が介在してれば、話は別だよ。さっき誰かが言ってたが、山本はきれいごとのバンカーじゃない、清濁併せ呑《の》めるとかなんとか。おまえが気にやむことじゃないよ」

11

東和建設の東興建設株取得問題に大物政治家が介在した事実はない。山本も河原も知る由《よし》もない真実が隠されていたのだ。

東京、荒川に本社を置く家具製造業者、光陽製作所の岡本英雄社長は株の仕手筋として知る人ぞ知るだが、昭和五十七（一九八二）年に突如、東興建設の株式を三三パーセント保有する筆頭株主になった。

東興建設は資本金三十五億六千万円の一部上場企業だ。

岡本は、東興建設にグリーンメールを仕掛けたが、拒絶され、怒り心頭に発し、メトロポリタン社長の池山勇に東興株を譲渡した。

ところがメトロポリタンは名義人にすぎず、金主は、プレハブメーカーの大手スターハウス社長の沢松治雄だったのだ。

沢松と池山は仕手筋として同じ穴の狢《むじな》だった。京都のある地上げでスターハウスとメトロポリタンが組んだのが二人の出会いだ。

沢松と池山は、経済誌出版社の社長、杉野良治に泣きついて、東和建設に東興株の譲渡を依頼した。

杉野は、政財官界に顔の利く大物フィクサーだ。経済界で知らぬ者はいない。カネのためなら、なんでもする男だった。

杉野は、三月下旬の某日、和田征一郎と都内のホテルで密会した。二人は旧知の間柄だ。

「東興の株を買う気はないかね」

「先生、やぶから棒にいったいどういうことですか」

「要するにM&Aだよ。土木に強い東和と建築に強い東興が合併すれば、大手に迫る地歩を築くことができる」

「要するに、メトロポリタンが保有している東興の株を買い取れということですね。しかし、池山氏のような筋の悪い人と話す気にはなれませんねぇ。それに東興株は仕手株化して二千二、三百円もしてますが、とてもそんな実力はありませんよ。先生のせっかくのお話ですが、ご勘弁ください」

「実は池山の背後にスターハウスの沢松君がおるんだよ」

「…………」

「沢松君と池山君が泣かんばかりに頭を下げてきたので、ひと肩入れてやろうと仏心を出したんだ。わたしは、和田君の顔がすぐ目に浮かんだ。この話は、東和建設にとって悪くないと思うな。むしろ朗報なんじゃないか」

「沢松さんも、池山氏と組むなんて、どうかしてるんじゃないですか」

「そう言いなさんな。きみのところがダメなら外資系の企業に東興株を譲渡するようなことを言ってたな。外資系で欲しがってるところがあるらしいんだ。だから急いでるんだよ」

外資系うんぬんは、口から出まかせの杉野のつくり話だが、和田は思案顔で腕を組んだ。

東興を吸収合併できれば、メリットがないとは言えない。

「沢松さんの買いコストにプラス・アルファぐらいなら考えさせてもらいましょうかねぇ」

「買いコストは千五、六百円と思うが、金利やらなにやら考えると、二千円っていうところかねぇ」

「なんとか千円台でお願いします」

「千九百円か……」

和田はしかめっ面ながら、小さくうなずいた。

「きみが決断したら、条件その他はわたしに仕切らせてもらう。悪いようにはせん。沢松だけぱけっこうだ」

君は成功報酬をはずむようなことを言ってたが、わたしは両社から一パーセントだけいた

「分かりました。東興との話し合いに、先生も立ち会っていただけるんですか」

「考えておこう」

杉野は、すでに東興建設の熊切と面会していた。熊切は毅然《きぜん》とした態度に終始し、杉野の恫喝《どうかつ》に屈しなかった。

それどころか「杉野先生ほどの方が、池山のような人の使者でお見えになったとは信じられません。それとも言論人としての立場でお見えになったのですか」と揶揄《やゆ》的に言われて、頭に血をのぼらせ、「ふざけるな！」と大声を発した手前、杉野が立ち会えるはずがなかった。

杉野としては「考えておこう」としかいいようがなかったのだ。

杉野は、日を置かずに沢松をホテルに呼んだ。

「東和建設が東興株を引き取ることになった。条件は千九百円で、二千万株三百八十億円だ。あさっての午後二時に、大洋銀行本店へ現物を持参してもらおうか。相対取引だから東和建設には大洋銀行振り出しの小切手を用意させる。和田君は代理人を出すと言っとったから、きみのほうも代理人でけっこうだ。然《しか》るべき銀行と証券会社の者が立ち会うが、かれらに事情は伝えない。つまり本件を知る者は、わたしを含めて四人だけだ。成功報酬の三億八千万円の振込先は杉野良治事務所にお願いする」

杉野は振込先を書いたメモを沢松に手渡した。

沢松はもともと腰の低いほうだが、ひょこひょこ何度お辞儀をしたか分からない。

「杉野先生のご恩は忘れません。ありがとうございました」

杉野のいかつい顔が真っ赤に染まっている。

スターハウス、東和建設の両社から三億八千万円ずつ、〆《しめ》て七億六千万円。濡《ぬ》れ手で粟《あわ》のボロ儲《もう》けに、さすがの大物フィクサーも興奮していた。

12

河原がグラスの氷をかたかた鳴らしながら話を蒸し返した。

「メトロポリタンのことがそんなに気になるんなら、和田社長にストレートに質問したらいいんだよ」

「恐れ多くて、そんなこと訊《き》けるはずがないよ」

「もっとも和田社長の発表から十日後には、飛鳥建設名誉会長の上村政雄の調停で、東和建設と東興建設は覚書を交わし、合併はないで終止符が打たれてしまったわけだから、大騒ぎした割りには、尻《しり》すぼみもいいところだな」

覚書の内容は以下のとおりだ。

一、東和建設株式会社と東興建設株式会社は相互に自主性を尊重し、対等の立場で友好関係を確立するよう努める。
二、東和建設グループが保有する東興建設株式はとりあえず現状のまま凍結し、東興建設は東和建設株式を取得し保有する。
三、東和建設グループはその保有する東興建設株式の一部については、将来東興建設から要請があった場合には譲渡する用意がある。
四、両社は友好関係を保持し相互の業績向上のために情報交換、特定プロジェクトにおける共同施工等の協力関係を維持する。
五、両社の合併は考えない。

河原が口に放りそこねたナッツを一粒膝《ひざ》の上から拾い上げて、カウンターに置いた。それを指先でころがしながら話をつづけた。

「上村政雄は、和田征一郎を呼びつけて叱りつけたらしいじゃない。M&A、合併などもってのほかだ、建設業界にあるまじき暴挙だ、とか言って」

「二人は師弟関係にあるわけだから、和田征一郎さんは、上村氏に頭が上がらない。小さくなってたんだろうなぁ」

山本には、二人が向き合っている光景が目に見えるようだった。

実際、和田征一郎はひたすら頭を下げるしかなかった。沢松治雄と杉野良治にしてやられた、と言えるものなら言いたいところだが、上村から判断の甘さ、脇の甘さをいくら指摘されても、言い返せるわけがない。

「ただなあ、俺は山本とちょっと違うのは、和田征一郎の合併志向は間違ってないと思うし、竹山正登のバックアップがあれば可能と読んだ判断も理解できるよ。相手がメトロポリタンじゃなければ、その可能性はあったかもしれない。さっき安井も言ってたが、なんせゼネコンの数は多すぎるからなぁ」

「結局、両社が相互に株を持ち合うことも、友好関係を保持することもなく、東和建設はごく最近、東興株式を東興建設の協力会社へ放出したらしいが、いったい大洋銀行は、株買い取りについて事前になんの相談も受けなかったのだろうか。二千万株を時価で購入したとは思えないけど、それにしても四百億円近い金額だろう」

「そのへんのいきさつは新井専務が知ってると思うけど。おまえの親分なんだから、訊いてみろよ」

「うん。不透明、不明朗な取引きで、誰が得したのか知らないが、東和建設の企業イメージが傷ついたことだけは、否定しようがないな」

「人の噂も七十五日で、俺たちだって忘れてた問題を、おまえがふと思い出しただけのことだろう。東和建設は、ゼネコンの中ではましなほうで、大手のほうがなにをやってるかわけが分からん。政治との癒着はすさまじいっていうからなぁ。総理が変われば、建設大臣は必ず総理派閥から出す決まりになってることを見ても、分かるじゃないか」

「…………」

「それと、和田征一郎がヤクザと直接話すことはあり得ないよ」

「竹山正登から声をかけられたとしたら、断れないだろう」

「どういうカラクリになってるか知らんが、A新聞が書いてた複数の経済人が誰であるかも問題だな。池山勇は当事者だし、経済人じゃないよなぁ」

「れっきとしたヤクザだが、投資グループを率いてるわけだから、経済人ともいえるのかねぇ」

「経済ヤクザか。でも、経済人とはいわんだろう」

「ううん」

山本が生返事をした。

「そんなことより、産銀が持ち込んだ大型プロジェクトの行方がどうなるかのほうがよっぽど問題だぞ。産銀が東和建設に色目を使ってることは間違いないからなぁ。それをチェックするのがおまえの役目だろう。頼りにしてるからな」

山本は思いきり背中をどやしつけられて、あやうく止まり木から落ちそうになった。

河原の呂律《ろれつ》も相当あやしくなっていた。

第二章　急　逝

1

高井戸のマンションから赤坂三丁目にある東和建設の本社ビルまでの所要時間は、約五十分。

六月一日の朝、山本泰世《たいせい》は七時にマンションを出たので、七時五十分に出社したが、八階の社長室にはまだ誰も来ていなかった。

社長室は、大洋銀行でいえば、総合企画部に当たる。経営企画、広報などを担当する中枢部門で、経営トップのブレーン的機能を担う。

山本は、自分のデスクが、窓際の社長室長席の向かい側にあることがすぐに分かった。デスクの上に名刺箱が置いてあったからだ。

上箱に「東和建設株式会社　社長室審議役　山本泰世」の名刺が貼り付けられていた。目でデスクを数えると、十。社長室長の前にはソファの三点セットがしつらえてあった。

会議室は中小二室。小室には応接セットが、中室には大型の楕円《だえん》形のテーブルと、椅子が十脚数えられた。

社長室長は、常務取締役の北脇謙一が委嘱《いしょく》されていた。次長は、取締役の小林昭介。むろんデスクも立派だし、椅子は背凭《せもた》れが高く、白地の布カバーで被《おお》われていた。

山本は、一昨日の五月三十日に東和建設に出向いたとき、二人に挨拶《あいさつ》していた。北脇は五十四歳、小林は五十二歳。山本は、社長の和田征一郎に挨拶するのが目的で、新井専務に同道したが、緊急の用件が出来《しゅったい》し、外出中で会えなかった。

もちろんアポを取って訪問したのだが、大洋銀行の専務をすっぽかすとはよくよくのことだ。あとで分かったことだが、都内の病院に入院中の副社長の和田祥次郎の容態が急変したため、征一郎は急遽《きゅうきょ》病院に駆けつけたのだ。幸い一命はとりとめた。

東和建設は資本金二百十七億円、従業員約三千人、昭和六十二（一九八七）年三月期の売り上げ高は約二千三百四十六億円、営業利益約六十五億円、経常利益約百十億円、利益約三十六億円、九期連続増収、増益を続けていた。

八時四十分までに十のデスクは埋められた。

山本は、北脇に七人を紹介されたが、室長、次長の下に部長が二人。経営企画担当の熊野圭一と広報担当の木村正文で、山本を含めて審議役が四名。いずれも山本より年長と思われた。女性は二人。女性を除く全員が管理職だった。

デスクの配置上は、山本は末席ではなさそうだったが、メーンバンクからの出向者を立てているだけのことで、実質は末席だと山本自身は理解した。

北脇に連れられて、山本が社長の和田征一郎に面会したのは午前十時過ぎだ。

地上九階、地下二階の東和建設本社ビルの最上階に社長執務室があった。

「おはようございます。山本さんをお連れしました」

「おはようございます。きょうからお世話になる山本泰世と申します。ふつつか者ですが、よろしくお引き回しください」

「和田征一郎です。一昨日はよんどころのない急用が出来し、大変失礼しました。先刻、新井さんにもお詫《わ》びしたところなんですよ」

征一郎はにこやかに挨拶して、北脇と山本にソファをすすめた。

「失礼します」

山本は一礼して、北脇と並んで長椅子に腰をおろした。

「山本さんは大洋銀行の若手のエースだと、さっき新井さんから聞いて、意を強くしてます」

「とんでもない。足手まといにならないように精一杯努めさせていただきます」

「山本さんには、わたしの参謀役ということで、右腕になってもらいますよ。いままで秘書役だった者がサンパウロに転勤になったので、あなたに来ていただいて、助かりました」

言葉遣いは丁寧だし、微笑を絶やさず、元大蔵官僚の超ワンマンとはとても思えなかった。

大柄で、端正なマスクといい、押し出しは申し分ない。もの腰のやわらかさは、山本には意外だった。

「分からないこと、知りたいことはなんなりと、北脇さんかわたしに訊《き》いてください。わたしは、隠しだてせず、すべて山本さんにオープンにするつもりです。北脇さんの顔に、山本さんは大洋銀行のスパイだと書いてありますが、わたしは、そんなふうには考えていません。山本さんが、東和建設の利害を最優先してくれる人であることは、よーく分かってますから」

和田は、北脇にちらっと目を流したが、真顔で言った。

「お言葉を返すようですが、わたしも社長と同意見です。山本君を大銀《たいぎん》のスパイなんて夢にも思ってません」

北脇は、面高《おもだか》な顔をしかめて、山本のほうに首をめぐらせた。

「いま社長が言われたことは冗談ですからね」

「存じてます」

「そうですかぁ。図星《ずぼし》でしょ」

征一郎は、上目遣いで北脇をとらえた。

北脇は渋面をあらぬほうへ向けた。

「和田社長の信頼を裏切らないよう微力を尽くします」

「ありがとう」

和田は起立して、山本に握手を求めてきた。

2

和田に挨拶したその足で、山本は新井哲夫を訪ねた。

顧問室とはいえ、社長執務室と同じ九階フロアで十坪ほどある個室に新井は収まっていた。

ひと月足らずで副社長室になるはずだ。

山本は「ご一緒にいかがですか」と水を向けたが、北脇は「新井顧問には一昨日ご挨拶したから、よろしいでしょう」と言って、自席に戻った。

ドアをノックすると、ドアが開き、新井の顔が覗《のぞ》いた。

「山本さんを待ってたんですよ。十時に社長に挨拶すると聞いてましたから」

新井は時計を見ながらソファに坐《すわ》ったので、山本も腰をおろした。

「失礼します」

「社長と二十分も話したんですか」

山本も時計を見た。

「もう十時二十分ですか。ほんの二、三分と思ってたのですが……」

山本は、和田とのやりとりを詳しく新井に説明した。

顔に似合わず、神経はずぶといほうだが、山本は少しく興奮していることを自覚していた。事実、山本の口調は多少うわずっていた。

「ふーん。初対面の山本さんに、そこまで気を許してくれましたか。よっぽどきみは社長に気に入られたんですねぇ。わたしも悪い気はしません」

「しかし、社長室長の北脇常務に限らず、わたしが大銀の回し者と見られるのは仕方がないんでしょうねぇ。スパイには参りましたけど」

「スパイは言いすぎとしても、きみに限らず刈田さんやわたしもそうですが、大銀の利益代表と見られて当然でしょう。ただわたしは東和建設を腰かけとは考えてません。銀行の都合で結果的にどういうことになろうと、この会社に骨を埋《うず》めるつもりで頑張らなければいかんでしょう」

「わたしはオーナーの和田社長にべったりというわけにもいかないと思いますが、一日も早く社長との信頼関係を構築したいと願ってます」

「あまり肩に力を入れず、お互いに東和建設のために頑張りましょう。刈田さんには会いましたか」

「これからお目にかかろうと思ってます」

刈田浩二は、取締役大阪支店長を最後に大洋銀行を退職し、二年ほど前に東和建設の常務取締役財務部長に就任した。昭和三十四（一九五九）年の入行組で、年齢は五十一歳だ。

「和田祥次郎さんのことは、社長からなにか聞きましたか」

「いいえ」

「実は、和田社長からおといの夜わが家に電話があったのだが、容態がよくなくて、病院の祥次郎夫人からの知らせで、駆けつけたということでした。それで、おといは社長に会えなかったが、奇蹟《きせき》的に持ち直して、なんとか年は越せるんじゃないかと主治医は話してたそうです。いろいろ相談したいことがあるので、朝食を摂《と》りながら話したいといわれて、けさ八時から九時半までホテル・ニューオータニで一緒だったんです」

山本は表情を引き締めて、新井を見つめた。大型プロジェクトの件が話題に上がらぬはずはない——。

「産銀が持ち込んできた大型案件は、ウェストン・ホテルをチェーンぐるみで買収しないか、という内容です。言い値は約十八億ドル、約二千六百億円の空前の大型プロジェクトですが、社長は、ぜひとも手がけてみたいと大変乗り気でした。産銀にはまだ返事をしていないようです。産銀は、東和建設以外に、この大型案件を受けられるところはないと考えてるはずだと社長は見ているようだが、そううぬぼれるのもなんだから、そろそろ返事をしたい、ネゴはこれからだが、契約締結まで半年以上かかるだろうと話してました」

河原の話が、正確だったことに、山本は舌を巻いた。このことを新井に話すべきか迷うところだ。

結局、山本は黙っていた。

「見ず転で買うわけにもいかないので、何か所かホテルを見たいとも話してたが、日程の調整は悩むところでしょう。祥次郎さんのことは、どうやら大丈夫らしいが、政局が緊迫しているのが気がかりなんでしょうねぇ。ポスト曽根田は竹山で決まりだと社長は確信ありげに話してたが、問題はそのタイミングだというわけです」

「………」

「東和建設の株価が上昇基調にあることがなによりも雄弁にこのことを証明しているとも話してましたよ」

年初に八百円前後だった東和建設の株価は六月一日現在、九百七十円、千円の大台に迫っていた。

「千二、三百円まではいくだろう、というのが社長のご託宣だが、竹山銘柄と割り切って見るしかないんでしょうねぇ」

ノックの音が聞こえ、新井付秘書の阿部有希子が緑茶を運んできた。

「ありがとうございます。お茶が飲みたかったんですよ」

「恐れ入ります」

有希子は、茶托《ちゃたく》に載せた湯呑《ゆの》み茶碗《ちゃわん》をセンターテーブルに並べ終えると一揖《いちゆう》して退出した。

3

緑茶をすすりながら、新井が話をつづけた。

「まずニューヨークに飛ぶことになるが、出かけるんなら今月初めだろうって、社長はすっかりその気になってました」

「ウェストン・ホテルは世界各国にチェーンを七十も展開してると聞いてますが、二千六百億円は金額が巨大すぎてリスクが高いように思いますが」

「条件交渉はこれからだし、円高が進行するので、決して高い買物にはならない、と断言してましたよ。ホテル経営では実績もあるので、一家言ある人ですから、わたしは黙って聞いているだけでしたが。反対する根拠もないからねぇ」

「社長は相当高揚してるようですねぇ」

「そりゃそうでしょう。経営トップとして、一生に一度あるかないかの大型案件ですからねぇ。高揚もするし、興奮もするでしょう」

「お話を聞いただけで、わたしも気持ちが高ぶってきました」

「それはお互いさまですよ」

口の軽さを咎《とが》められているのかと山本は気を回したが、新井はそんな様子ではなかった。

「山本さん、忙しくなりますよ」

「はぁ」

山本は怪訝《けげん》そうに新井を見返した。

「社長が、海外出張にきみを同行させたいと考えてるんですよ」

「ほんとうですか」

「社長はきみが気に入ったんでしょうねぇ。きょう対面して、いっそうその思いを強くしたと思いますよ」

「専務は……。失礼しました。顧問は賛成されたんでしょうか」

「それこそ反対する理由はないでしょう。海外出張の経験はもちろんあるわけだし、きみはカンバセーションもできるから、問題はないじゃないですか。もっとも、和田社長の語学力は、一級ですから、通訳の必要はないが、社長と一緒に旅行をすれば、いろいろ学ぶことはあると思いますよ」

「大社長の秘書がわたしに務まるでしょうか」

「そんな心細い声を出しなさんな。きみは、大洋銀行の若手のエースなんですよ」

出向早々えらいことになった、と山本は思った。

「サンパウロにも立ち寄ることになるでしょうから、大変とは思うが、いい勉強になるでしょう」

「もう、そんなに具体的なことになってるのですか」

「そう思います。社長は恵美子夫人と、一か月も逢《あ》ってないらしいんです。ニューヨークのほうがついでになるのかなぁ」

「…………」

「まさかそんなことはないか。大変な大型商談ですから、タフネゴシエーションになるのでしょうねぇ。今週中に日程が決まると思います。心して、準備してください。二週間以上の長旅になると思います」

「承知しました」

山本は気が重いことこのうえもなかったが、反面、ツイていると思わぬでもなかった。刈田常務に挨拶したのは午後二時過ぎだったが、山本は心ここにあらずで、「よろしくお願いします」のひと言で、引き下がった。

電話がかかってきたので、刈田も引き止めようとはしなかった。

ほかの役員や部長の挨拶《あいさつ》には、小林が案内役になってくれた。

名刺を交換したときに「大銀の若きエースだそうですねぇ」とか「大洋銀行の次世代の頭取候補と聞いてますよ」などと、ひやかされたが、山本はほとんど、うわの空だった。

ただ、山本は入院中の和田祥次郎、まだ顧問の新井を含めて代表取締役副社長が七人もいることには、驚きを新たにした。

川口直紀土木本部長、松本康夫営業本部長、杉村義行船舶本部長、吉本優関西地区担当、永田元彦技術開発センター長の五人と、無役の和田祥次郎。新井は筆頭で、管理本部長に就くことになっている。

総会屋、マル暴（暴力団）などを担当している常務の福田淳《じゅん》の表向きの肩書は、開発部長だ。メタルフレームの大きな眼鏡をかけているが、『西遊記』の猪八戒《ちょはっかい》を髣髴《ほうふつ》とさせる。この風貌《ふうぼう》なら、ヤクザ対策をまかせられるかもしれない。

山本は名刺を交わしながら一瞬そう思ったが、言葉遣いは慇懃無礼《いんぎんぶれい》だった。

4

六月一日の午後三時過ぎに、新井から山本に社内電話がかかってきた。

「山本さん、今夜あいてますか。急なことなので、ご無理なら、日を改めますが」

山本は、今夜は早めに帰宅すると妻の美由紀に言い置いてきたが、どうとでもなる。

「予定は入れてませんが、なにか」

「和田社長から、二人があいてるようなら、一献差し上げたいと誘われたんです。社長は副社長の容態を心配されて、きょうあしたの夜の予定をキャンセルされたらしいんです。きみとわたしの歓迎会をどうかと」

「わたしでよろしいのでしょうか」

「もちろんいいんじゃないですか。ブレーンのきみにはいろいろ話しておきたいこともあるのでしょう。むしろ、わたしは朝食をご馳走《ちそう》になったので、遠慮しようかと思ったが、ぜひ二人一緒にとおっしゃってるので、きみの都合がよければ、お受けしますと答えておきました」

「それでは、わたしも喜んでお受けさせていただきます」

「時間と場所は阿部さんから連絡させます」

赤坂の割烹《かっぽう》〝むら田〟で六時から、と阿部有希子が電話で伝えてきたのは五時過ぎのことだ。

山本は、自宅に電話をかけて、帰宅が九時過ぎになること、社長に会食を誘われたこと
を伝えると、美由紀は「社長さんから。凄《すご》いじゃない」と機嫌のよい返事をした。

二階の小部屋は、掘り炬燵《ごたつ》式になっていた。黒い漆《うるし》塗りのテーブルの上座に、新井と山
本が並んで、和田と向かい合ったのは六時十分前だった。

食前酒の梅酒で乾杯したあと、ビールを飲みながら、和田が言った。

「今夜はご無理をお聞き届けいただいて、ありがとうございます」

「山本もわたしも、予定は入れてませんでした。お気を遣っていただいて恐縮です」

「社長にお声をかけていただき、感激いたしております」

新井も山本も、和田に向かって低頭した。

女将《おかみ》が挨拶に座敷に顔を出したが、ビールの酌をして、すぐに退散した。

和田は人払いを命じているのだろうかと気を回し、山本は緊張感を募らせた。

「産銀の宮本常務と、大型案件のことは話されたんですか」

新井の質問に、和田はわずかに小首をかしげた。

「いいえ、かれは担当してませんので話してはいません」

「大型案件は宮本さんから、社長に……」

「違います。高橋常務ですよ。宮本さんも、もちろん聞いてると思いますが、かれを当社

に迎えることはまだ内々の話でオープンにされてませんので、お二人ともそのつもりでお願いします」

和田は、新井と山本にこもごも目を遣《や》って、話をつづけた。

「中川頭取にもまだ話してないんですよ。そのタイミングは高橋常務にまかせてますが……」

山本は素知らぬふりを装ったが、内々の話とは思えない。新井は、大洋銀行の会長と頭取にすでに話している。

山本はそれとなく新井の顔を窺《うかが》った。新井は表情を動かさずビールを飲んでいた。二人とも相当な役者だ、と山本は思った。

それにしても、産銀の頭取も知らない大型プロジェクトの実体はどうなっているのだろうか。夢物語、砂上の楼閣と言われても仕方がないような気もしてくる。

新井がグラスをテーブルに戻して、照れ笑いを浮かべた。

「わたしは大型案件がらみの人事と勘違いしてました。粗忽《そこつ》者でどうも。われながら恥ずかしいですよ」

「新井さんがそうお取りになるのは当然ですよ。しかし事実は、人事の話のほうが先なんです。産銀が大型案件の話を持ってきたのは、ひと月ほど前ですが、わたしが宮本さんに打診したのは三か月ほど前で、内諾を得たのはつい最近なんです」

「よく分かりました。しかし、中川頭取はともかく宮本さんには大型案件のことをお話しになったらいかがでしょうか。いずれ分かることですし、世間一般は人事と連動してると取りますでしょう」

「おっしゃるとおりです。今夜か明朝か宮本さんに電話をかけてみましょうかねぇ」

山本は少し分かりかけてきた。

産銀の池島会長と中川頭取が反目していると経済誌で読んだことを思い出したのだ。衆目の見るところ、池島会長のほうがパワーは強く、人事権も池島が掌握しているとも経済誌は書いていた。

どうやら中川頭取は世紀の大型プロジェクトで、蚊帳《かや》の外におかれているらしい。新井はすぐにぴんときたのだろう。

山本は二人のやりとりを聞いていて、この場に居合わせている自分が不思議に思えてならなかった。

「社長の海外出張に山本を同行させていただく件は、オープンにしてよろしかったのですか」

「ええ。もちろんです」

「先刻、山本に話してしまったのですが、口が軽すぎたかなと思ったものですから」

「来週中にもニューヨークへ出かけるつもりです」

和田に凝視されて、山本は胸が少しドキドキした。

「山本さん、お願いできますか」

「はい。社長のお伴《とも》をさせていただけるなど身に余る光栄です」

「山本さんにはなにかとご厄介をかけると思います。よろしくお願いしますよ」

「はい」

山本は顔がこわばるほど緊張していた。

5

ビールから冷酒になった。和田は、小ぶりのグラスをぐいぐい重ねたが、アルコールには強い体質とみえ、言葉遣いも姿勢も崩れなかった。ただ、饒舌《じょうぜつ》にはなったが、くだくだしくはなかった。

「わたしはご存じのとおりサンパウロにあるカイザー・パークホテルのオーナーです。このホテルはサンパウロ一の高級ホテルですが、外国ではホテルのオーナーのステータスは大変高くて、大手ゼネコンの社長の比ではありません。ブラジルは日系人が多いですから皇族がブラジルにお見えになるときは、カイザー・パークホテルに宿泊されます。ホテルのオーナーとして、わたしは天皇陛下や皇太子殿下にご挨拶させていただける栄誉を担うことができるのです。このときほどホテルのオーナーになってよかったと思うことはありません。男の夢と申しますか、ロマンといいますか。総理や大臣と同等もしくはそれ以上の扱いを受けられるんですから、男冥利《みょうり》に尽きる思いにとらわれます」

「社長が大蔵省におられたら、事務次官になられてたかもしれませんが、事務次官でもホテルのオーナーにはかないませんか」

「天と地の差があるんじゃないでしょうか。カイザー・パークホテルで味をしめたから言うわけではないが、ウェストン・ホテル・チェーンのオーナーになるということは、世界のホテル王に近づくわけですから、わたしがこのプロジェクトに夢中になるのも、お分かりいただけるでしょう」

「よく分かります」

新井は大きくうなずいた。

山本のこっくりはもっと深く大きかった。

「しかし、釈迦《しゃか》に説法ですが、買い急がないほうがよろしいと思います。円高が進行しておりますから、交渉はねばり強くなさってください」

「新井さん、さすが一流バンカーの言われることは違いますねぇ」

〝一流バンカー〟はお世辞《せじ》もきわまれりだと新井も山本も思ったが、新井は苦笑しただけだった。

「海外のホテル経営を東和建設以外に経験しているゼネコンはありませんから、和田社長の独壇場ですよ。産銀はさすがです。東和建設以外に受け手はない、と考えてるのではないでしょうか。つまり買い手市場です」

「ウェストンの現オーナーがどうして手放す気になったのか、分かりませんが、産銀がアドバイザーとしてついてくれているにしても、心して交渉に当たらなければならないでしょうねぇ」

「産銀は、池島会長の頭取時代に優秀な人材を海外にどんどん出しました。その結果、国際投資銀行といえるほど海外事業では、邦銀の中で産銀は抜きん出ている存在です。高橋修平という遣《や》り手の常務もいますからねぇ。頑張れば、ダイヤモンド・ブラザーズなど米系の投資銀行に対抗できるかもしれません。ほかの邦銀は、まだまだヒヨッコですよ」

「邦銀はそんなに劣弱ですか」

「そう思います。むしろ商社のほうが、頑張ってるんじゃないですか……。大洋銀行なんて、下の下ですかねぇ」

新井は山本の酌を受けながら、つぶやくように言った。

「そこまで謙遜《けんそん》する必要はありませんよ」

「いやいや。都銀としての体面上、海外に支店や事務所を展開してますが、収支を考えますとお寒い限りですよ」

「社長、どうぞ」

「ありがとう」

山本は立場上もっぱら聞き役、お酌係に徹した。

和田がグラスの冷酒をすすって、遠くを見る目で言った。

「大洋銀行さんとは父の代からご縁が深いというか、いろいろ支援していただいていますが、ご存じとは思いますけれど、わたしの愛妻は、大洋銀行のサンパウロ事務所の事務員だったのですから、あなたがたには頭が上がりませんよ」

「なにをおっしゃいますか。恵美子夫人がどれほど頭脳明晰《めいせき》で、優秀な行員であったかは、いまだに語り草になっています。和田社長にとっても、失礼ながら、素晴しい人生になったのではないでしょうか」

「二子まで成した前妻と離婚したことは、褒められたことではないが、わたしにはこの選択肢しかなかったのです」

「これまた失礼ながら、恵美子夫人の存在なくして、カイザー・パークホテルのオーナーになれたかどうか。その点はいかがでしょう」

「ありがとうございます。恵美子がどんなに喜ぶことか」

お世辞もうまい。人の話も逸《そ》らさない。和田征一郎は大人物だ、と山本は思った。

6

山本はアルコールにはめっぽう強い。和田と新井に酌をするたびに、自分のグラスにも冷酒を注いでいるので、けっこうきこしめしていた。

「山本さん、あなたは誰に対しても率直にものを言うタイプらしいですねぇ。入行一年生のときに支店長をやり込めた話を聞きましたが、遠慮せずにわたしにもお願いします。今夜は莫迦《ばか》に静かですねぇ」

「そう言えば、きみが主賓なんですよ。和田社長になにかおっしゃりたいことがあれば、この際、どうですか。今夜の話は、すべてここだけの話で、オフレコですから、なにか一つぐらい話しなさいよ」

新井にまで焚《た》きつけられて、山本は居ずまいを正した。

「お言葉に甘えて一つだけ和田社長にお尋ねします。いわくのある仕手筋からなぜ東興建設の株買い占めをしたのか疑問を持ちました。失礼ながら結果的にも失敗しました。複数の経済人が介在しているとA新聞は書いてましたが、それはどういう方なのでしょうか」

和田が一瞬厭《いや》な顔をしたのを山本は見逃さなかった。

しかし、苦笑しながら、和田が山本に酌をした。

「手厳しいですねぇ。この問題は根が深いというか、複雑なんですよ。いくらオフレコでも、いくら新井さん、山本さんでも、明かすわけにはいきません。墓場まで持って行く、そういう類《たぐ》いの話です」

「二千万株といえば巨額な投資です。当然大銀も、株を担保にご融資したと思いますが」

「おっしゃるとおりです。産銀と大銀さんにお世話になりました。新井さんもご存じと思いますが」

「存じてます」

「仕手筋のメトロポリタンの池山社長とはお会いになったのでしょうか」

「これまた手厳しいですねぇ。だが、あえて言いますけれど、わたしに対して失礼なお尋ねだと思いますよ」

和田は、こんどは厭な顔をちらりとも見せず、微笑を浮かべていた。

「大変失礼しました。しかし、和田社長のお話を聞いて安心しました。ほんとうに申し訳ございません」

山本は、座布団からすべり降りて、和田に向かって叩頭《こうとう》した。それも長く。

「山本さん、早く手をあげてください。あなたの率直さをわたしは大いに気に入ってるんですから」

「山本、もういいじゃないか」

「失礼します」

山本は新井に背中を撫《な》でられて、テーブルの前に戻った。

「はっきり言って、経済人の甘言に乗せられたわたしが莫迦でした。あとで調べたところ、東興建設の株を買いたいと手を挙げた外資は一社もなかったことが分かりました」

和田が新井のほうへ目を流した。

「大銀さんにもご迷惑をかけて申し訳ないことをしました」

「東興建設の株は下がりましたから、多少ロスは出たようですが、東興系の企業にうまく嵌《は》め込むことができて、よろしかったじゃないですか」

「はい。短期間に、なんとか収拾できました。飛鳥《あすか》建設の上村《うえむら》名誉会長に借りを作ってしまいましたが」

山本がなにか言いかけたとき、いきなり襖《ふすま》がひらき、女将《おかみ》が顔を出した。

「和田社長にお電話が入っておりますが」

「どこから」

「あのう……」

厚化粧で年齢は分からないが、挨拶《あいさつ》のときの声は若々しく張りがあった。その声がいまはおろおろしている。

「ちょっと失礼します」

和田は腰をあげて、廊下に出た。

「病院からです。成瀬とおっしゃってました」

「祥次郎の主治医じゃないか」

和田の表情が激しく翳《かげ》った。

二人のやりとりは、襖越しに新井と山本にも聞こえた。

階段を降りて行く足音がやけに大きかった。

「祥次郎さんになにかあったのかなぁ」

新井が表情を曇らせた。

山本も硬い顔でうなずいた。

「持ち直して、当分は心配ないと聞いていたのに。悪い知らせじゃなければいいが」

新井がつぶやくように言ったとき、けたたましく階段を駆け上がってくる足音が近づいてきた。

7

音を立てて襖を開けるなり、和田が少し掠《かす》れた声で、投げつけるように言った。

「祥次郎が危篤《きとく》なので、すぐ病院に向かうぞ」

和田は、掠れ声をふるわせて、つづけた。

「お二人は、ごゆっくりどうぞ」

一転して丁寧語になった。

新井も山本も顔色を変えたが、言葉を発することはできなかった。

三人ともワイシャツ姿で会食していたので、女将が背伸びをして、和田に背広を着せようとしたが、和田はそれをひったくって、ふたたびあわただしく階段を降りて行った。

取り乱している。兄弟仲の良さはゼネコン業界、いや経済界でも知られていた。

来るべき日が来た、ということになるのだろうか。

弟の危篤の知らせのショックの大きさが、兄にとっていかばかりか、新井にも、山本にも察して余りあった。

「社長をお見送りしなければ」

「はい」

新井と山本も起《た》ち上がって、ワイシャツ姿で階下へ降り、田町《たまち》通りに急ぎ足で向かう和田と女将を追いかけた。

田町通りに、和田の専用車、シルバーグレーの大型ベンツが駐車されていた。

〝むら田〟はひっそりしたたたずまいで、路地裏にあった。玄関前まで車で乗りつけることはできない。

ベンツに乗り込もうとしている和田に、新井が声をかけた。

「お気をつけて。われわれもそろそろ失礼しますが、なにかお手伝いすることがありましたら、なんなりとお申し付けください」

「失礼しました。どうもどうも」

リアシートに収まった和田は、こわばった顔で新井と山本に右手を挙げたが、「急いで」と、運転手に命じた。

ベンツが見えなくなったあとも、三人はしばらく茫然《ぼうぜん》と立ち尽くしていた。

女将がぽつっと言った。

「ワーさまがお可哀相でなりません。一年前に妹さんを亡くしたばかりなんです」

「よく存じてます。お葬式にもいきましたから」

和田征一郎、祥次郎の実妹、和子が横須賀《よこすか》線のグリーン車のシートに坐《すわ》ったまま脳梗塞《のうこうそく》で突然死したことは、山本も聞いていた。

「とにかく戻りましょうか。われわれもあわてていて背広も置いてきてしまった」

「高血圧体質は和田家の血筋なんでしょうか」

「うーん。どうなんですかねぇ。それにしては征一郎さんは、アルコールに強いが」

〝むら田〟の座敷に戻ってからも、新井と山本は和田家にまつわる話ばかりしていた。

和田が退出してから五十分後の午後八時二十分に祥次郎の訃報《ふほう》が新井にもたらされた。

「社長自身から電話がかかってきたのですか」

「いいえ。運転手の方です」

「それにしてもわざわざ知らせてくれたわけですねぇ」

新井は女将の話を聞いて、思案顔で腕を組んだ。

「わたしは、御茶ノ水の大学病院へ駆けつけるが、山本さんはどうしたものかねぇ」

「ぜひ、お伴させてください」

新井は、「そうしましょう」と言って、腰をあげた。

幸いというべきか、二人とも白いワイシャツで、ネクタイも地味だった。

新井の専用車、セドリックが大学病院の霊安室の近くに着いたのは、午後九時に近かった。

二人とも酔いはすっかり醒《さ》めていた。熟柿《じゅくし》臭いのは仕方がないが、仁丹のお陰で、抑えることができた。

新井が仁丹を常用していることを山本は十五年前から知っていた。

霊安室では、祥次郎の遺族が遺体を取り囲んでいた。詰め襟の学生服姿の大柄な男が、山本の印象に強く残った。口をひき結んで涙を必死にこらえている——。

「次男の勇二君です。スーツ姿のほうは長男の健一君。弟さんは高二、お兄さんは東大法科で、三年生だったと思うが」

新井が焼香のあとで、山本にそっと耳打ちしてくれた。

征一郎が新井に躰《からだ》を密着させて、ささやいた。

「わたしは帰宅します。連絡しなければならないところがいろいろありますので。あとのことは北脇に申し付けてますので、大丈夫です」

むろん、新井は、征一郎と挨拶を交わしていた。

「ご愁傷さまです」

「いたみいります。呼びつけるようなことをして、申し訳ありませんでした」

「とんでもない。社長のお心遣いに感謝いたしております。祥次郎さんとは大学のゼミが同じで、永いお付き合いです」

「わたしも、あなたは特別だと思ったものですから」

新井と征一郎は、霊安室で、小声でやりとりしたが、新井に寄り添っていた山本に聞こえぬはずはない。

征一郎が未亡人に挨拶して霊安室から退出した直後、北脇が山本に躰を寄せてきた。

「〃むら田〃から病院へ向かっている社長から電話をもらってねぇ。取るものも取りあえず駆けつけてきたんだが、まさか新井さんや山本君が見えるとは思わなかったよ」

「祥次郎副社長がお亡くなりになった直後、新井顧問に社長から電話があったようです」

事実は運転手だが、社長の命を受けてのことなのだから、どっちでも同じことだと、山本は自分に言い訳した。

「〃むら田〃でコレと一緒だったんだろう？　わたしも声をかけられたが、外せない先約があったんで、断ったんだ」

北脇は、右手の親指を横に小さく立てた。

8

「きみ、ちょっと」

北脇が山本を霊安室から廊下に誘い出した。

「すぐ会社に戻ってくれないか。広報担当部長もそろそろ会社に行ってる頃だが、死亡記事の手配を手伝ってくれ。コレはだいぶ参ってたが、立ち直るのも早かった。わたしに対する指示の出し方は間然《かんぜん》するところがなかった……」

北脇は突き出した右手の親指を引っ込めて話をつづけた。

「さすが元大蔵官僚だけのことはあるよ。新聞各紙と有力通信社に祥次郎さんの死亡記事を載せるように手配しろっていうことなんだが、お通夜はあす、密葬はあさって、近親者だけで執り行うことになってる。社葬は未定だ。要人との根回しが必要だからな」

要人の中に、竹山正登が入っていることは疑う余地がない。友人代表で、弔辞を読むとも考えられる。いや、決定的だろう、と山本は思った。

「広報担当部長の木村がすべて心得てるからな。じゃあ頼みましたよ」

「かしこまりました」

山本は、新井に断るべきか考えた。それに次期社長が確実視されている産銀常務の宮本が霊安室にあらわれるかどうかも気になるが、出向初日の初仕事を優先すべきだと思い直して、そのままタクシーで赤坂の東和建設本社ビルに向かった。

社員通用口の受付前で、山本は偶然、福田淳に出くわした。

「福田常務、こんな時間にどうなさったんですか」

「山本さんこそ、どうされたんですか」

こっちは仁丹がまだ多少は効いているはずだが、福田は鼻につんとくるほど熟柿臭かった。しかし、足取りはしゃんとしている。

「北脇常務から広報部長の手伝いを命じられたんです。祥次郎副社長のご冥福《めいふく》を衷心よりお祈り申し上げます」

「ご丁寧にどうも。わたしも、祥次郎さんとは馬が合うほうで、仲良くしてもらいましたからショックですよ。山本さんは生前の祥次郎さんと面識があったんですか」

「いいえ。存じあげてません。新井顧問は学生時代から面識があったそうですが」

「山本さんと同じで、広報活動みたいなことをわたくしなりにやらなければならないんです。社長直々に電話で出社を命じられ、銀座から飛んできました」

福田は「社長直々に」にやけに力を入れた。

通用口からエレベーターホールまで、山本は〝眼鏡をかけた猪八戒〟とこんなやりとりをした。

これは、山本限りの福田のニックネームだが、政治家や闇の世界に、祥次郎の死亡を知らせるべく急遽《きゅうきょ》会社へ戻ってきたに相違なかった。

八階の社長室には、誰もいなかった。

山本が電灯を点《つ》けて、自席で新聞の綴《と》じ込みを繰って、社会面の死亡記事を読んでいるとき、広報担当部長の木村正文が駆けつけてきた。木村もけっこう酒気を帯びていた。

「山本さんが来てくれたので、助かりましたよ。二日前にも、同じようなことがあったんです。まだ早い時間だったので、社長室は全員待機の状態でした。ちょうど……」

木村は時計に目を落として、話をつづけた。

「いま九時十分ですか。九時過ぎに、解除になったんです。持ち直すという情報でしたが、医者の診断《みたて》も当てになりませんねぇ」

けさ名刺を交わしたときは、さして印象に残らなかったが、木村は日本ブルドーザー工業時代からの生え抜きで、昭和三十五（一九六〇）年の入社だから、俺より一回りも年長ということになる。口が回るのは広報担当部長のせいだろう。

山本と同じ立場の審議役（課長）は四人いるが、経営企画、広報の役割分担があいまいなことを山本はいま実感させられた。

「北脇常務は、ああいう人だから、新聞の予定稿みたいなものを用意したらどうか、と言ったのですが、いくらなんでも不謹慎なんじゃないですか、とわたしは拒否しました。山本さんは達筆なんでしょう。ここに必要事項を記入してくれませんか」

木村は薄い後頭部を左手で気にしながら、A四判の紙片を一枚、山本のデスクに置いた。

山本は、達筆と思ったことはないが、悪筆でもない。

紙片には「死亡告知記事依頼書」「東和建設株式会社」の下に、これもタイプ印刷で〝申込日　昭和　年　月　日　午前後　時　分〟とあり、「（ふりがな）氏名」「生年月日」「住所」「連絡先」「出生地」「本籍」「死亡日時」「死亡場所」「病名」「通夜」「本葬」「（ふりがな）喪主」「故人との関係」「備考」の項目ごとに枠が設けられてあった。

「これが原稿です」

走り書きのメモを見ながら、山本が答えた。

「午後七時五十分に亡くなられたんですか。社長はぎりぎりご臨終に間に合われたようですねぇ」

「そうか。山本さんは社長と一緒だったんですねぇ」

「はい。わたしごとき若造まで気を遣っていただいて、恐縮しました」

「山本さんは、将来、大洋銀行で偉くなる人だから、当然でしょう。先物買いみたいなものですか」

「目矩《めがね》違いもいいところです。冗談を言ってる場合じゃありませんね。急ぎましょう」

山本は、「死亡告知記事依頼書」の作成に気持ちを集中させた。

木村は、新聞社の社会部、経済部などに電話をかけまくっている。

新聞社には当番デスクが必ずいるので、連絡はつく。

「通夜、密葬は近親者だけで、執り行います。社葬はまだ未定です。決まり次第、ご連絡させていただきます」

木村の電話は要領を得ていた。

山本が、「死亡告知記事依頼書」を全国紙、ブロック紙、通信社、NHK、専門紙などにファックスし終えたとき、午後十時を回っていた。

「疲れたでしょう。初日早々、ご迷惑をかけました。人使いの荒い会社なんですよ」

「銀行で鍛えられてます。銀行の人使いの荒さも相当なものですから」

「まだ十時で宵の口だから、そのへんで祥次郎さんを偲《しの》んで一杯やりましょうか」

「今夜はこれで帰らせていただきます」

「わたしはとてもじゃないが、まっすぐ帰宅する気にはなれないなぁ。社長が哀れでならない。妹さんの次は弟さん。三人きょうだいで一人取り残されたわけだからねぇ。和田家の悲劇ですよ」

「弟さんの死は覚悟されていたのでしょうが、それでもこたえたと思います。病院からの電話で駆けつけたときの社長の様子は、ただならぬものがありました」

「もうご遺体は、広尾《ひろお》のマンションに運ばれたと思うが、社長はずっとご一緒にいらっしゃるんでしょうねぇ」

山本は、退社する前、木村がトイレに立った隙に、刈田に電話をかけた。大洋銀行の大先輩に連絡しない手はないと思ったのだ。

「遅い時間に申し訳ありません。祥次郎副社長がお亡くなりになりました。常務はご存じでしょうか」

「いや。きみは誰から聞いたんだ」

山本は手短に、今夜のいきさつを話した。

「そうだったのか。和田社長が、大銀調査役の歓迎会をねぇ」

刈田は、焼《や》き餅《もち》を焼いて、とげとげしいほど、皮肉っぽかった。

余計な電話をかけてしまった。しかし、連絡しなければしないで、恨みを買う恐れがある。

山本は静かに言い返した。

「新井顧問のカバン持ちみたいなものですよ」

「わたしは、社長に歓迎会をしてもらった記憶はないよ」

祥次郎の死を悼《いた》む前に、これでは大銀の支店長止まりも仕方がない。取締役になれたのが不思議なくらいだ。

木村の姿が見えたので、山本は「急いでますので失礼します」と電話を切った。

「どこから電話がかかってきたの」

「わたしが女房にかけたんです。まだ残業が続きそうだから、遅くなるって……」

「う、うん」

木村はバツが悪そうな顔をしたが、嘘をついている負い目で、バツの悪い思いをしているのは山本のほうだった。

だが、刈田に電話連絡したとは言いにくい。しかも、刈田の反応が気にくわなかった。

「ありがとう」や「ご苦労さま」のひとことぐらいあって然《しか》るべきではないか。

「奥さんには申し訳ないと思いますが、ちょっとだけ付き合ってくださいよ。三十分だけでけっこうです。わたしのわがままを聞いてください」

「分かりました。三十分というわけにはいかないと思いますが、一時間以内ということで……」

9

木村が行きつけの赤坂のクラブ〝まゆみ〟で、水割りウィスキーを飲みながら、山本が訊《き》いた。

「五人の副社長には、どなたが連絡したんでしょうか」

「北脇常務の指示で、小林取締役が自宅から電話したと思うけど」

「なるほど。さすが手ぬかりはありませんねぇ。熊野部長とわたし以外の社長室の審議役は、どうされましたか」

「しまった。気が動転してて、すっかり忘れてた。熊野部長は、当然、小林取締役から聞いてると思うが、鈴木、佐竹、渡邊の三人にはしてないなぁ。広報担当の鈴木には、わたしが当然しなければいけなかった。しかし、いまから呼びつけるわけにはいかんよなぁ。北脇常務は、山本さんを手伝わせるからかまわない、と言ってたが、それにしても、鈴木には電話をかけるのが上司の役目ですよねぇ」

「失礼ながらそう思います。わたしが鈴木審議役の立場だったら、僻《ひが》みますよ。鈴木さんは会社に駆けつけるべき方なんですから」

山本は、アルコールの勢いで木村を詰《なじ》ったわけではなかった。大洋銀行でも、遠慮会釈なく、上下左右に関係なく、ずけっとものを言うので、顰蹙《ひんしゅく》を買ったり、逆に頼もしがられたり、受けとめ方は人さまざまだった。

「わたしを含めて四人の審議役の役割分担はどうなってるんですか。北脇常務から木村部長を手伝えと命じられたとき役割分担はないのかと思いました」

「いくら土建屋だって、そんないい加減な組織じゃないですよ。銀行さんほどしっかりしてませんけど」

「失礼しました」

「ただ、山本さんは別格ですよ。社長の秘書ですから。佐竹と渡邊は、経営企画の担当です」

北脇が俺に広報の手伝いをさせたのは、いかなる心境によるのだろうか。和田社長から、スパイ云々《うんぬん》の話が出たことに拘泥《こうでい》しているのだろうか。親近感を示したとも取れるし、別格扱いに反発していると取れないこともない。

「鈴木さんに、わたしが電話をかけましょうか」

「それはないでしょう。わたしがかけます」

木村がボックス・シートから腰をあげた。

グランドピアノ一つを見ても、高級クラブのたたずまいだが、三十人は収容できるボックス・シートは八割方埋まっていた。客のすべてが社用族と見てさしつかえないだろう。どれもこれもドブネズミ・スタイルばかりだった。

ホステスも美形をそろえている。木村と山本のボックスにも、馴染《なじ》みらしい若いホステスが一人付いていたが、二人の話には興味なさそうだった。

「トイレはどこですか」

「あそこよ」

ホステスはけだるそうに指差した。

こいつは莫迦《ばか》だ。口のきき方もわきまえていない。美形なので、客にちやほやされて、いい気になっているのだろう。

それにしても、木村の丁寧語は気になる。別格も気にいらない。豪華なトイレで放尿しながら、山本は顔をしかめた。

山本がトイレからボックスに戻っても、木村はまだ鈴木と電話中だった。しかも、さかんに電話機に向かって頭を下げている。

木村が戻ってくるまでに十二、三分は経った。

「いまから、会社へ行くって言い張るのを宥《なだ》めるのに苦労しましたよ」

「鈴木さんの気持ちはよく分かりますよ。疎外感をたっぷり味わわされたんじゃないでしょうか。わたしに手伝えと言うのは当然ですが、北脇常務の指示の出し方はいかがなものでしょうか」

「責められて然るべきは、わたしのほうですよ。部下に謝るのも楽じゃないですね」

山本は、鈴木に嫉視《しっし》されるかもしれない、と気を回したが、こっちから変に気を遣うのはやめようとわが胸に言い聞かせた。

10

山本が社長室の自席で、「死亡告知記事依頼書」を書いていた頃、和田征一郎は、赤坂の自宅マンションから、サンパウロに滞在中の妻の恵美子に国際電話をかけていた。

二人だけで話すときは日本語だが、英語が混じることもある。

二人は、二日とあけずに、ひんぱんに電話で話していた。

恵美子は、カイザー・パークホテルの特別室にオフィスとハウスを構えていた。

「サンパウロに行けなくなったよ」

「ほんとうなの。ジョークでしょ」

「来週中に発《た》つつもりだったが、今夜七時五十分に祥次郎が帰らぬ人になった。エミー、あすの通夜には間に合わんだろうが、あさって、日本時間で六月三日の午後、東京に来てもらえないかなぁ」

「………」

「ハロー」

「ジョージ、ブラジルは日本から最も遠い国なのよ。無理言わないで。東京に長期滞在することになるので、支度だけでも大変だわ。祥次郎さんがお亡くなりになったことには心よりおくやみ申し上げます」

ジョージとエミーは和田夫妻の愛称だ。

「わたしもジョージに死にそうなほど逢《あ》いたくて逢いたくて……」

「エミー、それはお互いさまだ。三日はごく内輪の密葬だから、エミーは本葬、社葬のほうに出席してくれればいいが、なるべく早く来日してくれると嬉《うれ》しいな」

「そうするわ。ゼネラル・ガリエガを本葬にお呼びしたらどうかしら」

「グッド・アイデアだ。ゼネラル・ガリエガをこの機会に招待しよう」

マヌエル・ガリエガは、パナマ軍の最高司令官である。東和建設がパナマから土木工事を受注したり、ホテルを買収した関係で、和田夫妻はガリエガ将軍と懇意にしていた。

パナマ共和国は、独裁者オマル・クリホスが一九八一年に謎のヘリコプター事故で死亡して以来、ガリエガ将軍が事実上、政治の実権までも握った。

クリホスは、ガリエガに殺害されたとする説もあるが、サンパウロを拠点にしてガリエガに接近した和田夫妻は、パナマのバカモンテ港の浚渫《しゅんせつ》や土木工事を機に、パナマへの進出を本格化させていった。

パナマ運河の浚渫はODA（政府開発援助）で三洋建設が独占的に請け負っているが、道筋をつけたのは財界の重鎮、故長野重二である。長野は昭和五十九（一九八四）年五月に他界したが、晩年に第二パナマ運河プロジェクトを提唱したほどパナマにのめり込んだ。昭和五十五（一九八〇）年一月に、第一次長野ミッションがパナマに派遣されたが、ミッションを仕掛けたのは産銀だ。

「父で一度経験しているが、社葬となると一大事業で、準備に時間がかかる。いまから竹山先生に電話をかけて相談するが、竹山先生以外の要人にも祥次郎の死を知らせたいので、これで電話を切るよ。エミー、来日のスケジュールが決まり次第、電話をかけてください。ゼネラル・ガリエガとの接触は、エミーにまかせるが、受け入れ態勢のほうはゼネラル・ガリエガのOKが取れ次第、わたしにまかせてもらいます」

「OK。ジョージ、アイ・ラブ・ユー」

「エミー、愛してるよ」

和田征一郎は、恵美子との国際電話を切り上げるなり、竹山正登の私邸に電話をかけた。

竹山とのホットラインは二十年前からあった。

「和田征一郎です。夜分、恐縮です」

「やぁ。なにごとですか」

「祥次郎が今夜七時五十分に亡くなりました」

「ふぅーん。時間の問題とは聞いていたが、それにしても急なことだねぇ。お力落としでしょう」

「悲しんでばかりもいられません。たったいまサンパウロにいるワイフとも電話で話したのですが、社葬で送ってやりたいと思います。失礼ながら先生にぜひとも友人代表として弔辞を賜りたいと存じますが……」

「わたしでよければ、喜んでお受けさせていただく。無役だが、いいのかね」

「ご冗談を。ありがとうございます。国会のほうはどうなるのでしょうか」

「臨時国会は七月六日に召集されることに決まったよ。それまでに社葬をやったらどうかね。曽根田総理も出席できるわな。与党の幹部はみんな大丈夫だわな」

「ご配慮、ありがとうございます。社葬の日時が決まり次第、ご連絡させていただきます」

「承知しました」

11

和田が、産銀の池島会長と高橋常務に祥次郎の急逝を伝えた直後に、電話が鳴った。

竹山からだった。

「先刻はどうも。言い忘れたことがあるので電話したのだが、〝竹豊会《ちくほう》〟のメンバーには祥次郎さんの訃報《ふほう》を伝えたの」

「池島さんにはいま電話したところですが」

「〝おっちゃん〟一人だけじゃなく全員に伝えたほうがいいわな」

「気がつきませんでした。竹山先生にご注意していただいて恐縮至極でございます。さっそく電話連絡させていただきます。ありがとうございました」

「あなた一人で二十四人は大変だから、僕も手伝うかねぇ」

「滅相《めっそう》もない。時間は充分ございます。わたくし一人で大丈夫です」

「それもそうだわなぁ。僕が〝竹豊会〟の面々に電話するのは、なんだかおかしいかねぇ。じゃあ、よろしくお願いするよ」

竹山との二度目の電話が終ったのは、九時五十分だった。

竹山は、池島のことを親しみを込めて、「おっちゃん」と呼ぶ。

〝竹豊会〟は、竹山と同郷の共立発酵の創業者、河野輝三郎が池島に頼み込んで、昭和五十年代の初期に発足した竹山を囲む親睦《しんぼく》会である。

竹山が島根全県一区から立候補して、衆議院議員に当選したのは昭和三十三（一九五八）年五月二十二日（第二十八回総選挙）で、三十四歳のときだ。河野は、共立発酵を発酵化学分野で世界の第一人者に育てた名経営者として知られているが、竹山が陣笠《じんがさ》の頃から物心両面にわたって支援し続けてきた。

河野は鬼籍入りして久しい。〝竹豊会〟の産みの親は河野だが、池島が終身会長を引き受けた。河野の呼びかけに応じた有力企業二十五社の経営トップが年二回、竹山を囲んで新橋の料亭〝新喜悦〟で会食する親睦会が連綿と続けられてきた。肩書きが変わっても、メンバーは終身会員だ。

連絡役の幹事は、産銀と共立発酵が交互に担当していた。

さすが〝根回しの人〟〝気配りの人〟といわれるだけのことはある、竹山正登はたいした人だ、と和田は思いながら、まず、河野乾治の私邸に電話をかけた。かれは、河野輝三郎の長男で、共立発酵の三代目の社長だ。

「東和建設の和田です。夜分恐縮でございますが、竹山正登先生のお申し付けを賜りましたので、まことに失礼ながらお電話させていただきました。実は……」

河野乾治に限らず、メンバーの全員に、和田は判で押したように、同じ内容の電話をかけまくった。所要時間は、相手が本人か、本人が不在で家人が対応するかの違いはあるが、一人平均三分、約一時間を要した。

ちなみに三社を除く竹豊会のメンバー企業（順不同）は以下のとおりだ。
▽石播重工▽近畿電力▽阪神鉄鋼▽新日製鐵▽大盛建設▽丸協石油▽日東鉱業▽日本合成ラバー▽太平洋漁業▽極東水産▽大一生命▽東都海上火災保険▽東邦燃料▽日華食品▽東京郵船▽五井物産▽ジャイアンツランド▽東京ビル▽協立銀行▽東洋銀行▽農中金庫▽大英基金。
次期総理の呼び声高い、いまをときめく竹山を励ます親睦会〝竹豊会〟のメンバーに名前を連ねていることを誇らしく思わぬ者は一人としていなかった。

年間二百万円程度の政治献金など安いものだ、と誰しも思って当然だ。宴会費を含めてすべて会社持ちなのだから、なおさらである。

言うまでもなく深夜の和田の電話に、厭《いや》な顔をする者などいようはずがなかった。

和田は「社葬では竹山先生が友人代表として弔辞を詠《よ》んでくださることになっております」と付け加えることを忘れなかった。

出たがり屋に超の付く、石播重工社長の稲村三郎などは、「わたしでお役に立つことがあれば、なんなりと言ってください」と暗に弔辞を詠みたいと匂わせた。

新日製鐵会長の佐藤洋三郎、五井物産会長の川田俊郎も然《しか》りだ。

俺が俺がの自己顕示欲と、ゴマ擂《す》りでトップにのし上がった者たちの中でも、この三人は際立っていた。

時刻は十一時を過ぎた。

征一郎は、新井の自宅にも電話をかけた。

「今夜はいろいろとご迷惑をおかけしました」

「なにをおっしゃいますか」

「さっそくなんですが、祥次郎を社葬で送ってやりたいと思いますが、新井さんのお考えはどうでしょうか」

「当然、そうなさるべきだと思いますが」

「賛成していただけたわけですね。ありがとうございます」

「もちろんです」

「ついては、新井さんに実行委員会の委員長になっていただければと思いまして」

「わたしはまだ顧問です。顧問の立場ではいかがなものでしょうか」

「今月の二十六日には管理部門担当の筆頭副社長になっていただくわけですから、問題はないと思います。副委員長を二人か三人付けて補佐させますから、新井さんにはさほど負担はかからないと思います」

否《いや》も応もない。征一郎は命令口調に近かった。

「承りました」

「ありがとうございます。お受けいただけて、ホッとしました」

と心配したのだ。

新井は、葬儀委員長まで押しつけられるのだろうか、と心配したのだ。

「悩むところです。親父のときは、当時の筆頭副社長にお願いしましたが、竹山先生に友人代表をお願いしようかと思っておりますので、バランス上、社長のわたしが務めさせてもらうのがいいのかなあと考えてますが。どうしたものでしょうか……」

「それは、よろしゅうございますねぇ。お父さまと兄弟では、まったく別です。社長が葬儀委員長をおやりになることに、わたしは大賛成です」

「新井さんに賛成していただけて、迷いがふっ切れました。ありがとうございます」

12

この夜、山本が帰宅した時刻は午前零時近かったが、いつもなら先に寝てしまう美由紀は起きていた。

「十一時過ぎだったかしら、新井さんから電話があったわよ。折り返し電話をもらいたいって、おっしゃってたわ」

「いくらなんでも、この時間じゃあ、寝ちゃったろう」

「遅くなっても、かまわないとかおっしゃってたけど」

「じゃあ、かけてみるか。五度の呼び出し音で出なかったら、切るよ」

山本は、ネクタイを外して、ソファに放り投げ、ワイシャツを腕まくりしながら、電話機に向かった。

新井は一度で出てきた。

「はい。新井です」

「山本です。いま帰宅したところなんです。遅くなって申し訳ございません」

「ご苦労さま。大変でしたねぇ」

「広報担当部長の木村さんに、強引に二次会を誘われて、つい……」

「わたしはご遺体が霊安室から霊柩車《れいきゅうしゃ》で運ばれるのを見届けてから、帰りました。そう言えば北脇常務が、山本君を広報関係でお借りしましたなどと妙な言い方をしたので、断るまでもないと言っておきましたよ」

「産銀はどなたか見えましたか。大銀とのバランスを考えれば、宮本次期社長が見えるかと思いましたが」

「誇り高き産銀の常務が病院の霊安室までは来ませんよ。われわれは、ゆきがかり上、そうしましたが。征一郎社長の配慮もあったかもしれない。それと、わたしは祥次郎さんと同じゼミなんです」

「……」

「社葬で、お送りすることに決まりましたよ。十一時過ぎに社長から電話がありました。葬儀委員長は社長自らおやりになるということでした。東和建設の創業者で、先代の和田太郎さんの社葬のときは、筆頭副社長が委員長でしたが。昭和五十七年一月中旬の風の冷たい日だったのを覚えてますよ。会葬者は二千人以上で、凄い人でしたね。青山斎場に中田栄角、福井威《たけし》、三森政夫の元首相や、次期首相の曽根田行政管理庁長官、川中太郎科学技術庁長官ら錚々《そうそう》たる顔ぶれが参列しました」

「竹山正登さんは、現れなかったのですか」

「もちろん来てましたよ。当時は須々木内閣の時代だったが、竹山さんは閣僚ではなかったと記憶してますが」

「社葬となると、大変ですねぇ」

「実行委員長を仰《おお》せつかって、参ってますよ。委員は五十人以上になると思いますが、つらつら考えてみたところ、社長は、わたしの顔を立てたということになるんでしょうねぇ。それと、社内地図を早く呑《の》み込むためにも、ベターだと社長なりの配慮があると思います」

「わたしのような若造にまで気を遣う方ですから、おっしゃるとおりだと思います」

「………」

「顧問もお疲れでしょう」

「気が高ぶって、なかなか眠れないので、一人で水割りウィスキーを飲んでたが、山本さんと話して、だいぶ気持ちが平静になってきました」

「わたしも新井顧問と話して、気持ちが落ち着いてきました」

「お互い、今夜は得難い体験をしましたねぇ。きみと話して、やっと眠けがきたようです」

「わたしも……」

山本は生あくびを抑えかねた。

「あしたは大変な一日になりそうですね。お互い少しでも寝ておかないと」

「おやすみなさい」

新井は、格別喫緊《きっきん》な話があったわけではなかった。ただ、俺と話したかっただけのことだ。

13

翌朝、山本は五時過ぎに目覚めた。いつもより一時間も早い。寝不足で頭が重かった。

山本宅ではA、B二紙購読している。山本はトイレでA新聞を読む習慣が染みついていたが、なんだか憚《はばか》られ、先にトイレで用を足してから、玄関のキーを持って、新聞を取りに行った。

山本は玄関前でA新聞を小脇に挟んで、B新聞を開き、社会面の死亡記事に目を凝らした。

和田祥次郎さん（わだ・しょうじろう＝東和建設副社長）1日午後7時50分、急性心不全のため、東京都文京区の病院で死去。52歳。自宅は東京都渋谷区広尾二ノ××。告別式は社葬で行うが日取りなどは未定。喪主は妻、治子さん。

山本は、霊安室で涙にくれていた治子未亡人の気品のある顔を目に浮かべた。もう一人、高齢の女性と目礼を交わしたが、気品の良さと凜々《りり》しさが感じられた。征一郎、祥次郎兄弟の母親と察せられた。息子に先立たれた母親の悲しみは痛いほど分かる。しかし覚悟はしていたのだろうか。必死に悲しみに耐えていたとも思える。気丈にふるまい、新井にも丁寧に挨拶《あいさつ》していた。

きりっとした健一、勇二の兄弟の顔も、山本は目に浮かべた。

山本は六時半に家を出た。七時二十分に東和建設本社に着いたが、昨夜のうちに祥次郎死去の知らせが伝わったとみえ、早朝出勤してくる社員の姿は、驚くほど多かった。

大蔵省から天下りした征一郎と異なり、祥次郎は東和建設の生え抜きである。副社長になってほどなく宿痾《しゅくあ》に倒れたが、心優しい祥次郎は社員から敬愛されていた。

社長室の顔ぶれは七時半までに北脇常務以下全員そろった。わけても広報担当審議役の鈴木は七時前に出勤し、早くも電話の対応に追われていた。

死亡記事を読んで、電話をかけてくる業界紙などの報道関係者はひきも切らない。

昨夜、木村に食ってかかった鈴木のことだから、意地でも一番乗りしたと思える。

心ならずも北脇に命じられて、結果的に鈴木の仕事を奪ってしまった山本は、鈴木にどう対応していいか悩むところだが、目が合ったとき、会釈すると、鈴木は伏目になった。気持ちは分かるが、狭量なヤツだ、と思うだけのことだ。こっちからお世辞を使ういわれはない、と山本は思った。

「山本さん、昨夜はどうも」

「こちらこそ」

山本は木村に肩を叩《たた》かれたときの鈴木の反応を見逃したが、木村は明るい性格と見え、鈴木の肩を叩くことも忘れなかった。

「悪かったな。山本さんに言われるまで、気がつかないなんて、どうかしてたよ。取り乱してたんだろうなぁ。われながら恥ずかしいよ」

鈴木は返事をせずに、うなずいただけだった。

八時に、北脇が小林取締役以下を会議室に集めた。

「新井顧問が社長の指示で、社葬の実行委員長になったよ。社葬は大事業だ。社長室は全員が実行委員会のメンバーのつもりで、ひと頑張りもふた頑張りもしてもらうからな。わたしは社長から副委員長を仰せつかったが、新井顧問は不慣れと思うので、事実上、わたしが取り仕切らざるを得ないと思うんだ。副委員長は二人で、もう一人は総務部長だ」

常務取締役の石川勝は、管理本部副本部長兼総務部長を委嘱されていたが、序列は北脇のほうが上だった。

「社長は、昨夜は一睡もしてないんじゃないかねぇ。竹山先生や〝竹豊会〟のメンバー全員への電話連絡を一人でこなしたそうだが、わたしに社葬のことで電話をかけてきたのは午前三時だった。お母さんの百合子さんはご兄弟が育った逗子《ずし》のお寺で、お葬式をしたらどうかという意見らしい。ところが、社長は交通の便を考えても都心に限ると主張されてねぇ」

「竹山先生が友人代表として弔辞を詠んでくださるそうですが、そうなると逗子のお寺というわけにもいかないんじゃないですか」

小林取締役がしたり顔で言った。

「おっしゃるとおりだ。曾根田総理も出席してくださるそうだし、忙しい大企業の会長や社長のことを考えると、逗子は遠いよなぁ。お母さんがけっこう強硬なので、社長は弱ったとぼやいてたが……」

北脇がここまで話したところで、ドアのノックの音が聞こえた。富永かおりが「失礼します」と一礼してメモを北脇に手渡した。

かおりは北脇、小林付の秘書で、二十七歳。社長室のもう一人の女性は、上原恵子で二十四歳。二人とも女子大の英文科を出ていた。

メモに目を走らせて、北脇が中腰になった。

「社長からお呼びだ。山本君も一緒に来てもらおうか。会議はとりあえず閉会とする。電話の対応を富永君と上原君の二人にまかせるわけにもいかんから、みんなで頼む」

メーンバンクとはいえ、銀行からの出向者を秘書にする社長の気が知れない、と全員の顔に書いてあった。山本自身も、和田征一郎がなにを考えているのか解《げ》せない面はあった。

14

社長執務室のソファに和田、新井、石川の三人が坐《すわ》っていた。

腰を浮かせて、北脇と山本を迎えたのは、新井だけだった。

山本は、ソファに坐らず、しばらく起立していたが、和田が声をかけてくれた。

「山本さんも立ってないで坐りなさい」

「失礼します」

山本は、北脇の右隣に腰をおろした。

「お通夜も密葬も、近親者だけで執り行うことになっているが、問題は社葬です。母は遺体を逗子の実家に運びたかったようだが、それだけはまかりならぬと、わたしは義妹《いもうと》を説得して断固拒否しました。母は広尾の弟のマンションに泊まっているが、母と電話でいくら話しても埒《らち》が明かないので、いまから新井顧問と山本さんに、説得に行ってもらいます。身内のわたしが話すよりは説得力があると思うからです」

「社葬の日取りはいかがいたしましょうか。仮押さえでも、名誉会長と同じ青山斎場を確保しておくのがよろしいと思いますが」

「わたしも北脇さんのご意見に賛成です。少しきついかもしれませんが、二週間以内を目途《めど》に進めてください。実行委員会のメンバーは北脇さんと石川さんにおまかせします。よろしくお願いします」

和田は膝《ひざ》に手をついて、二人に向かって低頭した。

そして、新井にも目礼したのは、すぐ出かけろ、という意味が込められていた。

「さっそく広尾に行って参りますが、社長ちょっとよろしいですか」

新井は、和田を廊下に誘い出した。

「わたしも学生時代に逗子のお屋敷に伺ったことがありますし、お母上によくしていただいた一人ですが、お母上に最も可愛がられたのは、産銀の宮本常務です。かれは高校時代から祥次郎さんとは無二の親友です。わたしから宮本さんに声をかけて、同行をお願いしてもよろしいでしょうか」

「おっしゃることは分からなくもないが、筋違いのような気がしますよ。宮本さんが当社の顧問なら話は別ですけど。それと、宮本さんは社長候補の一人に過ぎません。まだ池島会長の承諾を得ておりませんし、わたくしは別の人を考えないでもないのです」

新井は小首をかしげた。来年六月に宮本が社長になると明言したのは和田自身だ。食言《しょくげん》も甚《はなは》だしい。

気持ちが変わることは人間よくあることだから、新井は表情には出さなかった。

「子供の使いになることを心配したものですから。宮本さんのほうがお母上には、ものが言いやすいのではないかと思いまして」

「祥次郎とゼミが同じだった新井さんなら、母も折れますよ。母はわたしにはちょっと冷たいんです。離婚をずいぶん強く反対されましたからねぇ」

「分かりました。余計なことを申し上げて、失礼しました」

和田と入れ替えに、社長執務室から山本が出てきた。

「わたしがお伴《とも》してよろしいのですか」

「もちろんです。社長命令じゃないですか」

山本も新井もこわばった顔で、エレベーターホールへ向かい、地下二階の駐車場へ降りた。

セドリックが走り出してから、新井が小さな吐息を洩《も》らした。二人は後方シートに並んで坐っていた。助手席に坐ろうとする山本を新井が「こっちへ」と強い口調で命じたからだ。

「〝竹豊会《ちくほう》〟って、なんのことかご存じですか」

「詳しいことは知りませんが、竹山正登代議士を支援する一部財界人の親睦《しんぼく》会じゃないですか。〝竹豊会〟がどうしたの」

「けさ、社長室の部会で、北脇常務が、昨夜社長が〝竹豊会〟のメンバー全員に、電話をかけたと話してました」

「祥次郎さんが亡くなったことを連絡したということでしょう。和田社長が〝竹豊会〟のメンバーであることは承知してますよ。たしか産銀の池島会長が〝竹豊会〟の会長だったと思います。メンバーは二十人ぐらいでしたかねぇ」

「顧問から、お電話いただいたのは十一時過ぎと家内に聞きました。二十人の財界人に電話するだけでも大変ですが、北脇常務は午前三時に社葬のことで社長から電話があったそうです。社長は一睡もしてないんじゃないか、と話してました」

「気が張ってるし、竹山代議士が友人代表を引き受けたこともあって、悲嘆にくれるやら、興奮するやら、相当ハイテンションになってるんでしょうねぇ」

「やっぱり竹山正登が友人代表ですか」

「快諾してくれたそうです。さっき、石川常務と社長から聞きましたよ」

「竹山正登は時の人です。創業者のときは二千人以上とお聞きしましたが、東和建設と和田社長の実力からすれば、三千人は社葬に参列するんじゃないでしょうか。そうなると逗子はやっぱり問題ですねぇ」

新井は仏頂面で腕組みした。

「お母さんを説得できないようだと困ったことになりますねぇ」

「ちょっと駄々《だだ》をこねてるだけじゃないでしょうか」

「それならいいが、お母さんと征一郎さんの関係は離婚以来、微妙になってるようだから、そう簡単に折れてくれるとは思えないが」

新井はふたたび吐息を洩らした。

「わたしは出向早々こんな忙しい目に遭うとは想像だにしませんでした。しかし、顧問に比べたらたいしたことはないと思います。特に実行委員会の委員長は大変ですよ」

実行委員会を取り仕切るのは、副委員長の自分だ、と北脇が言ったことを明かす必要はない――。

「事実上の実行委員長は北脇常務ですよ」

眉間《みけん》にたてじわを刻んだ新井の横顔を見ながら、山本は胸の中を覗《のぞ》かれたような気がした。

「祥次郎さんのお葬式を逗子のお寺でやりたいというお母さんのお気持ちは分かりますよ。駄々をこねてる、とは思えませんねぇ」

三度目の吐息は、もっと長くて深かった。

15

和田祥次郎の広尾のマンション宅は、山本が想像していたよりずっとスペースも狭くて、地味なたたずまいだった。四階の三ＬＤＫで、三十坪足らずと思えた。

食卓やソファを片づけた、やや広めのリビングに祭壇がしつらえてあり、ドライアイスに保護された祥次郎の遺体が納棺されてあった。

新井と山本は、線香をあげて、合掌してから、祭壇の前で、百合子と治子に向かい合った。新井の訪問は、事前に連絡しておいたので、二人とも、絹の喪服姿だった。

「こちらは、昨夜、病院の霊安室でお見受けしましたが、失礼ながら会社の方でいらっしゃいますか」

百合子の丁寧なもの言いに、山本は気おくれしたが、座布団を外して、絨毯《じゆうたん》にひたいがくっつきそうになるほど低頭した。

「ご挨拶《あいさつ》が遅れて申し訳ありません。山本泰世《たいせい》と申します」

「失礼しました。ご紹介させていただきます。山本は六月一日に大洋銀行から出向し、社長室の審議役として、和田社長の秘書のような役を担当しております。よろしくお見知りおきください」

新井は座布団は敷いたままだったが、絨毯に手を付いて、丁寧にお辞儀した。

「まあ、きのうから。いろいろお世話になりました。ご苦労さまです。どうぞお座布団をおあてください」

「ありがとうございます」

山本は、ふたたび座布団に正座したが、「お二人ともお崩しになって」と、百合子に言われて、新井と顔を見合わせた。

「ご霊前ではそうも参りません。正座は慣れております」

山本も小さくうなずいた。

「冷たいうちに、めしあがってください」

「いただきます」

くもりガラス状になったコップの麦茶をひと口飲んで、新井が居ずまいを正したので、山本も背広の襟を合わせて、背筋を伸ばした。

「ご用向きを伺わせていただきましょうか」

百合子に機先を制せられて、新井はなんともいえない顔をしたが、小さな咳《せき》払いをして気合いを入れ直した。

「征一郎社長からお聞き及びとは存じますが、社葬は先代と同じ青山斎場で執り行いたいと役員、社員一同願っております。なんとかお聞き届けいただけませんでしょうか」

「大洋銀行さんも同じご意見なのですか」

「そう思います。まだ顧問の立場で、僭越《せんえつ》なことは重々承知しておりますが、わたしは社葬の実行委員会の委員長を社長から仰せつかりました。委員長として、お願いに参った次第です」

百合子は麦茶をすすって、ひと息いれてから、新井をまっすぐとらえた。

「反対です。治子さんも、孫たちも、わたくしも逗子の延命寺が祥次郎の本葬に最も相応《ふさわ》しいと思っています。征一郎も祥次郎も逗子で少年期、青年期を過ごした故郷《ふるさと》なんですよ。お偉い方々は弔電でよろしいじゃありませんか」

「弱りました。子供の使いで帰るわけには参りません」

新井が吐息を洩らした。

「主人のときも、あんな盛大なお葬式でよかったのかどうか考えてしまいました。お偉い政治家や財界の方々がたくさんいらしてくださいましたが、征一郎の求心力が働いたのだと思います。主人は決して政治に淫《いん》する人ではありませんでした。竹山先生が友人代表で弔辞を詠んでくださるから、あるいは曽根田総理がお見えになるから逗子は遠い、都心でなければ困ると征一郎は言いますが、祥次郎のお葬式で、征一郎のお葬式ではありませんのよ。遺族、わけても喪主の治子さんの思いを尊重するのが礼儀ではありませんか。竹山先生のようなお偉い方々が見えなくても、わたくしはいっこうにかまわないと思います」

七十五歳とは思えない。凛《りん》とした百合子の態度に、新井はなにも言い返せなかった。

終始うつむいていた治子がそっとハンカチで涙をぬぐった。

長い沈黙を破ったのは、山本だった。

「ひとこと、よろしいでしょうか」

新井が小さく二度うなずいた。

「お母さま、奥さまのお気持ちは痛いほどよく分かります。しかし、社葬は一大事業で、東和建設の格、社格を考えて、熟慮のすえ、社長が決断し、マスコミにも発表しました。逗子のお寺が社葬に相応しくない、とは申しませんが、会社の発展に功績のあった祥次郎副社長のためにも、会社のためにも、青山斎場は最適だとわたしは思います。役員、社員の総意で、全員が願っているとおぼしめしいただき、どうかお許しください。創業社長は社員を大切にされた方と承っております。お母さまは、いまでもお茶の先生として、女子社員から慕われ、敬愛されているとお聞きしています。わたしは、こんな素晴しい会社で働けることを心から喜んでます。お願いします。どうか……」

山本は感きわまって、涙声になっていた。

「長いひとことでしたねぇ。でも、なんだかほだされてしまいました」

百合子は、治子のほうにやわらかい目を向けた。

「治子さん、わたくしはもう負けそうです。あなたはどうですか」

「それでけっこうです」

治子がくぐもった声で答えた。

「ありがとうございます」

「感謝の言葉もありません」

山本と新井が、うわずった声で礼を言い、這《は》いつくばうように低頭した。

「お二人ともお手をあげてください。征一郎が図に乗っているのではないか、いい気になっているのではないかと気がかりでなりません。でも、お二人に免じて、社葬の件については譲歩しましょう。山本さん」

「はい」

山本は弛緩《しかん》しかけた緊張感を取り戻して、姿勢を正したが、百合子のまなざしはやさしかった。

「入社二日目で、わたくしがお花を教えるため週一度会社にお邪魔していることをよくご

い」

「失礼しました。上がってまして、お花とお茶を言い間違えてしまいました。ごめんなさ

存じでしたねぇ」

山本は頭を垂れてから、話をつづけた。

「先刻、車の中で新井顧問から伺いました」

咄嗟《とっさ》に口をついて出た嘘だ。山本は誰に聞いたか覚えていなかった。

新井がフォローしてくれた。

「大銀《たいぎん》のOBで、東和建設のお世話になった者は何人もおります。もちろん、わたしは存じております。大奥さまがボランティアで女子社員にお花の指導をするため、逗子から週一回夕方お見えになっていることを知らない者はおりません」

「うるさがられているかもしれませんが、わたくしと東和建設の絆《きずな》は、お花だけですから……」

百合子は伏目になったが、すぐに山本をとらえた。

「山本さんのような立派な方が秘書をしてくださって、征一郎も幸せですよ」

「とんでもない。社長の足を引っ張らないように一所懸命頑張ります」

「よろしくお願いします」

百合子に頭を下げられて、山本はきまりが悪いといったらなかった。

16

帰りの車の中で、新井が微笑《ほほえ》みながら山本の肩を叩《たた》いた。

「よくやったな。殊勲甲ですよ」

「お花をお茶と間違えるなんて恥ずかしいです。顧問にも失礼しました」

「わたしまで立ててくれて、山本さんは大したやつですよ。声涙倶《せいるいとも》に下る名スピーチだった。だからこそ、百合子夫人は折れてくださったんだ」

結果的に山本は新井にゴマを擂《す》ったかたちだが、そうした意識はなかった。

「百合子夫人が、社長に対して厳しい見方をしてるのには、びっくりしました」

「うん。A新聞のスクープ記事がこたえてるんだろうか」

「東興建設株の買い占め問題ですか。あれはわたしも気になりました」

「きみは社長にヤクザと会ったのかと直截《ちょくせつ》な質問をして、厭《いや》な顔をされたねぇ。きみの取《と》り柄《え》でもあるが、少しは遠慮もせんとねぇ」

「莫迦《ばか》は死ななくちゃ治らない口で、われながらあきれてます」

「…………」

「百合子夫人は創業者が政治に淫することはなかったとおっしゃいましたが、事実なのでしょうか」

「どうなのかねぇ。和田太郎さんが夫人に仕事の話をしたことはおそらくないと思いますよ。したがって百合子夫人は仕事や人事に口出しするタイプではない。北政所《きたのまんどころ》でなかったことは間違いないが、比較の問題で言えば、征一郎夫人の恵美子さんはキャリア・ウーマンみたいな人だからねぇ。政治に淫するについて考えれば、太郎さんと征一郎さんとでは比較にならないでしょう。片や次期総理候補の竹山正登氏と、それこそ刎頸《ふんけい》の交わりの関係なのだから。百合子夫人の思いは複雑ですよ」

「和田征一郎社長と竹山正登の運命的な出会いが、東和建設にとってどういう結果になるのかは、すべてこれからですけれど、百合子夫人のひとことは、印象に残りますねぇ。昭和六十二年六月二日は、忘れ得ぬ日になると思います」

「それはお互いさまだ。男の涙が威力を発揮することを痛感させられましたよ」

皮肉っぽい口吻《こうふん》ではなかったが、山本は切なそうな顔を窓外に向けた。

青山斎場を強行することが正しかったのかどうか。俺は「社員の総意」とまで言ってしまったが、事実はどうなのか。しかし、東和建設はいま勢いづいている、この流れに乗らぬ手はない——。

突然、自動車電話が鳴った。

中年の運転手が受話器を取った。

「はい。あと五分ほどで会社に戻りますが。新井顧問に替ります。社長からです」

受話器が新井に手渡された。

「新井です」

「どういうことになりました」

「結論を申します。青山斎場でご承諾いただきました」

「信じられない。よくやってくれました」

「すべて山本のお陰です。殊勲甲だと褒めてやったところです」

「あと五分で会社に戻るそうですが、戻り次第、わたしの部屋に来てください。山本さんにも一緒に来てもらいましょうか」

「承知しました」

17

新井と山本が社長執務室に入室したのは午前九時四十分だ。

和田は、手でソファをすすめながら、うれしそうに二人をねぎらった。

「ご苦労さまです。ほんとうに感謝感激です。ありがとうございました。それにしてもよくぞ。あれほど頑《かたく》なだった母が……。信じられないくらいです」

新井が正確に要領よく事実関係を説明した。むろん「政治に淫する」は省かれていたが。

「わたしはなんの役にも立たなかったのですが、山本さんの涙ながらの説得はお母上の心の琴線《きんせん》に触れたのだと思います」

「穴があったら入りたいです。お花とお茶を間違えたり、上がってしまって、なにを話したのか覚えていないくらいなのですが」

「母はいまだに文学少女みたいなところがあって、間違えたのが逆によかったかもしれませんよ」

山本は気恥ずかしくて下を向いたが、和田と新井は声をたてて笑った。

和田がすぐに表情をひきしめた。

「青山斎場は六月十九日金曜日午後四時を仮押さえしてますが、お陰さまで日時と場所が決定したことになります。山本さん、北脇と石川にさっそく伝えてください」

「かしこまりました」

山本は一礼して、退出した。

社葬という名の大事業が動き出したことになる。

六月三日付の各紙朝刊社会面に社葬の告知記事が掲載された。

実行委員会、小委員会が間断《かんだん》なく開かれた。

取引先は営業部門が前面に出なければならない。

電話とファックスで、出席者を確認し、葬儀と告別式の両方、葬儀だけ、告別式だけの確認。政財官の仕分け。

要人に対してはフルケアするための人員の配置が必要になる。

総務部が担当する斎場との連絡もけっこう大変だ。

外国の取引先からの少なからぬ参列者のアテンドも遺漏なきを期さなければならない。

六月八日の月曜の午後、和田征一郎夫人の恵美子が二人の秘書を従えて、和田征一郎の専用機で来日した。

和田はフランス社製のファルコム900を所有している。九人乗りの小型ジェット機だ。クルーの人件費、空港使用料などを含めて、リース料は年間三百五十万ドルだ。

成田《なりた》空港は、時間が制約されているため、仙台空港に離着陸することが多い。仙台空港は国際空港なので、税関手続きも可能だ。

この日、午後三時過ぎに仙台空港で恵美子一行を出迎えたのは、山本である。

そして、十五日にはパナマ国防軍最高司令官のガリエガ将軍が来日した。

ガリエガ将軍の初来日は昭和六十（一九八五）年五月で、このときは外務省賓客として公式的なものだった。

ガリエガは、滞日中に安藤伸太郎外相、佐藤防衛庁長官と会見したほか、曽根田首相を官邸に表敬訪問している。また、筑波《つくば》科学万博を視察した。

今回は、東和建設の招待による私的なもので、いわばお忍びに近い。

ガリエガは、都内のホテルに投宿し、和田征一郎夫妻がフルアテンドした。

社葬の当日は、恵美子がフルケアしたのは当然だが、スーツ姿のガリエガをパナマの国防軍最高司令官と思った人は少なかった。

ガリエガは葬儀にも参列した。

葬儀委員長の和田征一郎の切々とした弔辞は、人々の胸に沁《し》み入ったが、友人代表の竹山正登の弔辞は通り一遍の空疎なものだった。

曽根田首相ら政界から大物代議士や参議院議員が告別式で焼香したが、いずれも十分か二十分で引き取った。

三千人以上の人々が告別式に参列し、祥次郎の冥福《めいふく》を祈ったが、大半は和田征一郎への義理立てだったかもしれない。

第三章　政治銘柄

1

東和建設の株式が〝竹山銘柄〟の筆頭格であることは、つとに知られている。

政治家が介入する株式を政治銘柄と称するが、このほか竹山銘柄としては飛鳥《あすか》建設、共立発酵、内山製薬、武田工務店、大日本航空などが人口によく膾炙《かいしゃ》されていた。

武田工務店は、大手ゼネコン五社の一角を占める。武田工務店の創業家と竹山正登《まさと》は、子息、子女の婚姻を通して、姻戚《いんせき》関係にあるが、親密度は竹山と和田征一郎に遠く及ばない。

しかし、東和建設、武田工務店、内山製薬などの竹山銘柄が株価操作によって、竹山派の資金づくりに寄与してきたことは疑う余地がなかった。

竹山が総理、総裁の座に執着し始めたのは、親分の元総理中田栄角がロッキード事件で有罪判決（一審の東京地裁）を受けた昭和五十八（一九八三）年と見てさしつかえあるまい。当時、竹山は第一次曽根田内閣の大蔵大臣だった。

総理、総裁の座を狙うためには、膨大な資金が必要だ。

根回しの達人といわれる竹山は、三森内閣時代（昭和四十九年十二月九日―五十一年十二月二十三日）の後半一年間、前任者の死去によって建設大臣に就任したとき、ゼネコン業界とのコネクションを強化した。

加島、志水、大盛などの大手ゼネコンも多額の政治献金に応じている。地元の島根県を土建王国に育て上げ、同県の土建業者で竹山を支持しないものは一人として存在しない。

竹豊会《ちくほう》は、親睦《しんぼく》団体で、露骨な集金システムとしては機能していなかった。いわば表の顔だが、丸野証券会長の田嶋守也が代表格の竹山会は集金システムに組み込まれた裏の顔といえる。

いずれにしても、政界広しといえども竹山の集金能力がずば抜けていることは、誰もが認めるところだ。

竹山の金庫番は、青井修平秘書だ。青井は、竹山が初当選した昭和三十三（一九五八）年以来の私設秘書で、竹山の建設大臣時代は秘書官を務め、ゼネコン、土建業者のネットワークを築き上げた。

昭和六十一（一九八六）年七月に旧平相銀行の〝金屛風《きんびょうぶ》事件〟が表面化したのを機に、青井の名刺の肩書きは、竹山の秘書から、「竹山正登事務所政策顧問」に変わったが、金庫番の実体は不動である。

〝金屛風事件〟とは、平相銀行の内紛劇にまつわる怪事件だ。時価五億円の「金蒔絵《まきえ》 時代行列金屛風」が旧平相の実力者、伊勢昭重監査役（ヤメ検弁護士）の手によって住之江銀行との合併を阻止する目的で、株買い戻しの裏金を捻出《ねんしゅつ》するため、四十億円で、画商の眞田成俊から購入された。平相銀行創業家の大宮一族が所有株式を裏社会の山崎徳定に売り渡してしまったことが、この背景にあった。この資金は合併を阻止するために政界工作として利用する、という眞田の口車に乗せられるほど、合併阻止派の伊勢らは、切羽詰まっていたことになる。結果的に、住之江銀行は、大蔵省と検察の支援を得て、同年十月一日付で旧平相銀行の吸収合併を果たすが、四十億円のうち五億円が青井修平によって、竹山派にもたらされたとされている。

〝金屛風事件〟発覚当時の大蔵大臣は竹山正登で、竹山は合併を目論む住之江銀行に荷担したことになる。

〝金屛風事件〟について、マスコミは大々的に報じたが、帝国皇民党が竹山への「ほめ殺し」で攻撃を始めるのは、昭和六十二（一九八七）年つまり今年一月からだ。

中田栄角が脳梗塞《のうこうそく》で倒れたのは昭和六十（一九八五）年二月二十七日だが、その二十日前の二月七日に竹山は政策研究会を旗揚げした。

〝ロッキード事件〟で総理、総裁の座からすべり落ちてからも、数の力で、政権をコントロールし続けてきた中田栄角の影響力が排除されたのを機に、強大な資金力に裏付けられた竹山が中田派を乗取るのは、いとやすきことだった。

この程度のことは、大洋銀行企画本部調査役の山本泰世《たいせい》でも理解できる。

2

山本は、東和建設に出向してひと月ほど経った七月二日の夜、河原良平と京橋《きようばし》の割烹《かつぽう》〝おばこ〟の二階の小部屋で会食した。

河原が「たまには一杯飲もうや」と、電話をかけてきたのは三日前だ。

〝おばこ〟は酒田《さかた》料理を食べさせる店だ。

下唇についたビールの泡を左手の甲でぬぐってから、河原が切り出した。

「産銀の大型案件は進展してないのか」

「大葬儀とガリエガ騒動で、それどころじゃなかった。俺は、社長の秘書みたいな役回りもやらされてるので、ウェストン・グループのいくつかのホテルを下見するために、社長のカバン持ちでアメリカに出張することになってたが、中止になった。産銀が持ち込んだプロジェクトは、ちょっと先送りだな」

「ふうーん。ガリエガ騒動ってなんのことだ。ガリエガがパナマ共和国の将軍で、政権を掌握していることは知ってるし、コロンビアの麻薬がパナマ経由でアメリカに密輸されているのを黙認して、アメリカ政府と緊張関係にあることも新聞報道で分かってるけど」

河原はとっちゃん坊や面《づら》を無理にしかめながら、ジョッキを口へ運んだ。

山本がにやにやしながら言った。

「ガリエガ騒動はひとこと多かった。つい口がすべってしまったが、守秘義務を忘れてたよ」

「えらそうになんだよ。東和建設を担当してる俺に、なにが守秘義務だ」

「守秘義務はオーバーだけど、ガリエガが来日したことを新聞は書いてないよな。和田祥次郎さんのお葬式にも出席したが、スーツ姿のガリエガ将軍に気づいた人はいなかったんじゃないか」

「…………」

「もう一杯、生ビールいこうか」

「いいな」

山本は河原の同意を得て、料理を運んできた仲居に、生ビールをオーダーした。

仲居が退出したのを見届けて、山本はいくぶん表情をひきしめた。

「和田社長は、ガリエガと竹山正登と新橋の〝新喜悦〟で会食したし、ガリエガと産銀の池島会長を表敬訪問したことも事実だ」

「なるほど。パナマの工事権益は、東和建設にとって大きいものなぁ。しかも、ODA(政府開発援助)資金をふんだんに使えるからガリエガとは持ちつ持たれつの関係っていうわけだ」

「第二パナマ運河構想は、大風呂敷《おおぶろしき》もいいところだが、ODAの道筋をつけてくれた長野重二さんには感謝しないとねぇ。財界の大物の中でも長野重二はスケールの大きい人だった」

「ただ、あけっぴろげな人で、そのうえ精力絶倫ときてるから、七十過ぎて芸者に子供を産ませたり、杉野良治なんていう大物フィクサーに入れ揚げたり、脇の甘さも目立つよねぇ」

「しかし、功のほうが断然大きいんじゃないかなあ。特に東和建設の社員としては、そう思って当然だろう」

二杯目の生ビールが運ばれてきた。

話に夢中になって、ビールを少し残していた山本は、あわてて一杯目を乾《ほ》した。

「それにしてもたったそれだけで、ガリエガ騒動はないだろう」

河原が上目遣いで、山本をとらえた。

山本は思案顔で、目を伏せた。

「おっしゃるとおりガリエガ騒動は大袈裟《おおげさ》だったかもしれない。ポスト曽根田の最有力候補の竹山正登とガリエガ、和田社長がただ会食したなんて考えられないから、密談の内容はちょっと気になるよねぇ。俺の気の回し過ぎかもしれないけど」

「山本が社長秘書の役回りもしてるなら、おまえ流に、ずけっと質問したらいいじゃないか」

「いくら俺が図々《ずうずう》しくても、そこまではちょっとねぇ。竹山正登に深入りし過ぎていることは、もっと気になるが」

河原が苦笑しいしい言った。

「竹山銘柄株の東和建設の和田征一郎がいまさら、後へ引けるわけがないだろうや。突進あるのみだ。竹山は東和建設株で、すでに少なく見積もっても三十億円は荒稼ぎしたはずだし、今後も稼ぎ続けるだろう。だとしたら見返りをいただくことを考えればいいんだよ。ガリエガとの密談も、その一つなんじゃないのか」

「すでに三十億円？」

「昭和五十八年六月だったか、四百円台で推移していた東和建設株が千百円台に急騰したことがあったろう」

「うん。たしかブラジルで金脈を掘り当てたという情報が兜町《かぶとちょう》で流れたんだよな。主幹事の丸野証券あたりが囃《はや》したんだろうな」

「それだけで竹山は二十五億円は稼いだはずだ。四百円、五百円で大量に仕込んだ株を千円以上で売り抜けさせたのは丸野証券に違いない。東和建設―丸野証券ラインで、竹山はべらぼうな資金を手に入れたわけよ。東和建設の株価は、一年後に六百円前後に値下がりした」

「ところが、最近ジリジリ上昇しているよねぇ。竹山銘柄の面目躍如といったところだな」

山本は自嘲《じちょう》気味に、口の端をゆがめて話をつづけた。

「見返りというか反対給付というのか、竹山のツルの一声で、宍道湖《しんじこ》流域下水道処理施設や、関西新空港関係で、東和建設は巨額の工事を受注してると思うよ」

「当然だろう。持ちつ持たれつっていうやつだよ。たしか松本副社長が竹山番として張り付いてるんじゃないのか」

「さすが大銀《たいぎん》の東和建設担当だけあって、おまえはよく知ってるねぇ。竹山正登だけは別格だから、松本副社長が和田社長の名代《みょうだい》として竹山事務所に頻繁に出入りしていることは事実だが、竹山正登に会うのは、十回に一回だろう。竹山事務所を取り仕切ってるのは青井修平だから、青井と話すことが多いと思うけど」

3

生ビールから冷酒に変わった。

山本も河原も、ぐい呑《の》みの手酌で、ぐいぐいやりだした。

「ついこないだ、松濤《しょうとう》の竹山正登の私邸に、社長のお使いで、平川幾造画伯の絵を届けさせられたよ。竹山正登は平川画伯の絵がお気に入りらしいんだ」

「というより二人は昵懇《じっこん》の仲なんだろう。なんのためのプレゼントなんだ」

「竹山夫人の誕生日のプレゼントらしいが、ちょっと怪しいのは、実物と複製、それも実物と同じ八号の複製の二枚運ばされたことなんだ」

「分かる、分かる」

河原はニヤニヤしながら三度もうなずいた。

「多分、画商が買い戻しに行くんじゃないか。平川画伯の絵は、号七百万円だから、八号とすれば五千六百万円だ。証券会社がよく使う手だよ。画商が買い戻しに行くっていう寸法だ。同じシャガールの絵が複数の政治家と証券会社の間を行ったり来たりする。丸野証券の得意技と聞いた覚えがあるけど、ゼネコンもやってるんだな」

「準大手の東和建設より、大手の加島や志水のほうがもっと派手にやってるんじゃないのか。ただ、平川画伯の絵だったから、ひょっとすると本当のプレゼントで、画商が買い戻しに行くかどうかは、疑問符がつくなぁ」

「だったら、複製を用意するかぁ」

「念のためっていうか、どっちでもけっこうですよ、っていうメッセージが込められてるのかねぇ」

「おまえ竹山邸に上がり込んだのか」

「まさか。玄関先で失礼したし、夫人にお目にかかることもできなかった」

「出向早々、そこまでやらせるとは、山本は社長によっぽど信用されたんだな」

「どうなのかねぇ。竹山邸で竹山正登その人に会えたんならともかく、ただのお使いで、信用されたはないだろう」

「しかし、そういうお使いは普通はもっと上がやるんじゃないのか」

「俺の上っていうと、常務と平取だが、政治家との接触は、松本副社長と福田常務にまかせてるんじゃないかなぁ」

「どっちにしても、あまりナーバスにならないことだな。たかが絵画を運んだくらいで、気にするほうがおかしいんだ」

「俺より河原のほうが気にしてるように思ったけど。俺のような若造が竹山邸に行くのはおかしいみたいな言い方をしたのはおまえのほうだぞ」

河原は照れ笑いを洩《も》らしたが、それには答えず、手酌で満たしたぐい呑みを呷《あお》った。

「ところで新井副社長は元気なのか」

「うん。張り切ってやってるよ」

「予想どおり新井専務を東和建設に追い出した中原頭取は留任して三期目に入ったなぁ。大洋銀行の明日はないよ」

「それこそ考え過ぎだよ。いくらなんでも三期六年で会長に退くだろう。次期頭取レースは混沌《こんとん》として、まったく予想がつかなくなったが、一年も経てば見えてくるよ」

「新井さんはその点について、おまえに何も自分の意見を言わないのか」

山本がうなずくと、河原は「ふうーん」と言って、頰をふくらませた。

「自分から手を挙げて、東和建設に出たと新井さんはおまえに話したらしいけど、大銀の行内世論はだいぶ違うぞ。中原頭取は、行内の人気が新井専務に集まってたことに嫉妬《しっと》して、追い出したんだよ。東和建設が東興建設の吸収合併に失敗したが、三〇パーセントの株買い取りに賛成して、資金の面倒を見るべきだと主張したのは当時の新井専務だとする説もある。その判断の甘さを頭取に指摘されて、新井さんは辞める気になったんだろう」

「お説ごもっともと言いたいところだが、違うんじゃないか。東興建設の吸収合併を指向したのは、和田征一郎で、産銀が株買い取り資金を出すんなら、大銀も出さざるを得ないという考えで大銀のボードは一致したと思う。ヤクザのメトロポリタンと東和建設の間に誰が介在したか気になるが、いつかも話したけど、大物政治家と考えるのが常識的だよな。和田征一郎がメトロポリタンの池山社長に直接会った事実は断じてないことは分かってるが」

山本の強い口調に、河原は小首をかしげた。

「どうして、おまえにそんなことがわかるんだ」

「和田征一郎は元大蔵官僚だよ。キャリア官僚だった人がヤクザとか総会屋などの裏社会と直接会うわけがないじゃないか」

「土建屋……失礼、準大手のゼネコンの社長ならヤクザはともかく大物総会屋には会うだろう。元大蔵官僚は関係ないね」

「俺は直接、社長に確認したんだ。見くびるな、と一喝《いっかつ》されたよ。ほかのゼネコンの社長はいざ知らず、和田征一郎に限って、裏社会と直接会うことは断じてないよ」

山本は自信たっぷりに言い切った。

二日後の七月四日、竹山正登を領袖《りょうしゅう》とする創経会が発足した。

ポスト曽根田、政権取りに向けて、竹山派の動きが本格化したことを意味する。

自民党総裁選の告示は十月八日に決まったが、二日前の同月六日の早朝、竹山は目白の中田栄角元首相の大豪邸を一人で訪問した。

竹山が門前で最敬礼している衝撃的な写真が同日の全国紙夕刊に掲載された。

竹山はこの年の元日にも目白の中田邸を訪問したが、門前払いをくらわされた。

昭和六十（一九八五）年二月二十七日に脳梗塞で倒れた中田栄角は、昭和六十二年元旦から年始客を受け入れたが、それを聞きつけて駆けつけてきた竹山は冷たく拒絶され、門前払いの憂き目にあった。

「木戸銭は払ってあるのに、門前払いとは恐れ入った」と、竹山は竹豊会などで冗談にまぎらわして、話している。百人ほどの中田派の中堅、若手議員に百万円ずつ、一億円のモチ代が配られたが、それは竹山が用意したのだ。当時は中田派派閥に属する全議員に二百万円のモチ代を配るならわしだった。これも竹山の集金能力に負うところが大きいが、中田派で勢力を伸ばしている竹山憎しの感情は、後に代議士になる中田栄角の長女、中田紀美子に強烈にあった。

4

三億円以上の木戸銭を払っても、紀美子には通じなかったことになる。

「カネ儲《もう》けのうまい竹山正登を総理にしましょう！」と拡声器で吠《ほ》えながら、帝国皇民党の街頭宣伝車が国会周辺を執拗《しつよう》に回った〝ほめ殺し〟による竹山攻撃が始まったのは、門前払い事件直後のことだ。

「こんなことがいつまでも続いているようじゃ困りますねぇ。総裁選に出る資格を問われても仕方がないでしょう。なんとか止める手だてを考えなさいよ」

こう親切ごかしに竹山にアプローチしてきたのが曽根田弘康首相である。

「わたしも、ほとほと手を焼いてます。しかし必ず止めてみせます」

竹山は、〝ほめ殺し〟を止めるために八方手を尽くした。丸野証券会長の田嶋守也にも相談した。

田嶋も知恵を出し、竹山に次ぐ創経会ナンバー2の金山信が、尾中弘元代議士に頼み込み、東京佐山急便社長の渡部吾朗が使者に立ち、広域暴力団の会長、石川進一が乗り出した。〝ほめ殺し〟は十月二日で止まったが、帝国皇民党側は「中田元首相を裏切った竹山は、中田に謝罪すべきだ」と条件をつけた。

十月六日早朝の中田邸門前の最敬礼の背景にこうした動きがあったことなど、山本泰世には知る由《よし》もない。

それだけではない。〝ほめ殺し〟の仕掛人は尾中だが、背後で糸を引いたのは、曽根田首相自身とする説もある。

十月二十日、自民党総裁選で、曽根田首相は竹山正登を後継指名し、安藤伸太郎と宮川一喜はピエロ役を演じたに過ぎない。党大会の壇上で三人の候補者は笑顔で手を握り合ったが、最もカネ儲けのうまい竹山を曽根田は初めから、指名する肚《はら》だったのだろう。竹山が集金した資金の何分の一かを反対給付として曽根田が要求したであろうことは、想像に難くない。十億円や二十億円ではなかったかもしれない。三十億円—五十億円と見る向きもあるが、ゼネコンのトップでこのことを知っている者が複数存在したと思われる。

東和建設社長の和田征一郎もその一人だ。

「曽根田さんから竹山先生への政権移行期に巨額のカネが動いた話はタブーですよ」

「もちろん承知しています。口が裂けても話しません」

「曽根田さんは、竹山先生を後継者として、最適任と見做《みな》しただけのことなんです」

「よく存じています」

和田と松本が社長執務室でこんな会話をしたことも、山本は知り得るわけがなかった。

5

竹山政権が内定した直後の十月二十六日の夜、竹豊会が〝新喜悦〟で開催された。

一階の奥まった大広間に、竹山を囲んで著名な財界人が二十五人居並ぶ大宴会だ。

しゃがれ声で、池島が切り出した。

「竹山総理の誕生をわれわれは心待ちにしていました。竹山先生が国会で首相に指名されるのは十一月六日ですが、日程が立て込んできますので、わたくしの一存でひと足先にお祝いの会を開催させていただくことに致しました。急なことなので予定を変更して出席してくださった方も多いと思いますが、会員一同、なにはさておいても本席には駆けつけたいという心境ではなかったかと拝察します」

池島会長はいつもながら挨拶《あいさつ》が長くて、くどい。

博識家で勉強家の池島は、テーマを与えられて話し出したら、一時間でも止まらないことがある。

「池島さん、ともかく乾杯といきましょうよ」

五井物産会長の川田が催促すると、すかさず石播重工の稲村が応じた。

「そうしましょう」

川田と稲村が腰をあげたので、全員が起立した。

「乾杯の前に、万歳三唱といきましょうか」

「万歳はおひらきのときのほうがよろしいでしょう」

池島と川田がそんなやりとりをして、結局全員がシャンパングラスを手にした。

「竹山総理の誕生を祝して、乾杯！」

池島の音頭で、全員が杯を上げた。

「乾杯！」

「乾杯！」

「おめでとうございます」

グラスをテーブルに置いて、誰かが拍手すると、竹山を除く全員が拍手をした。

竹山は顔を真っ赤に染めて、「ありがとうございます。皆さんのお陰です」と腰を折って、深々と頭を下げた。

全員が腰をおろし、シャンパングラスを乾《ほ》して、日本酒を飲み始めた。

「曽根田首相の後継指名は、最初から決まってたのですか」

誰かが質問すると、竹山はちらっと不快感を顔に出したが、にこやかに答えた。

「それはあり得ません。曽根田先生の判断で、禅譲《ぜんじょう》でいこうということになったのです」

「中田と福井のときのように選挙になっても、竹山先生の圧勝でしょう」

竹山はそれには答えず、向かい側の池島に「おっちゃん」と呼びかけた。

「河野輝三郎さんがこの席におられないのが残念でなりません。同郷ということで、陣笠《じんがさ》の頃から、僕に目をかけてくださって……」

竹山が池島から、河野乾治に視線を移した。

「父は生前、竹山先生は必ず総理になられる人物だと申してました」

「河野輝三郎さんは、在家仏教会の理事長をされて、仏様のように心の優しい人でしたねぇ。気を遣われる方で、僕は輝三郎さんからずいぶんいろいろなことを学ばせていただきましたよ」

竹山は、池島から始まって、全員と献酬するため、大広間を一巡した。

これが曽根田だったら、逆に「お流れちょうだい」で、でんと構えて動かない曽根田のところへ全員が行くのではないか、と思いながら、気配りの人の立居振舞を和田征一郎は瞬きもせずに見つめていた。

和田の番になった。和田は正座して、杯洗で杯をすすぎ、竹山に手渡した。酌をするのは女将《おかみ》である。

女将は、竹山にはたらすくらいに少量の酌をしたが、返杯の和田にはなみなみと注いだ。

「恐縮です。竹山先生、ほんとうに、ほんとうに、おめでとうございます。嬉《うれ》しくて嬉しくて、涙がこぼれそうです」

事実、和田の目は潤《うる》んでいた。

「征一郎さん、あなたにはお世話になりっぱなしで、自分が今日あるのも、あなたのお陰ですよ」

「なにをおっしゃいます。それは、わたくしのほうが言うべきせりふです」

竹山が杯をテーブルに戻して、和田の右手を両手で握った。

「あなたとは一蓮托生《いちれんたくしょう》です。ここにいる中でなんでも言えるのは、征一郎さんだけですよ」

「勿体《もったい》ないお言葉です。ありがとうございます」

比較的年齢の若い和田は末席なので、終りのほうだったから、そこここで私語が交わされ、座が乱れてきたので、竹山と和田のひそひそ話を聞いていたのは女将だけだった。綺麗所《きれいどころ》も十人以上入っていた。

竹山が一巡するのに一時間近く要した。猪口《ちょこ》に三分の一ほど注がれただけでも、相手は二十五人なので、相当な量になる。もっとも、最後のほうは飲む真似だけで、温燗《ぬるかん》の酒を杯洗に捨てていたかもしれない。

竹山は中央の自席に戻るなり、池島に深々と一礼した。

「今夜は、ほんとうにありがとうございました。竹山政権がなにをやればよいのか、どんな政策を打ち出せばよいのか、アドバイスをお願いします」

「竹豊会は、竹山先生を励ます会で、政策研究会ではないのですから、お役に立てるかどうか分かりませんが、裏方なりになにか気づいたことがあれば、意見を言わせていただきますよ」

「よろしくお願いします」

「先刻、禅譲の話が出てましたが、わたしはよかったと思いますよ。多数派工作をやり出したら、カネがかかって困るでしょう」

「おっしゃるとおりです。曽根田総理は、中田栄角先生のリモートコントロールが強くて、初めのうちは苦労したと思いますが、後半は独自色を出して、パワーのある政権だったと思います」

「あの人は、わたしはよく知らんのですが、大変なマキャベリストらしいですねぇ。国鉄の民営化などは評価できるが」

「いずれにしてもそれなりに存在感のある人でしたから、後を継ぐ者は苦労しますよ」

「わたくしは、竹山さんになにがあろうと、死ぬまで竹豊会の会長を続けさせてもらいますよ。終身会長は、河野輝三郎さんの強い申しつけですから」

「ありがとうございます。くれぐれもよろしくお願い申し上げます」

竹山は腰が低い。どっちが次期総理なのか分からぬほど、池島のほうが尊大に見えたのは、和田だけではなかった。

万歳三唱でおひらきになったが、「万歳！　万歳！　万歳！」は屋外にも聞こえたと思える。ただ、〝新喜悦〟は、他の客を断り、この夜は竹豊会だけだった。

6

翌朝、八時に出勤した山本は、八時二十分に和田から呼び出しがかかった。

「昨夜、竹豊会があったことは知ってますか」

「存じてます」

「そうですか。産銀の秘書役から、きみに連絡してきたんですね」

「はい」

「竹山先生が総理総裁になることが決まってから、第一回目の祝賀会だと思うが、盛り上がって、良い会でしたよ。竹山先生は二十五人のメンバー一人一人を回って、献杯、献酬をしてましたが、特にわたしには、自分が今日あるのは、あなたのお陰です、とまでおっしゃってくれました。嬉《うれ》しくて涙がこぼれましたよ」

「竹山先生は気を遣われる方なんですねぇ」

「気配りの人とはよく言ったものです。きみに来てもらったのは、裏の話は松本と福田にまかせるとして、総理ともなると表の話もいっぱいあると思うので、秘書官との連絡などは、きみにまかせますから、よろしくお願いしますよ」

山本は整った顔をかすかにしかめた。

「わたしのような若造で務まるでしょうか。社長室長もしくは次長が適任と思いますが」

和田は思案顔で天井を仰いだが、すぐに山本をまっすぐとらえた。

「きみはわたしに取りつぐだけで判断するのはわたしですから、秘書官との連絡役が役員である必要はありません。きみは頭も良いし、わたしが判断するに際して意見も言ってくれる。ゴマ擂《す》りの常務や役員より、よっぽどましですよ」

「恐れ入ります」

山本は、図に乗っていることを百も承知で質問した。

「竹山首相が実現して、東和建設なり、和田社長に対する世間一般の見方が厳しくなるのではないかと心配です。〝ほめ殺し〟のことや、平相銀行の〝金屛風《きんびょうぶ》事件〟のことも気がかりです。竹山首相と距離を置くことがむしろ必要なのではないかという気がしていますが、その点いかがでしょうか。生意気言うなとお叱りを受けることを覚悟したうえで、お尋ねしています」

　和田はジロッとした目をくれたが、すぐに笑顔をつくった。

「〝ほめ殺し〟も〝金屏風事件〟も、クリアしたからこそ、曽根田総理は竹山先生を後継者に指名したんでしょう。竹山先生に昨夜、言われたことだが、先生とわたしは一蓮托生です。竹山銘柄でいいじゃないですか。和田は竹山の子分、それもいいでしょう。世間がなんと言おうと、どんな見方をされようと、わたしは竹山先生を尊敬してます。わたしの行き方に従《つ》いていけない、と山本さんは考えているのですか」

「いいえ。わたしは社長に目をかけていただいて感謝しています」

「いま話したようにストレートに、意見を言ってくれる山本さんがわたしは好きです。わたしの方針にどうあっても従えない、と思ったときは、率直に言ってください。そのときは考えます。そうならないことを願ってますがね」

「わたしも、そうならないことを願っています。失礼ばかり申しました」

「いやあ」

　和田は軽く右手を振って、ソファから腰をあげた。

　九時から常務会があり、十一時過ぎに社長室に戻ってきた北脇が高揚した面持ちで誰ともなしに話しかけた。

「社長はご機嫌でねぇ。竹豊会で、竹山先生が握手したのは自分だけだった、と嬉しそうに話してたよ。二十五人のメンバーが全員出席したのも竹豊会始まって以来らしいよ」

「社長室はなにかと忙しくなるでしょうねぇ」

広報担当部長の木村がわざとらしく渋い顔をした。

「特に広報はな。山本君も忙しくなりそうだねぇ。官邸との連絡係を仰《おお》せつかったそうじゃないの」

「そんな話も、常務会で出たんですか」

「ああ。きみは、わたしが適任だと言ったらしいが、冗談じゃない。お役人相手は大の苦手でねぇ」

本音なのか、嫉妬《しっと》があるのか、山本には読めなかったが、北脇の高揚ぶりは尋常ならざるものがあった。

「東和建設にフォローの風が吹いてきたことは間違いない。竹山政権の誕生は、社長の夢だった。それが実現したんだから。正確には実現するだが」

はしゃぎ過ぎもいいところだ、と山本は思わぬでもなかった。

7

山本はその日の午後一時過ぎに、刈田常務から呼び出された。

財務部の応接室の長椅子で、刈田はふんぞり返って山本に坐《すわ》るように顎《あご》をしゃくった。

「山本は、莫迦《ばか》に社長の覚えめでたいんだねぇ。午前中の常務会で、おまえのことを褒め千切《ちぎ》ってたぞ。首相官邸に出入りできる身分になったとは、えらい出世じゃないか」

元バンカーには珍しく、べらんめえ調だ。

もっとも、相手が十年以上も後輩の山本だからとも考えられる。いや、バンカラ故にゼネコンに出されたと取れないこともない。

刈田は大洋銀行で取締役止まりだったのが大いに不満だった。頭取はともかく、副頭取ぐらいにはなれる、と思っていたかもしれない。

大洋銀行に限らず、都銀は卒業が早い。四十代で役員にして、グループ会社や取引先に出されることはままあることだ。役員にもなれずに、支店長、部長で出されるケースも少なくなかった。ただ、六十五歳まではなんらかの形で面倒を見てもらえるので、サラリーマンの中では圧倒的に恵まれていた。

たとえば、刈田が和田社長の不興を買って二期四年で東和建設を追放されたとしても、大銀は刈田の嵌《は》め込み先を用意するはずだ。

よほどのことがない限りメーンバンクの大銀のOBを袖《そで》にすることは考えにくいから、刈田も専務にはなるかもしれない。専務の定年は六十二歳だから、残りの三年は、大銀がポストを用意することになる。

刈田の後任は、必ず大銀が出す。つまり、二人の東和建設役員枠を大銀は既得権として確保したことになるわけだ。

山本のような若手の出向は、初めてのケースで、大銀専務から東和建設の筆頭副社長になった新井や刈田の立場とはだいぶ異なる。新井や刈田が、大銀に戻ることはあり得ないが、山本は確実に大銀へのカムバックが約束されていた。

「わたしのような若造を首相秘書官が相手にしてくれますかねぇ。社長にも申し上げたのですが、いくら社長のお使いでも、プライドの高いキャリア官僚と話ができるんでしょうか」

「おまえ、分かってるじゃねぇか。元大蔵官僚だったことが、最大の自慢で、官僚のプライドの高さが身に沁《し》みついている和田社長にしては、不可解なことを考えるよなぁ」

「ほんの気まぐれで、やっぱり不味《まず》い、わたしでは荷が勝ち過ぎると考え直すんじゃないでしょうか」

「さあ、どうなのかねぇ。なにか深い考えがあるのかもしれないし……」

刈田はメタルフレームの眼鏡の奥から、険《けん》のある目で、山本を凝視した。

「ところで、ご用件はなんでしょうか。打ち合わせ中に抜け出してきたものですから」

「山本が首相官邸に出入りするようになれば、いろんな情報が入ってくるだろう。細大洩《も》らさず、俺にも報告してもらいたいんだ。それを言いたくて、来てもらったんだ」

「失礼しました」

山本は腰をあげた。

「返事はないが、分かったのか」

「必要に応じて、常務にもご報告しますが、細大洩らさずは、いかがなものでしょうか」

「おまえ、誰に向かってものを言ってるんだ。必要に応じてはないだろう」

刈田はこめかみの静脈が切れそうなほど浮き立たせて、猛《たけ》り立った。

「俺は大銀の利益代表だぞ。出向者の立場をわきまえてるのか」

「わきまえてます。ただし、東和建設社員の立場もあります。社長秘書の立場もあります。必要に応じてがお気に召さないようでしたら、常務への報告はお断りさせていただきます。失礼しました」

山本は、一揖《いちゆう》して、刈田にくるっと背中を向けた。

こんな莫迦の言いなりになるいわれはない、と思いながら、山本は退出した。

8

二時二十分に、山本のデスクで電話が鳴った。山本は在席していた。

「はい。社長室です」

「福田ですが、山本さんですね」

「はい。山本ですが」

「常務で開発部長の福田ですよ」

「失礼しました」

〝眼鏡をかけた猪八戒《ちょはっかい》〟から社内電話がかかってくるとは思わなかった。

「今夜、一杯どうですか。山本さんとは仲良くしなければいけないって、常々社長から言われてるものですから。夜はいつも満杯なんですが、今夜はたいした人でもないので、キャンセルできます。あなたがよろしければの話ですが」

「…………」

「社長は建設省の役人と会食することになってるから、あなたは早く解放されるんでしょ」

和田社長のスケジュールを把握しているとは、さすがである。あらかじめ社長付女性秘書の山下昌子に確認しただけのことだろうが、福田の抜け目のなさは際立っていた。

「わたしごときのために先約をキャンセルされるのは、どうなんでしょうか」

闇の世界を一手に引き受けている〝眼鏡をかけた猪八戒〟は敬遠したほうが身のためと思える。

山本は婉曲《えんきょく》に断ったつもりだが、福田は引かなかった。

「そうおっしゃらずに、つきあってくださいよ。個人的に山本さんの歓迎会をやらせてもらおうじゃないですか」

「個人的にですか」

「それじゃあ、六時半に東銀座の〝はしだ〟でお待ちしてます。電話番号を言いますよ」

福田は、〝はしだ〟の電話番号を繰り返して電話を切った。

なぜ、先約があるから、と断らなかったのか、山本は後悔したが、怖いもの見たさで、福田と話すのも悪くないと思い直した。ただし、一度だけだ、と言い訳しながら。

「いまの電話、誰ですか」

頬杖《ほおづえ》をついて、ぼんやりしていた山本は、われに返った。

北脇常務が社長室長席から声をかけてきたのだ。

「福田常務です」

「福田がきみになんの用があるのかね」

「今夜、個人的に歓迎会をやらせてもらいたいと言われました」

「ふうーん。福田がどんな仕事をしてるのか知ってるんだろう」

「存じてます」

「こっちのほうの専門だからなぁ」

北脇は右手の食指を頬に当てて、つづけた。

「受けてしまったものを断るのは角が立つから、しょうがないけど、今夜限りにするんだな。社長秘書のきみが付き合うようなやつじゃないよ」

「はい。肝に銘じておきます」

北脇は、今夜は広報担当常務として、木村広報担当部長と鈴木審議役と三人で、全国紙の担当記者と会食することになっていた。

夜がびっしり詰まっているのは〝猪八戒〟だけではなかった。

社長秘書の山本は、社長の出席する宴席に同席することはないので、社長室では最も閑人かもしれない。

9

四時過ぎに山本は、新井副社長から社内電話で呼び出された。

刈田常務取締役財務部長が、俺の態度の悪さをこぼしたに相違ない——。山本は背広に腕を通しながら、しかめっ面で、「あの下司《げす》野郎」と胸の中で毒づいた。

予期したとおり新井の用向きは、刈田がらみだった。

「刈田さんが、山本は無礼な奴だと怒ってましたよ」

「刈田常務はわたしと話した中身まで話されましたか」

「まあねぇ。財務部長として、あるいは大銀の利益代表の一人として、情報を集めたいので協力するように山本に頼んだら、断られた、とか話してましたよ。きみが社長に目をかけられて増長してるとも言ってたが、要するにわたしから厳重に注意してほしいというわけです」

山本は吐息をついた。情けない常務もいたものだ。

都銀中位行とはいえ、取締役にまでなった男が、副社長に泣きつくとは、なんともしまらない話ではないか。しかも、相手は、十年以上も後輩の若造なのだ。

「副社長からご注意があったことは、しかと承りました。しかし、首相官邸に出入りするようになれば、情報も得られるだろうから、細大洩らさず報告しろ、と言われて、仰せに従いますとは言えません。ですから、わたしは必要に応じて、と刈田常務に申し上げました」

ノックの音が聞こえ、阿部有希子が「失礼します」と言って、二つの湯呑《ゆの》みをセンターテーブルに並べた。

「ありがとうございます」

「どういたしまして」

「いただきます」

山本は喉《のど》が渇《かわ》いていたので、さっそく湯呑みに手を伸ばした。

新井も湯呑みを口へ運んだ。

有希子は、緑茶の淹《い》れ方を心得ている。湯加減によって、緑茶の風味はずいぶん違う。

胸の中は泡立っていたが、旨《うま》い緑茶を飲んで、山本は気持ちが落ち着いた。

「わたしにも反省すべき点はあると思います。もう少し穏やかに話せばよかったと……」

「いやあ、刈田さんはなにか勘違いしてますよ。実はねぇ、わたしは社長もちょっとどうかと思わぬでもないんです。夢にまで見た竹山正登首相が現実のものになって、気持ちが舞い上がっているのは分かるが、官邸にきみが出入りするようなことにはならないような気がしてるんです」

「副社長のおっしゃることは、わたしにも分かるような気がします」

「どういうふうに分かるの」

「竹山正登と和田征一郎が盟友関係にあることは周知の事実です。東和建設株が竹山銘柄と世間でいわれていることがすべてを物語っていると思いますが、両者の信頼関係は絶大かつ不変とは思いますけれど、顔の売れてる和田社長が官邸に出入りできるとは考えられません」

「おっしゃるとおりです。新聞の首相官邸日誌に首相訪問者はすべて書かれる仕組みになっている。曽根田総理を経済誌主宰者の大物フィクサーが週一度のペースで訪問していることが財界で話題になったことがあるが、和田征一郎の立場でそれはあり得ません」

「ただ、和田社長は首相のブレーン的機能を担える立場にある、とは考えておられるんじゃないでしょうか。たとえばブラジルやパナマに関することでしたら、外務省よりも情報力はあるかもしれません」

「そうねぇ」

「ただ、あくまでも影のブレーンであるべきと思いますけど」

新井は湯呑みを茶托《ちゃたく》に戻して、やわらかなまなざしを山本に向けた。

「それも、おっしゃるとおりだ。竹山首相から意見を求められることはあるだろうが、二人の間にはホットラインもあるし、フェイス・ツー・フェイスでなければならない場合でも密談であるべきでしょう」

「新聞記者が見張ってますから、人目を忍ぶ密談も困難かもしれませんねぇ。首相はSPに取り囲まれてることが多いので、結局、電話で話すか休日にゴルフをするぐらいが関の山なんじゃないでしょうか」

「うん」

「そうなると、わたしが官邸に出入りすることも、実際問題としてあり得ないような気がします」

「やっと、話が元に戻ったね。刈田さんが勘違いしている、と言ったのは、わたしも、きみと同じ見方をしてるからですよ」

山本が湯呑みをセンターテーブルの茶托に戻した。

「わたしがムキになって刈田常務に、必要に応じて、などとこざかしげに申し上げたのは、とんだ茶番でした」

「しかし、和田社長は、そうは思っていませんよ。常務会で山本君なら若い記者と間違えられても、東和建設の社員とは思われない、と官邸用のフリーパスを用意させる、と本気で話してたからねぇ」

「ハイテンションの状態が当分続くと思いますけれど、そのうちお気づきになると思いますが」

「うん。ところで、刈田さんの件はどうしたものかねぇ」

「厳重に注意しておいた、でよろしいんじゃないでしょうか」

「なるほど」

「わたしは、わざわざ頭を下げに行くのはどうかと思いますが、お会いしたときに、お詫《わ》びします」

新井が緑茶をすすってから、話題を変えた。

「東和建設は、これからどうなると思いますか」

「きょう現在、株価は千二百円です。竹山銘柄のメリットを享受していることになりますが、先日、大銀の同期の者と話したのですけれど、竹山銘柄として突進あるのみだ、と言われました。竹山派の株の売買益は、このひと月ほどだけでも二十億円や三十億円にはなったと思います。それに対する見返りを露骨に求めるわけにはいかないと思いますが、持ちつ持たれつでいくしかないような気がします」

「きみは、社長に、竹山正登に深入りしていいのかどうか心配だ、と言ったそうですねえ」

「社長から副社長の耳に入りましたか。生意気言うな、と社長の顔に書いてありました」

新井は思案顔で天井を仰いだ。新井の目が山本に降りてくるまで、二十秒ほど要した。

「きみに話していいのかどうか悩むところだが、山本泰世を大銀の出向ということではなく、大銀を辞職して、東和建設の正社員として迎えるわけにはいかないだろうか、と社長から相談を受けました」

山本は息を呑んだ。

「大銀の次代を担う人材をそうやすやすと手放すわけにはいきませんよ、とわたしは答えたが、それでよかったのかどうか……」

「もちろんです。和田社長にそんなにまで買っていただいて、光栄至極ですが、わたしはまだ大洋銀行に未練があります」

「将来、社長になることが約束されててもかね」

山本はあいまいなうなずき方をしたが、むろん悪い気はしなかった。

「きみは、ほんとうに社長のお気に入りなんですねぇ。若い活《い》きのいいのを派遣してほしいと言われたとき、わたしはきみしかいないと思った。きみを推薦したわたしとしても、鼻が高いですよ」

「恐れ入ります」

「この話は、内緒にしてくださいよ」

「はい」

山本は、起立して、最敬礼した。

10

「ここは、わたくしだけの巣なんですよ。取引先もウチの会社の誰もお連れしたことはありません。その禁を破ったのは、山本さんが初めで最後です」

〝眼鏡をかけた猪八戒〟の福田は、勿体《もったい》ぶった口調で言って、二つのグラスにビールの大瓶を傾けた。

山本が地下鉄銀座線の銀座駅の近くから〝はしだ〟に電話をかけたのは、六時二十分だが、女性の声がほどなく福田に替わった。

「福田です。歌舞伎座《かぶきざ》の真裏にあります。二階屋ですが、表札みたいな小さな看板ですから、見落とさないように、気をつけてください」

歌舞伎座の真裏の路地は一本しかなかったので、山本は迷わずに〝はしだ〟に到着した。

二階の小部屋で、ビールを飲みながら、福田は山本を待っていた。

〝はしだ〟は割烹《かっぽう》で、京都風の料理は旨かった。

「店主の板前が職人肌で、およそ愛想がないというか、食わせてやるという態度なんですが、リーズナブルで料理が美味《おい》しいから、文句も言えませんよねぇ」

仲居は飲み物と料理を運んでくるだけで、もんぺに半纏《はんてん》のシンプルな身なりだ。

「光栄です。しかし、わたしごときに、どうしてそんなに気を遣ってくださるんですか」

「山本さんは別格です。なんせ社長のお気に入りですし、メーンバンクの大洋銀行のホープといわれてる方ですからねぇ。わたくしは前々から友達づきあいをしていただきたいと思ってました」

「どうも……」

なんだか背中がむずがゆい。妙な感じだ。山本は気色悪くなって、顔をしかめた。

「いま、取引先とおっしゃいましたが、失礼ながら、福田常務のお仕事の内容がよく分からないのです。取引先と申しますと、どういうところなんでしょうか」

つまり、それはヤクザなのか、と言いたいところだが、そうもいかない。

「開発部は、造注、つまり自分で受注工事を造り出すのが仕事です。土地の仕入れから始まって、マンション業者、不動産業者を選別して、かれらに工事を発注させるわけですよ。ですから取引業者は、マンション業者、不動産業者ということになります。いま、東和建設でいちばん稼いでるのは、わたくしですよ。山本さんが、そのことをご存じなかったとは、残念ですねぇ」

「失礼しました」

山本がテーブルに両掌をついて一礼すると、福田は低い鼻からずり落ちそうになったメタルフレームの大きな眼鏡の位置を戻した。

「わたしの上司はただ一人だけです。誰だと思いますか」

「さあ。副社長のどなたかですか」

「違いますよ。社長です。社長直結で、社長とわたしは一体です。ですから、社長秘書のあなたとは仲良くしなければならないわけですよ」

「土地の仕入れは、地上げを伴いますから、裏の社会との関係が大変でしょう。それも、福田常務が一手にお受けになってるんですか」

福田は一瞬、厭《いや》な顔をしたが、すぐにつくり笑いを浮かべた。

「多少のことはありますが、わたくしをやっかんで、いろいろ言う人がいるんでしょうねえ。北脇常務あたりがなにか言ってましたか」

「いいえ。大銀で、東和建設を担当している者から聞きました。ヤクザを手玉に取る辣腕《らつわん》家だとか」

「そんな身も蓋《ふた》もない言い方をしないでくださいよ。ヤクザにもいろいろありまして、わたしは仮にも東和建設の常務ですから、そのへんのチンピラとつきあうようなことはあり得ません。ゼネコンは大手も準大手も、裏社会と切っても切れない関係にあるのは事実です。地上げのとき、旧《ふる》いビルの解体などでは必ずヤクザがむらがってくるんです。特に解体は裏社会の専売特許みたいなものですから、コストがどんどんつり上がっていくんです」

「入札制を取れないんですか」

「解体だけは無理です。それどころか見積もり書もあってなきがごときですから。そういう手合いを相手に闘ってますんで、白い目で見られがちですが、わたしには会社のために、和田社長のために、躰《からだ》を張っているという誇りがあります」

ビールから冷酒になったが、アルコールに強い山本が驚くほど福田はコップ酒を手酌でぐいぐい飲んだ。

「土地の仕入れを決める判断は福田常務がなさるんですか」

「大型物件は社長が判断しますが、わたしと意見が対立したことは過去一度もありません」

「ということは福田常務がジャッジメントすることになりますねぇ」

「まあ、そういうことになりますかねぇ」

福田は肩をそびやかしてから、ゆっくりと猪首《いくび》をめぐらせた。

11

福田の強引な二次会の誘いを、山本は断れなかった。

銀座のクラブだ。七丁目の雑居ビルのほとんどが飲食店で占められていた。

四階の〝クラブ　麻理子〟は、十時前だが、三組先客があり、山本と福田がドアに近いボックス・シートに坐《すわ》ったので、残るは奥のカウンターだけになった。

若い美形をそろえている。山本が目で数えたら、ママを入れて、七人。

ママの麻理子が、福田のところにすぐさまやってきたのは、上得意の証拠だ。

「商売繁盛でけっこうじゃないか」

「お陰さまで。フーさまがお見えになるときは、不思議にいつもそうなんです」

「俺は招き猫みたいなものだな」

「ほんとそうねぇ」

「おまえなあ、ここは落ち着かないから、カウンターにしてくれないか」

「はいはい」

麻理子は三十二、三歳だろうか。濃い化粧はいただけないが、色気たっぷりで、着物の胸もとが窮屈そうなほど盛り上がっていた。

それにしても、人が変わったように狎々《なれなれ》しい福田の態度は気になる。「おまえなあ……」は山本の耳底にいつまでも残った。二人は男女関係にあると勘繰《かんぐ》れないこともない。〝眼鏡をかけた猪八戒〟には勿体ないが。あるいは、ただ意気がっているだけのことだろうか。

カウンターに移動するなり、キープのウィスキーボトルやらグラス、アイス、水などを麻理子が運んできた。

〝ロイヤルサルート〟の緑色のボトルだった。

「俺たちにはかまわんでいいからな。山本君と内緒話があるんだ」

「山本さんとおっしゃるんですか」

「そうそう、紹介するのを忘れてた。社長秘書の山本君」

「山本です。よろしくお願いします」

「麻理子です。どうぞよろしくお願いします」

麻理子は名刺をくれたが、山本は出していいものか迷ってもじもじした。

「山本君、この店はいつ使ってもかまわんからね」

福田が口を山本の耳に近づけて、ささやいた。

「ママには相当入れあげてるから、学割なんですよ」

麻理子がほかの客のところに移動した。

「ほんとうに、気に入ったら、いつでもお使いください」

「ありがとうございます。しかし、わたしのような若造がこんな高級クラブに出入りしたら、社長に叱られますよ。社用族になるのは十年早いと思います」

山本は、そんなつもりはさらさらなかった。

しかも、福田はリップサービスか大物ぶっているだけのことなのだ。

ところが、福田は本気らしいことが、分かった。

「この店にはコレは来ませんから、安心して使ってくださいよ」

右手の人差し指が頰に触れるか触れないかの瞬時の仕種《しぐさ》をしてから、福田は真顔でつづけた。

「ただし、山本さん限りですよ。ここを使えるのは、わたくしとあなただけです。どなたをお連れしてもかまいませんけど」

「社長が使われることはないんですか」

「ありません」

「ここも、福田さんだけの巣なんですね」

「ちょっと違います。取引先を招待したり、されたりすることは、ちょくちょくありますけど、ウチでは、わたくし以外に使ってません」

「そうですか」

若いバーテンダーが、水割りウィスキーをこしらえて、カウンターに並べた。

「改めて乾杯！」

「どうも」

福田と山本は、グラスを軽く触れ合わせた。

福田は水でも飲むようにグラスを呷《あお》って、一気に半分ほど喉《のど》へ流し込んだ。

「さっき、裏社会の話が出ましたが、借りさえ作らなければ、どうってことはないですよ」

「社長も、つき合わざるを得ないことがあるんでしょうか」

「それはないですよ。だから、わたくしが躰を張ってるんじゃないですか」

「それを聞いて安心しました」

「必要悪みたいな面はありますから、裏とのつきあい方は大事なんです。地上げや解体だけで、裏はがっぽりポケットに入れますが、それだけじゃなく、竹山銘柄のメリットを裏にも与えてやったらいいんですよ。竹山さんほどではないでしょうが、わたくしの情報で、裏も相当懐《ふところ》が潤《うるお》ったはずです。そういうキメ細かい努力があとでものを言うんです。東和建設は竹山政権時代に躍進しない手はないと思いますよ」

福田は、饒舌《じょうぜつ》だったが、さすがに声はひそめている。二人はカウンターで躰を密着させていたから、バーテンダーに聞かれることもなかった。

トイレに立った福田が、用を足したあとで麻理子からおしぼりを手渡されたとき、二分ほど立ち話をしていた。その場面を見て、山本は、やっぱり二人はわけありだという思いを強くした。

12

時刻は午後十一時四十分。

帰りのハイヤーの中で、福田が言った。

「山本さんは、首相官邸にフリーパスで出入りできることになるそうですねぇ」

「きょうの常務会で、そんな話が出たらしいですけど、社長の気まぐれなんじゃないですか」

「とんでもない。本気ですよ。山本さんは、官邸の情報を入手できる立場になるんですから、わたくしにも可及的速やかに鮮度のいい情報を教えてくださいよ」

ここにも、勘違い組が一人いた。

竹山内閣の誕生前夜とあって、社長以下、全員が舞い上がっている。情緒不安定になっている、といったほうが当たっているかもしれない。

今夜、VIP待遇で、俺をもてなしてくれたのは、勘違いのなせるわざか――。そう考えると、笑えてくる。

だが、山本は無理に表情を引き締めた。

「もし、そういうことになったら、仰せに従いますよ」

「ありがとうございます。そのかわりと言っちゃあなんですが、〝麻理子〟はプライベートでもなんでもいいですから、使ってください」

「お言葉に甘えさせていただくことがあるかもしれません。そのときはよろしくお願いします」

「どうぞどうぞ。けっこう良い店でしょ」

「ええ。ママを始め美形ぞろいで、目の保養になりました」

「バーとかクラブを経営する女は、美形だけじゃダメなんですよ。むしろ頭の回転の速さのほうが大事でしょう。その点、麻理子は、たいしたタマですよ」

「当然、スポンサーはいるんでしょうねぇ」

虚を衝《つ》かれたのか、福田は返事をせずに横を向いた。

「あんな美人が放っとかれるなんて考えられませんよ。誰だか知りませんが、いい思いをしてる人が、この世にいるわけですねぇ。羨《うらや》ましいですねぇ」

「こんど会ったときに訊《き》いてみますが、旦那《だんな》はいないようなことを聞いたような覚えがありますよ」

「まさか。福田常務が、スポンサーなんてことはないですよねぇ」

「冗談よしてくださいよ。山本さんがせっかくそう言ってくれたんですから、一度アプローチしてみましょうかねぇ」

ハイヤーが、首都高速道路の四号線を高井戸ＩＣで降りた。高井戸のマンションまであと二、三分だ。

山本は、用賀《ようが》のマンションに住んでいる福田を先にするよう申し出たが、福田は山本を優先してくれた。

もっとも高井戸のマンション前から、ハイヤーが向かったのは、上北沢《かみきたざわ》のマンションだった。

福田は、マンションの五十メートル手前で降車して、マンションに入った。

福田はなにげなく、スペア・キーでマンションの玄関と三〇五号室のドアを開けて、電灯を点《つ》け、ネクタイを外しながらリビングのソファに横たわった。

テレビの音を聞きながら、うとうとしかけたとき、麻理子が帰宅した。

午前零時を四十分過ぎていた。

「待った」

「そうでもない。あの野郎を先に送ったからな」

「きりっとしたいい男じゃない。社長秘書だって」

「ああ」

「あなたが会社の人を連れてきたのは初めてねぇ」

麻理子は着物を脱ぎながら話していた。

「ちょっとやり過ぎたかもなぁ」

福田が上体を起こした。

「おまえのスポンサーは俺じゃないか、って言いやがった」

「わたしも、ちょっと気になってたのよ。おまえ、なんて呼ぶんだもの。お店では注意してって言っといたのに」

「俺の女だって、知らしめたい気がせんでもなかったが、やっぱりまずかったよなあ」

「それで、あなた肯定したの」

「冗談言うなよ。ためしに一度アプローチしてみるか、って言っといたけど、山本は莫迦《ばか》じゃねぇから、見破られたかもな。でも心配すんな。それならそれで、懐柔《かいじゅう》する手はいくらでもある。ちょっとつかませれば済む話だよ」

「それならいいけど、それは人によるんじゃないの」

「どっちみち、俺もあいつも同じ穴の狢《むじな》なんだ」

「シャワーしないの」

麻理子はショーツだけになっていた。福田が起《た》ち上がって、たわわな乳房を鷲摑《わしづか》みした。

麻理子の白い手が福田の股間《こかん》に伸びた。

もう高まっていた。

第四章　大型商談

1

　十一月六日に竹山政権が発足するのを待っていたように、東和建設と日本産業銀行との大型商談に関する交渉が本格化した。

　十一月九日月曜日の朝、産銀常務の高橋修平から、和田征一郎に電話がかかってきた。

「例の件、中川頭取にも話しましたよ。池島会長に先に話したことがお気に召さなかったようで、ご機嫌斜めでしたが、産銀は国際投資銀行でもあるのだから、こういう案件をどんどん手がけていくべきだ、などと調子のいいことも言ってました。会長には話したのか、と訊かれたので、池島会長の頭取時代に一度出た話が立ち消えになって、それが蒸し返されたのだと説明しておきました。ですから当然ご存じだと……」

「以前、西北鉄道の筒井会長が食指を動かしていると、高橋常務からお聞きしたことがありますが、その点はどうなりましたか」

　西北鉄道のオーナー会長の筒井善之は、プリンセスホテル・グループのオーナーでもあり、ウェストン・ホテル・チェーンと業務提携している関係もあって、産銀は東和建設と天秤にかけていたふしがある。

永いつきあいでもあり、和田びいきの高橋は、東和建設を強力に推していた。

ブラジル、パナマ、台湾などでホテル経営の経験もあり、竹山正登が首相になって、パワーアップした東和建設に、この大型プロジェクトを持ち込むことがよりベターだと池島会長に力説し、池島もこれに与《くみ》した。

六月にパナマ軍最高司令官のガリエガ将軍が来日した折りに、高橋の手引きで、和田征一郎・恵美子夫妻がガリエガ将軍を伴って池島を表敬訪問したことがあった。

そのときも、和田夫妻は「大型プロジェクトの件、ぜひとも東和にお願いします」と池島に頼み込んだ事実がある。

池島が「東和建設でいいじゃないか。筒井君にはわたしから断っておくよ」と断を下したのは、曽根田前首相が、竹山を後継指名した直後のことだ。

池島は筒井から、「ウェストンをお願いします」ぐらいのことは言われていたと思える。

「池島会長は、東和建設でよろしい、とわたしに明言しました。これで決まりです。わたしの見るところ、竹豊会《ちくほう》の誼《よし》みというか、竹山政権が決め手になったんじゃないでしょうか」

「ありがとうございます。高橋常務には全面的にご支援していただいて感謝の言葉もありません。決め手は高橋常務ですよ」

和田はくすぐりどころも心得ていた。しかし、高橋なくして、この大型プロジェクトが東和建設にもたらされることはあり得なかった。

「きょう午後二時に、中川に会っていただきましょうか」

唐突に、高橋が言った。

和田の返事が遅れたのは、先約があったからだ。しかし、なにはさておいても、駆けつけなければならない。

「ご都合が悪ければ……」

「いや、大丈夫です。会議が入ってましたが、社内のことですから、どうにでもなりますよ」

和田はおっかぶせるように言って、つづけた。

「大型プロジェクトの件、よろしくお願いします、とご挨拶《あいさつ》すればよろしいのですね」

「そうです。ま、中川の顔も立ててやってくださいよ」

「もちろん、そのように心得ております。高橋常務も同席されますか」

「わたしは出ません。二人だけでよろしいでしょう。二時以降四時まで在席してますから、中川との話が終り次第、同じ十一階のわたしの部屋に寄ってください。役員受付には通しておきます」

「ありがとうございます」

「それから、池島とは話したか、と必ず中川は訊くと思います。話してない、というのも白々しいので、竹豊会で耳打ちしたぐらいのところでどうですか」

「なるほど。ご指示に従います。なにからなにまで、ほんとうにお世話になり、恐縮至極です」

和田は電話に向かって、何度お辞儀したか分からない。

2

社長付女性秘書の山下昌子から、社長室審議役の山本泰世《たいせい》に社内電話がかかってきたのは午前九時二十五分のことだ。

「社長がお呼びですが」

「すぐ参ります」

山本は背広を着て、社長執務室に急いだ。

「きょう二時に、産銀の中川頭取にお会いすることになったので、同行するように」

「一時三十分に建設省の河川《かせん》局長を訪問することになっていますが」

「それは、いま電話で断りました。あすの同時刻に変更してもらいました。産銀の頭取から呼び出しがかかったのだから、仕方がないでしょう」

「…………」

「一時半に玄関前で待つようにお願いします」

「かしこまりました」

「いよいよ大型プロジェクトが動き始めますよ。延び延びになってた海外出張にもつきあってもらいますからね」

「はい。よろしくお願いします」

山本は一礼して、退出した。

十八億ドル、二千六百億円の大型プロジェクト、と新井から聞いた記憶がある。東和建設にとって、空前絶後の大型プロジェクトだ。

丸《まる》の内《うち》の産銀本店ビル地下二階の駐車場に駐車した大型ベンツの助手席で、山本は経済誌を読みながら、和田を待った。

和田と中川の話は十分足らずで終ったが、高橋常務との話が長くなった。

「中川頭取が別れしなに、産銀から実力のある常務クラスを社長含みで、東和建設に出したい、と言われたのにはびっくりしました。高橋常務が宮本常務を推してることを話していいものやら、悪いものやら分からなくて……」

「話したんですか」

「話しませんよ。わたしはどうせ来ていただくのなら高橋常務にお願いしたいと思ってますし、このことはあなたにもお願いしてありますよねぇ」

「わたしはジョージと一緒に仕事をしたい。ジョージにとって、わたしほど役に立つ者はいないと自負してますが、池島会長がOKしてくれないと思いますよ。それとなく打診したことがあるんですが、おまえを手放すわけにはいかん、とけんもほろろの返事でした」

「そうなると、やっぱり宮本さんですか」

「無難なんじゃないですか。中川頭取は案外目障りなわたしを出したがってるのかも分かりませんが」

「目障りって、どういうことですか」

「池島会長の懐刀《ふところがたな》的存在のわたしは中川にとって、可愛くないのは当然でしょう。役員を外に出すときに必ずといっていいほど会長と頭取の間でひと悶着《もんちやく》起こるんですよ。宮本なら、両者の合意が得られやすいと思います」

「高橋常務からウェストンの話をお聞きしたのは数か月以上も前のことですが、そのとき、常務は産銀はカネも出すし、人材も出すと言われました。宮本常務がいいんじゃないかとも言われましたが、わたしは、東和建設の経営をまかせられるとしたら、高橋常務しかいないと思ってました」

「東和建設のオーナーから、そこまで言われれば男冥利《みようり》に尽きるっていうことなんでしょうが、池島が承知しないと思いますよ。ためしに、ジョージから、池島に当たってみますか」

　和田征一郎を「ジョージ」のニックネームで呼ぶのは、恵美子と高橋ぐらいのものだ。和田と高橋はそれほどまでに昵懇《じつこん》の仲ということができる。

「待てよ。その前に、中川に当たって、中川から池島に話させるのがいいかもしれませんねぇ」

「ひと悶着起きることが分かっていて、それはないでしょう」

「そうと決まったわけでもないですよ」

高橋は上背《うわぜい》もあり、スリムな体形だ。面長な顔も整っている。

「池島の気持ちが変わらないという保証もないし、本気で、ジョージがわたしをパートナーにしたいというのなら、当たってみる価値はあるでしょう」

高橋は真顔だった。

「高橋常務がそこまでおっしゃるんなら、中川頭取にもう一度お目にかかって、ぶつかってみます。当たって砕けろですかねぇ」

高橋が思案顔で腕と脚を組んだ。

帰りのベンツの中で、和田が上気した顔で山本に話しかけた。

「産銀がウチに大型プロジェクトを持ち込んでくれたキーマンは竹山首相ですよ」

「産銀は初めから東和建設に絞ってたんじゃないのですか」

「西北鉄道とプリンセスホテルの筒井さんも意欲的だったようですよ。竹山先生がこの件で口添えした事実はないが、いざとなったらわたしは先生におすがりするつもりでしたが、そうするまでもなかったわけです。総理総裁、一国の首相の重みは、それほど大きいっていうことですよ。無言の圧力というか、竹山首相とわたしの関係を産銀は重視してくれたわけでしょうねぇ。それと池島会長が竹豊会の会長だったことと、終始、ウチを後押ししてくれた高橋常務の存在も大きかったと思います」

「高橋常務がウチの社長になってくれれば、磐石《ばんじゃく》なんですが、池島会長が放さないでしょうねぇ」

「…………」

「宮本常務ではないのですか。わたしはそのように聞いてましたが」

山本は助手席から、リアシートを振り向いたが、和田は横顔を窓外に向けていた。

「それも一案です。宮本常務は、祥次郎と高校時代からの親友なので、なんとなく候補に上がってきた感じですが、わたしは高橋常務の実力を買いたいですねぇ。ウェストンの案件を産銀が手に入れたのは、かれの渉外力と豊富なネットワークの賜物《たまもの》ですよ。産銀のニューヨーク支店に調査役クラスの時と部長クラスの時と二回も勤務してるが、そのときにネットワークを構築したんでしょうねぇ。産銀の国際派の中でも、高橋さんほどアメリカに強い人はいません。これから、ウェストン・ホテル・チェーンを保有しているコングロマリットの『アーリーズ』と条件交渉に入るが、高橋常務がウチのアドバイザーとして、力を貸してくれると思います」

和田は饒舌《じょうぜつ》だった。気持ちが高揚している証左《しょうさ》だ。

「あしたの朝、産銀の頭取秘書に電話して、アポを取るようにお願いします」

エレベーターの中で、和田が山本に言った。

「日程は中川頭取に合わせます。わたしのスケジュールが詰まっていても、キャンセルしますから」

「承知しました」

3

二回目の中川―和田会談は十一月十二日の午後三時に決定した。

和田が居ずまいを正して、用件を切り出した。

「先日、頭取にお目にかかった折り、当社に社長含みで人を出してもよい、と願ってもない朗報を承りましたが、さっそく詰めていただいてよろしいでしょうか」

「けっこうですよ。和田さんのほうで当てにしている者がいますか」

「差し出がましいのを承知で申し上げますが、常務の高橋修平さんは難しいでしょうか」

「難しい？　どうしてですか」

中川は尖《とが》った顎《あご》を撫《な》でながら反問した。

「国際派で最も活躍している方ですから、高望みが過ぎるような気がしたのですが」

「産業銀行には、高橋クラスなら、掃いて捨てるほどいますよ。池島とのコンセンサスなしには決められないが、わたしは賛成です。例のウェストンの案件も高橋が手がけていることでもあり、嵌《は》まり役かもしれませんねぇ」

「ぜひともそうお願いしたいと存じます」

「この場で返事をするわけにもいかないが、なんとかご希望に添えるよう努力してみましょう」

「よろしくお願いします」

中川の話を聞いて、池島は顔色を変えた。しばらく口をきかずに険しい顔をあらぬほうに向けていたが、中川は辛抱強く返事を待った。

「ウェストン案件のネゴはこれからだろう。成否のほども分からんうちから、人を出すもないだろう。気が早すぎるのと違うかね」

「高橋君によると、十八億ドルの向こうの言い値をどこまで値切れるかの問題で、成功することは間違いないということですが」

「和田君が高橋を逆指名してきたのか」

「はい。えらく執心してました。二人は旧《ふる》いつきあいだそうですから、気心も知れてるので、わたしはよろしいと思いますが」

「きみ、産業銀行に対して、逆指名は考えられんよ。和田君は増長してるのと違うかね」

池島はガマ蛙のようないかつい顔をしている。不機嫌なときは目も当てられない。

「とにかく、東和建設に人を出す問題は時期尚早もきわまれりだな」

中川も負けてなかった。

「和田君からぜひもらいがかかったので、会長にお伝えしたまでです。おっしゃるとおり、いま決める必要はないと思いますが、会長に伝えなければ伝えないで、あとで怒られてもなんですからねぇ」

「アーリーズとの交渉がどうなるか分からんが、逆指名には応じられないと和田君に念を押しておくことだな。仮に東和建設に人を出すとしても、誰を出すかは、当方が決めることだよ」

池島は手を払うような仕種《しぐさ》をして、ソファから腰をあげた。

取り付く島もない、とはこのことだ、と思いながら、中川は会長室を出た。

中川が退出した直後に、池島は秘書に高橋を呼ぶように命じた。

高橋は三分ほどで駆けつけてきた。

「いま中川が来て、東和建設にきみを出したいと言ってきたぞ。正確に言うと、和田が、きみを欲しいと言ってきたらしい。きみは東和建設に行きたいのか」

「ジョージが……失礼しました。和田社長がわたしに目をつけてくれたことは感謝しますが、行きたいのかとのお尋ねがあれば、答えはノーです。もっとも、池島会長が行けとおっしゃるようなら、喜んでとは申しませんが、行かざるを得ないと存じます」

「中川もきみも気が早いねぇ。まずウェストンの案件をまとめるのが先決だろう。東和建設に資金を出すのも、人を出すのもまだ先の問題だ。中川にも言っておいたが、誰を出すかは産業銀行が決めることで、取引先から誰をよこせなどと言われる筋合いはないぞ」

「よく分かりました」

高橋は笑顔で返事をした。どうやら、会長は俺を出す気はないらしい、と思いながら。

4

その日午後四時過ぎに、山本に和田から呼び出しがかかった。

「いま、産銀の高橋常務から、池島会長が反対してるので難しいと思う旨の電話がありました。産銀が人を出す件は当分の間、白紙にしておきたいということなので、そのつもりで」

「承知しました」

「ただ、新井副社長には山本さんから話しておいてください。かれが宮本常務と思い込んでるふしがあったので、高橋常務のほうがベターだと話した覚えがあるし、どうなってるか気にしてると思うので、高橋常務は産銀が出さないだろうということと、宮本常務も含めてまだ白紙だと話してください」

「分かりました」

山本は、なぜ和田は直接新井に話さないのだろうと思いながらも、無表情を装った。

「それと、今週中にアメリカ出張の日程を詰めますから、その点も含んでおいてください」

山本は、いったん自席に戻って、新井副社長の在席を秘書の阿部有希子に確かめてから、新井に会った。

「例の大型プロジェクトが動き始めました。今週中にアメリカ出張の日程を詰めたいと社長に言われました」

「そう。竹山政権がスタートして、社長も安心してアメリカへ行く気になったのでしょう。山本さんも社長に同行するんでしょ」

「はい。そのように言われてます。わたしには荷が重すぎますが、社長命令ですから仕方がありません」

「社長に、それだけ頼りにされてるのだから、喜ぶべきですよ」

「それと産銀から役員を迎える件はまだ白紙だと副社長に伝えるように、社長から言われました。社長は高橋常務を当てにしていたようですが、池島会長が難色を示されたとおっしゃってました。宮本常務を含めて産銀関係の人事問題は白紙だということだと思います」

「ふうーん」

新井は合点がいかないと言いたげに、眉《まゆ》をひそめた。

「わたしには、宮本さんに決定しているようなことを言ってたが、気持ちが変わったんですかねぇ。社長から高橋常務のことを聞いたときはびっくりしましたよ」

「新井副社長ですから、率直に申しますが、どうして社長は直接、副社長に話されないのか不思議な気がします」

「わたしに言わせれば、宮本さんだから社長として迎えることは納得できるというか、大洋銀行としても妥協できる面もあるんですよ。宮本さんは祥次郎さんと無二の親友でもあったわけですから。ま、食言《しょくげん》したことで、照れ臭いんじゃないですか」

「高橋常務はキレ者と聞いてますが、それだけにぎくしゃくするということでしょうか」

「和田社長から筆頭副社長でお願いしたいと頭を下げられたときの前提は、〝宮本社長〟でした。その前提がなくなれば、大銀《たいぎん》との関係は多少ぎくしゃくするかもしれない」

新井は思案顔で、つぶやくようにつづけた。

「協立銀行のことをカウントしてないことも気がかりです。大型プロジェクトのことも、協銀に伝わっていないようだが、それでいいのかどうか」

協立銀行は東和建設にとってサブメーンバンクである。大型プロジェクトが具体化してくれば、資金面で協力を求めなければならない。

専務取締役で管理本部副本部長を委嘱《いしょく》されている寺尾秀夫は、協立銀行の元取締役だった。寺尾にとって、新井が自分のすぐ上にいることがうっとうしくてならないはずだ。

新井にしてみれば、年長の寺尾の存在は煙たいに相違ない。

新井が山本を見据えてから、言いにくそうに切り出した。

「山本さんは水臭いと思うかもしれないが、山本さんの意見として、産銀が持ち込んできたディールのことを協立銀行サイドに伝える必要があるんじゃないかと社長に話してもらうのはどうでしょうか」

「それはどうでしょうか。若造のわたしごときが、出過ぎているように思いますが」

山本は間髪を入れずに言い返した。

「山本さんに、軽蔑《けいべつ》されるんじゃないかと思いながら話してるんだが、わたしが社長にストレートに意見がましいことを言うよりは、カドが立たないと思ったんだが」

「軽蔑なんてとんでもない。ただ、社長と副社長の間に相互不信感が生じることをわたしは恐れます」

山本にまっすぐとらえられた新井が視線を外して、苦笑をにじませた。

「そこまでは考え過ぎだ。お気持ちはありがたいが、そんなことはないから、心配しないように。やっぱり山本さんから話してもらうほうがいいと思いますよ」

「…………」

「寺尾さんの立場も考えてあげないとねぇ」

「分かりました。仰せのとおり、やってみます」

山本はまだ納得しかねていたが、これ以上は大恩ある新井に歯向かえなかった。

5

山本は、意を決してその足で社長執務室に入った。

和田はデスクの前で、決裁書類に目を通していた。

「ちょっとよろしいでしょうか」

手でソファをすすめられたので、山本は会釈して、ソファの前で立っていた。

和田が長椅子に坐《すわ》ったのを見届けてから、山本は腰をおろした。

「いま、新井副社長と話をしてきたところですが、副社長と話をしているときに、ふと大型プロジェクトの件を協立銀行サイドに明示するタイミングじゃないかと思いまして、出過ぎていることを承知で、副社長に話しました」

「ほう。新井さんの意見はどうでした」

「賛成も反対もされませんでした」

山本はうつむき加減にならざるを得ない。

和田は大きな目で、山本を凝視した。

「ということは、山本さんの意見ということになるんですか」

「はい。差し出がましいことは重々承知してます」

面《おもて》を上げると、和田の目に吸い込まれそうな気がして、山本はふたたび目を伏せた。

「それではわたしの意見をはっきり言いましょう。協立銀行サイドに明かす必要はありません。足を引っ張られるのが落ちですよ。産銀と協銀はどちらかと言えば、対抗意識が強くて、肌合いが違います。産銀に社長含みで常務クラスの派遣を頼んでる件を協銀に話してないのも、考えるところがあるからです。産銀を取るか、協銀を取るかになれば、もちろん前者です。ウェストン・ホテル・チェーンの案件は、東和建設にとって、社運を賭《と》す大事業です。そのわりにリスクは非常に小さいとわたしは見てますが、産銀との関係を深めることで、協銀がエモーショナルになっても仕方がないとわたしは思ってます。新井さんも、その点は理解されてると思いますよ。ですから、山本さんも心配しなくてけっこうです」

「恐れ入ります」

「きみがいろいろ気を回して、わたしに意見を言ってくれるのは、大歓迎ですが、協銀のことは神経質にならなくていいですよ」

「大変失礼しました」

「そんなことはない」

和田が右手を振ったが、最後まで笑顔を見せなかった。

九階から八階の自席に戻りながら、新井副社長にどう話すべきか、山本は懸命に思案をめぐらせた。産銀も協銀も立てるべきだ、というのが新井のスタンスだが、和田には協銀を切り捨てることも辞さない、との決意がうかがえる。

というより、協銀のほうがヘソを曲げて距離を置くだろうと読んでいると見るべきかもしれない。

時計を見ると、四時五十分だった。

山本は、八階のエレベーターホールの前で回れ右をして、上行のエレベーターを待った。きょうのうちに新井に話して、区切りをつけておこうと考えたのだ。

山本は、新井に脚色せずにあるがままを話した。

「社長に対する山本さんの話し方は、実によかったと思います。社長が大型プロジェクトに命を懸けていること、だからこそ産銀に傾斜していこうとしていることもよく分かりました。ただねぇ、協銀とあえてことを構える必要があるのかどうか、疑問符をつけますが」

「東和建設側から、ことを構えるということではなく、結果的にそうならざるを得ないというのが社長の考えなんじゃないでしょうか。そういう流れになるような気が、わたしもしています」

「あるいはそうかもしれないが、協銀とも永いつきあいなのだから、仲良くやるに越したことはないでしょう。わたしが和田社長の立場だったら、エモーションとエモーションがぶつかるようなことにならないよう、人事を尽くしますけどねぇ」

協銀はそんなに甘い銀行ではない、と思ったが、山本は口には出さなかった。

6

山本はこの夜七時に、久しぶりに京橋の〝ざくろ〟で河原良平に会った。山本のほうから誘ったのだ。

「マージャンに誘われてるが、仲間うちだから、誰かにバトンタッチするよ。俺も山本に会いたいと思ってたんだ」

河原は、好きなマージャンをキャンセルして、山本の誘いに応じてくれた。

〝ざくろ〟の椅子席で、ビールとしゃぶしゃぶをオーダーしてから、山本が言った。

「例のプロジェクトがいよいよ動き出すぞ。西北鉄道の筒井氏もウェストンの買収に執念を燃やしてたらしいが、産銀は東和にプライオリティを与えてくれた。和田社長が産銀の高橋常務と相当親しいらしくて、かれが池島会長を説得してくれたようだ。それと、竹山首相の無言の圧力もあったかもなぁ。池島会長は竹豊会の終身会長だし、和田社長もメンバーだから、竹山メリットを東和はさっそく享受したともいえるね」

「筒井善之も食指を動かしてたのか。ウェストンはプリンセス系のホテルと業務提携している事実があるし、ホテル経営の実績では東和建設の比じゃないだろう。おっしゃるとおり竹山メリットかもなぁ」

紺絣《こんがすり》の着物姿の仲居がビールの大瓶二本、グラス、突き出しの鮪《まぐろ》の角煮をテーブルに並べた。

「どうぞ」

仲居が大瓶を持ち上げたので、山本は「お客さんから」と言って、左手を河原のほうへ伸ばした。

「きょうのきょうで悪かったな。マージャンが飯より好きな河原がよく受けてくれたよ。ありがとう」

「どうも」

二人はグラスを触れ合わせて、乾杯した。

「山本じゃなければ、断ってたよ。おまえから電話があったのは五時過ぎだが、目星をつけてた代打が二つ返事でOKしてくれた。あいつがNOだったら、いまごろ雀卓《じゃんたく》を囲んでたと思うよ。マージャンをドタキャンした記憶はないんだよなぁ」

「そう思うよ。逆はあるだろう。飲み会をキャンセルして、マージャンのほうを受けるんなら分かるけど」

「産銀のディールが気になってたことはたしかだよ。竹山政権の発足で弾みがつくと思ってたが、そんな感じもあるよなぁ」

「産銀も和田社長も、そのタイミングを計っていたかもなぁ」

河原が二つのグラスに大瓶を傾けた。

「東和は、このディールを受けて、産銀との関係を深めていくことになるだろう。ウチはメーンバンクの座を産銀に明け渡すことになるんじゃないのか」

「あり得るな。いや、既定路線かもしれないぞ。産銀から社長含みで、常務クラスを受け入れるっていうことは、そういうことだろう」

「俺も同感だ。エース格の新井専務を副社長で東和に出したが、産銀のパワーに対抗できるとは思えんよ」

新井が、協立銀行のことを気にしているのは、大洋銀行が産銀と張り合うためには、協銀と組むしかないと考えているからではないか。新井なりの判断があるかもしれない、と山本は思った。

「協銀に大型プロジェクトの件を明かす必要があると思うか。河原の意見を聞きたかったんだけど」

「へーえ。まだ協銀に話してないのか」

「和田社長は、その必要はないという意見だが、新井副社長は、それではカドが立つんじゃないかと気にしてるよ」

「協銀は、仮にも東和建設のサブメーンバンクだろうや。それとも産銀と結託して協銀外しにかかっているんだろうか」

山本はグラスをテーブルに戻して、腕組みした。

たしかにそんな感じはある。新井もこのことを察しているに相違ない。それは危機感と取れないこともなかった。

産銀との関係を深めることで、協銀がエモーショナルになっても仕方がない、とまで和田は言っていた。和田と新井の協銀に対する温度差はかなり違う。修復不能と思えるほどだ。

しゃぶしゃぶの準備が整った。

「どうしたんだ。食べないのか」

河原は、沸騰した湯に落とした霜降り肉を箸《はし》で掬《すく》い上げた。

河原はしゃぶしゃぶに気持ちを集中させているが、山本は思案顔でビールを飲んでいた。産銀メーン、大銀サブメーンのシナリオありきで、ウェストンでその布石が打たれることになる――。

「協銀ほどのえげつない銀行が、黙って引き下がるとは思えないな。だいたい、ウェストンのディールを把握してないなんて考えられるかね。協銀のOBも、東和にいるんだろう」

「新井副社長のすぐ下にいる。専務でな」

「そいつが、蚊帳《かや》の外なんて考えられるかね」

「目下のところは間違いなく蚊帳の外だよ」

「二流都銀の大銀調査役の俺でさえ、大型プロジェクトをキャッチしたんだぜ。目から鼻に抜けるようなすばしっこいやつばっかし揃えてる協銀が、そんなドジを踏むとは思えないな」

「河原は出来物《できぶつ》だよ。協銀マンを出し抜くぐらいのことは朝飯前で、やってのけるだろう。協銀が大型プロジェクトをつかんでる可能性は小さいと僕は思うけどねぇ」

「だとしたら、新井さんの下にいる専務の立場はないなあ」

「協銀に伝えたほうがいいと思うか」

河原は、口に運びかけた肉片を取り皿に戻した。

「トップの判断にまかせるというか、従うべきだろう。俺は、協銀は察知してると思うけどね。どう対応するか懸命に考えてるんじゃないのか。協銀はそんな間抜けな銀行じゃないよ」

「協銀にとって、東和建設なんてちっぽけな存在だから、どうでもいいと思ってるかもなぁ」

「どっちにしても、山本が気を揉《も》むことはないよ」

「そうだな。河原に会って、少し気が楽になったよ」

山本がしゃぶしゃぶに箸を付け始めた。

7

十一月十七日の常務会で、和田は二十日から約二週間、アメリカ、パナマに出張する旨を明らかにした。

パナマに行くのは、フォルソナ発電所建設工事の国際入札に参加することになったため、ガリエガ将軍を表敬訪問する必要が生じた、と説明したが、訪米の目的については言葉を濁した。

「ニューヨークとロサンゼルスに行って、アメリカの現状を見てこようと思いますが、ついでに立ち寄るようなもので、特に商談があるわけではありません」

和田は水差しをコップに傾けて水を入れ、ひと口飲んでから、新井に振った。

「新井副社長、私の留守中は社長代行として、よろしくお願いします。あなたにおまかせしておけば、安心ですよ」

「なにをおっしゃいますか。まだまだ勉強中で社内を仕切れる器ではありません。なにかありましたら、国際電話をかけさせていただきます」

新井に言わせれば、パナマのほうがついでで、主目的はアメリカである。和田は大型商談をまとめてくるつもりだろう。このことを承知しているのは、和田、新井、北脇、そして山本の四人だけだ。

新井は時として協立銀行出身の寺尾専務に話してしまいたい誘惑に駆られるが、和田を差し置いてそれはない。

しかし、気になる。協銀との間に、波風を立てなければならない理由がどこにあるというのか。あるはずがなかった。

新井は、午後四時過ぎに、山本を自室に呼んだ。

「海外出張、二十日からに決まったらしいねぇ」

「はい。初めての社長のカバン持ちに、いまから緊張してます」

「貧乏性というのか苦労性というのか、われながら損な性分だと思うが、協立銀行との関係を壊してしまっていいのか、気になってならないんですよ。もう一度、きみから社長に話してもらうのがいいのか、わたしが話すべきか迷うところですが、山本さん、どう思いますか」

山本は、和田の強い姿勢からみて、新井や俺がいくら気を揉んでも詮《せん》ないことだと思いながらも、新井の気持ちも分からないではなかった。

「副社長もご存じのように、わたしはこの件について一度社長に意見をお伝えしました。あっさり弾《はじ》き飛ばされてしまいましたので、わたしの立場でふたたび意見がましいことを言えるはずがありませんから、新井副社長にぶつかっていただく以外にないと思いますが」

「なるほど。そうしたほうがいいと思いますか。それとも、ここは我慢のしどころですかねぇ」

「大銀の東和建設担当の調査役が、大型プロジェクトの件を相当以前からキャッチしていたことは、副社長に話したと思いますが」

新井はあいまいにうなずいた。

「その男に言わせますと、自分でさえつかんでいたことを協銀が知らないはずはない、ということになります」

「しかし、協銀はつかんでないと思いますよ。協銀を無理矢理、敵に回す手はないでしょう。もう一度だけ社長と話しましょうかねぇ」

「…………」

「いま、社長は在席してますか」

「北脇常務と用談中ですが、間もなく終ると思います。山下さんに、話しておきましょうか」

「お願いする」

新井が厳しい顔で返事をした。

山本は、新井の気魄《きはく》にたじたじとなった。

社長執務室のソファで和田と新井が向かい合ったのは、午後四時四十分だ。

「先日、山本から大型プロジェクトの件を協立銀行に明かすべきではないかという意味のことを言われました。わたしは、それに対して意見らしい意見を言わなかったのですが、寺尾専務の立場なり、今後の協力関係を考えますと、社長から話していただくのがよろしいのではないかと思い始めました。余計なことを言うなとお叱りを受けるのを承知で申し上げますが、渡米する前に、寺尾専務に話していただけませんでしょうか」

和田はあからさまに厭《いや》な顔をした。

「事前に話しても、事後に話しても、協銀はエモーショナルになるでしょうねぇ。新井さんほどの方なら、そんなことは当然分かってると思いましたが」

「お言葉ですが、ショックの度合い、エモーショナルになる度合いはずいぶん違うような気がしますが」

「協銀はことによると資金の引き揚げ、派遣役員の引き揚げも辞さないかもしれない。それでも仕方がないと、わたしは思ってます」

「当社と協銀は永いつきあいです。そんなことにならないように、人事を尽くすべきだと思いますが。正直に申しますと、産銀が出てくることに、大洋銀行の上層部にも警戒する人はいます。協銀も然《しか》りでしょう。しかし、協銀を袖《そで》にしたり、蚊帳の外に置くことはいかがなものかと、わたしは思うのです。協銀のトップに、社長から話していただくのがほんとうはベストと思いますが、寺尾さんの立場に思いを致しますと、そうもいかないかなと……」

「産銀と大銀が力を貸してくれれば、協銀なんかどうでもいいじゃないですか。協銀のことは忘れてください。結果がどうなれ、わたしが責任を持ちます」

大きな目で睨《にら》みつけられたうえに、ぴしゃりと言われて、新井は和田を見返す気力を喪失していた。

8

和田夫妻と山本がニューヨークのプラザにチェックインしたのは十一月二十二日午後五時過ぎのことだ。

恵美子とは、前日ワシントンDCのジョージタウンに近いウェストン・ホテルで合流した。

Mストリートに面したウェストン・ホテルは環境といい、プールなどの施設といい抜群で、和田夫妻を喜ばせた。

「ショッピングにも便利だし、素晴しいホテルね。ジョージは、ごく近い将来、このホテルのオーナーになるのね」

「ウェストンは、世界十一か国にチェーンを展開している。ウェストンを買うのは、エミーのためだよ」

和田は長旅の疲れも見せず、目を輝かせてホテルの中を丹念に視察して回った。

和田は、東和建設の社長としか身分を明かさず、いわばお忍びでウェストンを見に来たが、最上クラスのスウィートルームの客人をホテル側はVIP待遇でもてなした。

カバン持ちの山本はむろんツインルームだ。

「ここの客室は四百十六室だが、シカゴのウェストンは七百五十室で、ノース・ミシガン通りに面した絶好のロケーションらしい。シカゴもぜひ見たいと思ってるんだ」

「ジョージ、ぜひ行きましょうよ」

和田と恵美子は、手をつないでホテル内を歩き回った。

山本はいつも二人から五メートルほど間隔をあけていた。

一九〇七年の創業以来八十年余の歴史をもつプラザは、荘厳なルネサンス風の建物で、セントラルパークに近いアーミー広場に面して、聳立《しょうりつ》していた。ニューヨークを代表する超高級ホテルだ。

赤い絨毯《じゅうたん》の階段を昇って玄関に辿《たど》り着くまで、山本は足が竦《すく》むような感じにとらわれた。

三人が一階のグランド・フロアにある〝オーク・ルーム〟で食卓を囲んだのは夜七時過ぎだ。

恵美子はグリーンのシルクサテンのドレス。和田は濃紺のスーツに、恵美子のドレスの色に合わせた光沢のあるネクタイとポケットチーフをしていた。ダークスーツの山本が野《や》暮《ぼ》ったく見えるのも仕方がない。

シャンパンの「ドン・ペリニヨン」で乾杯したあとで和田が山本のほうに上体を寄せた。

「プラザは初めてですか」

「はい。ニューヨークには何度か来てますが、プラザは初めてです。一度、〝オーク・ルーム〟でディナーをと願っていました。こんなに早く実現するとは夢のようです」

「きみは、弟のことで母を説得してくれましたからねぇ。今宵《こよい》はあのときのお返しですよ」

「ありがとうございます」

和田が恵美子にいとおしむようなまなざしを注いだ。

「プラザをエミーにプレゼントしたかったんだが、この夢はかなわなかった」

「ジョージ、それはどういう意味なの」

「プラザも、ウェストン・ホテル・チェーンに含まれているんですよ。ウェストン・ホテル・チェーンはシカゴにあるコングロマリットのアーリーズの全額出資子会社だが、プラザもなんとか手に入れたいと思ってねぇ」

恵美子は、二重瞼《まぶた》の大きな目を見開いて、和田の右手を両手でつかんだ。

「ジョージ、なんとか巻き返すことはできないの。プラザのオーナーになれたら、世界一のホテル王になれるのよ」

「産銀は初めから、プラザを日本人が買うことには懐疑的だった。ニューヨークを代表する建物で、いわばアメリカの顔の一つを日本人が手に入れることには、アングロサクソンの面子《メンツ》が立たないというわけだ。あまりにも刺激が強すぎると産銀は判断したんでしょうねぇ。ですから初めから、プラザだけは切り離して、買い手を探したようだが、大手不動産業者のトランプが六億一千万ドルで買うことになったらしい」

「もう契約してしまったのかしら。まだ契約前なら、可能性は残されているんじゃないの」

「あした、高橋常務に会えば、そのへんの事実関係は分かると思うけど」

「ブラジル法人のブルーツリーが買うことにすれば、日本人に売却したことにならないんじゃありませんか」

恵美子の旧姓は青木だ。ブルーツリーは、ブラジルの現地法人で、サンパウロのカイザー・パークホテルを経営していた。恵美子は社長である。

「ブルーツリーが東和建設の子会社であることを隠すことはできないでしょう。プラザのことは諦《あきら》めなさい」

「勿体《もったい》ないことをしたわ。感情論なんて一時的なものですよ。プラザのオーナーになれるチャンスなんて、二度とないと思うわ」

恵美子はよほど口惜しいのか、シャンパングラスを呷《あお》った。

「産銀は、ウェストンの案件をウチに持ち込む前に、トランプとのネゴシエーションを進めたはずだから、この話は初めからなかったと思わないとねぇ。ちょっと口がすべって、エミーの気持ちをかきまわしてしまって、申し訳ないことをしました」

和田は、恵美子の左手に右手を重ねて、わずかに頭を下げた。

9

ウェストン・ホテル・チェーンのディールも、ウェストンからプラザを切り離して、トランプに売却したディールも、産銀の高橋がダラスの投資会社、バス・ブラザーズと組んで手がけたプロジェクトだ。

バス・ブラザーズは、ディズニーの大株主としても知られている。

山本が遠慮しいしい口を挟んだ。

「ウェストン・ホテル・チェーンを手中にできれば、世界のホテル王になることは確実なんじゃないでしょうか」

和田がすぐに山本の話を引き取った。

「おっしゃるとおりです。プラザまでは背伸びし過ぎですよ」

シャンパンから赤ワインになってからも、恵美子はまるでヤケ酒でも飲むように、乱暴な飲み方で杯を重ねた。プラザに執心する気持ちは分からなくはないが、ないものねだりに等しい。可愛い顔に似合わず勝気な人だ、と山本はいまさらながら思いを新たにした。

「産銀の池島会長と高橋常務が東和建設に肩入れしてくれたお陰で、ウェストン・ホテル・チェーンを買えることになったんです。あやうく西北鉄道の筒井善之さんに横取りされるところだったんです」

「筒井さんって、プリンセスホテルの……」

「そうですよ。しかも、プリンセスホテルとウェストンは業務提携している関係だから、ウチよりも優位な立場にあったことはたしかでしょう」

「池島会長と高橋常務に感謝しなければいけないのねぇ」

ささくれだっていた恵美子の気持ちが平静を取り戻した。

「東京興業がウェストンを狙っていたという話も、最近高橋さんから聞きましたよ。小野田社主が生きていたら、あの人のしつこさからみて、どうなっていたか分からないって、高橋さんは話してました。半分冗談でしょうけど」

小野田顕治は、一年ほど前に他界した。東京興業の社主で、元首相の中田栄角とは刎頸《ふんけい》の交わりの仲といわれたほど親しかった。

「ホテル事業を東和建設の大きな柱に育てるためにも、ウェストンは喉《のど》から手が出るほど欲しい物件でした。ウチは、いろいろ制約があって、大手ゼネコンにはどうしてもなれないが、ホテル部門を大きく展開することによって、大手ゼネコンを凌駕《りょうが》することも夢ではないと思いますよ」

「ジョージ、わたしも同感よ」

和田の顔も、恵美子の顔も輝いている。山本も高揚して、頬が火照《ほて》って仕方がなかった。

「ロックフェラーが開発したハワイのロックリゾートにあるマウナ・ケア・ホテルは、筒井善之さんが手に入れたようですよ」

思い出したように和田が言った。

マウナ・ケア・ホテルもウェストン・ホテル・チェーンに含まれている。

「それも産銀のディールですか」

「ええ」

「産銀って凄《すご》い銀行ですねぇ」

山本は吐息まじりにつづけた。

「インベストメントバンク、国際投資銀行として邦銀で唯一、世界的に通用するんじゃないでしょうか」

「筒井さんに、ウェストンから降りてもらうためにも、その程度のサービスをしないことには、収まらなかったんじゃないですか」

「マウナ・ケアは、どのくらいの資金か社長はご存じなんですか」

「たしか三億ドル以上だと聞いた覚えがあります」

ソムリエが山本の脇に立った。

三つのワイングラスが満たされた。

山本が大きなグラスを手に取って揺らしながら、和田に訊《き》いた。

「十日足らずの交渉期間で、契約まで詰めるおつもりですか」

「下交渉は、すでに産銀がやってくれてますから、問題はどこまで好条件を引き出せるかでしょう。わたしは、なんとしても、まとめたいと思ってます。十五億ドルを切れば、サインしてもいいかな、と考えてます」

「交渉は、どこでなさるんですか」

「ニューヨークとシカゴで、何回かすることになるんでしょうねぇ」

「仮に商談がまとまり、契約締結となった場合、ニューヨークで発表することになるんでしょうか」

和田は考える顔でワイングラスを掌でもてあそんだ。

「山本さんなら、どうしたらいいと思いますか」

「帰国して、東京で発表していただきたいと思います」

「同感です。そうしましょう」

「ジョージ、東和建設の株は買いですねぇ」

「オフコース」

和田は得意満面で、大きくうなずいた。

10

シカゴのアーリーズ本社で始まったウェストン・ホテル・チェーンの売買交渉に、日本側で出席したのは東和建設の代表取締役社長和田征一郎と日本産業銀行代表取締役常務の高橋修平の二人だけで、通訳抜きで行われた。

一方アメリカ側は、ウェストン・ホテル・アンド・リゾーツのケント・オルソンCEO（最高経営責任者）、同社の親会社でコングロマリット、アーリーズのフランク・ライアンCEO、両社の財務担当役員、そして、バス・ブラザーズのロバート・バス。

ロバート・バスは、中立的立場を装いながらも、日本側寄りで、ロバート・バスの存在が交渉の進展にどれほどプラスをもたらしたか計り知れない。

言い値が十八億ドルの大型商談である。タフネゴシエーションが連日続き、交渉が暗礁に乗り上げたこともあったが、アーリーズにはどうあってもウェストンを売却しなければならない事情があった。

傘下のユナイテッド航空やヒルトン・インターナショナル、大手レンタカーのハーツなどの不振企業によって、債務超過寸前に陥っていたため、ウェストンの売却益をなんとしても確保したかったのだ。

いわば、買い手市場である。しかも、日本企業以外に買い手はない。

数次にわたる交渉の結果、アメリカ側は十五億ドルへの値下げを提案したが、高橋は一蹴した。

和田は十五億ドルを落とし所と踏んでいたが、高橋は強気な姿勢を崩さなかったのだ。

「目玉中の目玉のプラザとマウナ・ケアを切り離したウェストン・チェーンは、脱け殻みたいなものですよ。二つのホテルで、アーリーズは九億ドルを手に入れたわけです。十五億ドルなんて、ジョークとしか思えません。雑魚《ざこ》は雑魚です。全部合わせて、九億ドルがいいところでしょう」

「十八億ドルを九億ドルですって？　それこそジョークとしか思えない。ウェストンに雑魚なんて一匹もいませんよ。すべて一流ホテルです」

ライアンが赭《あか》ら顔を真っ赤に染めて言い立てた。

オルソンや財務担当役員らが何度も何度もうなずいている。

「十八億ドルは、プラザ、マウナ・ケアを含めたトータルの売り値と、われわれは理解しています。九億ドルはジョークでもなんでもない。適切な価格と思います」

「しかし、雑魚はないでしょう」

高橋は端正な顔に微笑を浮かべた。

「雑魚を撤回するにやぶさかではありません。しかし、プラザやマウナ・ケアに比べたらどうなりますか。月とスッポンの差はあるでしょう」

たいしたネゴシエーターだ、と和田はまばたきしながら思った。

産銀の池島会長が高橋を手放さないのも、よく分かる。

「九億ドルは、決してジョークではありませんが、言い値の半値は呑《の》めないというあなた方の主張も理解できます。十五億ドルと九億ドルを足して二で割ると十二億ドルになりますが……」

高橋は隣席の和田に目を遣《や》った。

「十二億ドルなら呑めますかねぇ。相当譲歩することになりますが」

「十二億ドルですか」

和田はこんな安い買物なら文句のつけようがないと思いながらも、しばらく天井を仰いでいた。

「ロバート、どう思いますか。十二億ドルは双方が譲歩しやすい価格なんじゃないですか」

上体を乗り出して、意見を言おうとするロバートをさえぎるように、ライアンが発言した。

「十二億ドルはあり得ません。われわれの答えはNOです」

「しかし、十二億ドルは一つの目安にはなるんじゃないですか。これにどの程度上積みしたらいいのかを宿題として、双方で熟慮しようじゃないですか」

「その逆、つまり十二億ドルを下回ることはないということですね」

「ミスター・ライアン、それは言うまでもないですよ」

ロバート・バスが笑いながら答えた。

「次回の交渉で、契約書にサインできるように、双方とも建設的な提案をお願いしたいものですね」

「ロバートの意見に同意しますが、交渉の舞台をニューヨークに移すことを提案します。十一月三十日午後二時からザ・インダストリアル・バンク・オブ・ジャパン・リミテッド(日本産業銀行)ニューヨーク・ブランチでどうでしょうか」

高橋の提案に反対論は出なかった。

11

大型商談の交渉中、山本は和田から恵美子のアテンド役を命じられ、メトロポリタン美術館やニューヨーク市立博物館などを案内した。また、ナイアガラの滝を見たいという恵美子の希望を入れて、一泊二日の小旅行にもつきあわされた。

ナイアガラ瀑布《ばくふ》は、ニューヨークからの日帰りも可能だが、恵美子は「こんなチャンスは二度とないのだから、カナダ側のホテルに一泊しましょう」と主張して、譲らなかったのだ。

マリリン・モンロー、ジョゼフ・コットン主演の映画、〝ナイアガラ〟のシーンを回想しながら、ヘリコプターで滝の周辺を旋回した。ヘリコプターの急降下、急上昇のスリルの凄さは、経験者でなければ分からないだろう。

水平飛行のときに恵美子が言った。

「紅葉も素晴しいし、ナイアガラに来てよかったわ。ビジネスで連日タフネゴシエーションに明け暮れているジョージには悪いけど」

「ほんとうにそう思います。社長には申し訳ない気持ちで一杯ですよ。観光気分で、こんな楽しい思いをしていていいのか悩みますよ」

「ジョージは優しい人だから、わたしが喜ぶことがなににも増して嬉《うれ》しいのよ。だから、山本さんが心配することはないわ」

恵美子はナイアガラ瀑布を満喫して、ご機嫌だった。

ホテルはシェラトン・ブロックをブッキングしたが、むろん恵美子はスウィートルーム、山本はツインルームだ。

ホテル内のレインボー・ルームでディナーを摂《と》った。山本はプラザでも驚いたことだが、恵美子は小柄なわりに健啖家《けんたんか》だし、アルコールにも強かった。

ワインを二人で赤白二本あけたが、恵美子は山本と対等以上に飲んで、けろっとしていた。

レインボー・ルームから客室に移動したのは、九時過ぎだが、山本がシャワーを浴びているときに電話が鳴った。

「ハロー」

「山本さん、いまどうしているの」

　恵美子だった。

「シャワーしているところです」

「まだ宵の口じゃない。スウィートルームからの夜景が素晴しいわ。いらっしゃいよ。もう少し飲みましょう」

「承知しました。十分後にお邪魔します」

　山本は大急ぎで毛髪のシャンプーを流して、スポーツシャツに着替え、ジャケットを羽織って、恵美子のスウィートルームへ出向いた。

　恵美子はネグリジェ姿で、ハイボールを飲んでいた。

　ボトルはブルーのロイヤルサルートだった。

　山本は、〝眼鏡をかけた猪八戒《ちょはっかい》〟の福田を目に浮かべ、思わず、にやっと頬がゆるんだ。

「なにがおかしいの」

「先日、会社の常務に銀座のクラブでご馳走《ちそう》になったのですが、そのときもロイヤルサルートでした。ボトルはグリーンでしたが、美味《おい》しかったので、そのことを思い出して、うれしくなったのです」

「ハイボールにしますか」

「ロックでいただきます」

　チーズとキャビアのつまみも含めてルームサービスで取り寄せたのだろう。

「いまジョージと電話で話したところなのよ。ネゴシエーションは、予想以上に順調に進んでると話してたわ。あしたニューヨークへ戻ってくるそうよ。ナイアガラに来ていると言ったら、びっくりしてたけど、すごく喜んでたわ。あなたのアテンドはパーフェクトだと話したら、山本を連れて来た甲斐《かい》があったな、仕事もできるし、気働きもするし、山本ほどの社員は、東和にはいないなんて話してたわよ。ジョージもだいぶアルコールが入っているようだったから、ミスター・タカハシと祝杯をあげたんでしょう」

ロイヤルサルートのボトルがずいぶん軽くなった。外から分量は見えないが、残りは三分の一ほどだろうか。

一時間足らずで、二人で三分の二は鯨飲《げいいん》もいいところだ。

山本は酔いが全身に回り、酔眼朦朧《すいがんもうろう》に近かったが、恵美子はしゃんとしていた。

「こんな大きなスウィートルームに一人で眠るのは、なんだか怖いわ。山本さん、一緒に泊まってくださらない」

恵美子は、いつの間にかソファに坐《すわ》っている山本の隣に移動していた。

「ねぇ、お願いよ」

恵美子にしなだれかかられて、山本はわれに返った。

酔いがいっぺんに醒《さ》めたような気がした。

「奥さま、ご冗談を。からかわないでください」

「本気よ。ジョージに黙ってればいいじゃない。お互い旅の恥はかき捨てでいきましょ

の」

「あなたって、そんなに野暮天《やぼてん》だったの。わたしに恥をかかせて、それでいいと思ってる
長椅子から腰をあげた山本の膝頭《ひざがしら》がふるえていた。

「とんでもない」

う」


恵美子がシカゴにいる亭主の和田征一郎と電話で話したのは一時間半か二時間前と思える。にもかかわらず、この乱れ方は常軌を逸している。

本気で俺をたらし込もうとしているとしたら、異常としか言いようがない。

和田征一郎は、コケティッシュな恵美子の色香に惑い、前夫人と離婚し、恵美子を正夫人として迎えたが、眼前の恵美子の振舞いが芝居でなかったら、見る目がなかった、目は節穴だった、と言われても仕方がない。

恵美子が恋多き女なのか、それとも、酔余《すいよ》の戯れで、俺をからかっているだけのことだろうか。そう思わなければ、和田征一郎が憐《あわ》れであり過ぎる。

しかし、恵美子の目は妖しい光を放っていた。

「奥さまは、わたしをからかっているか、ためしているのだろうと思います。今夜のことは忘れることにします」

山本はふるえ声を押し出して、スウィートルームから足早に退出した。

翌朝、山本が七時半にダイニングルームで朝食を摂っているとき、恵美子があらわれた。

「おはようございます」

山本は起立して、丁寧に挨拶《あいさつ》した。

「おはよう」

恵美子は笑顔で答えた。そしてウェイターにコーヒーをオーダーした。

「昨夜は、ちょっと過ごしすぎたみたいねぇ。二日酔いっていうほどでもないのだけれど、少し頭が重たいわ」

「そんな感じはわたしにもあります」

昨夜の酔態、痴態はなんだったのだろう。

なにごともなかったように恵美子は明るく振舞い、コーヒーをすすっている。

山本は内心あきれたが、気が楽になったことだけはたしかだ。

12

十一月三十日午後一時に、和田はニューヨークのパークアベニューの産銀ニューヨーク支店の応接室で、高橋に会った。

二時から始まるアーリーズとの交渉前に、意見調整しておきたいと高橋から電話で呼び出されたのだ。

「ロバート・バスと話したのですが、十三億五千万ドルで決着をつけたいと思いますが、和田さんはどう考えますか」

「願ってもないことですが、アーリーズが受けるでしょうか」

「ロバートから提案させますが、十五億ドルと十二億ドルを足して二で割れば十三億五千万ドルです。アーリーズは呑むと思いますよ」

「ありがとうございます。高橋常務におまかせします」

「それと、バス・ブラザーズとパートナーシップを組むのはどうでしょうか。買収金額が十三億五千万ドルに決まれば、その一八・五パーセントに当たる二億五千万ドルをバスに出資してもらうということで、バスはOKしてますが」

「…………」

「バスは、このディールを手がけ、ウェストンに愛着もあるのでしょう。ぜひ和田さんとパートナーを組みたいと言ってます。もちろん出資比率から考えても、経営権が東和建設にあることは明瞭《めいりょう》です」

「けっこうです」

和田は、バスの出資について即答した。

午後二時からの交渉で、アーリーズ側は予想以上にねばったが、結局十三億五千万ドル、邦価にして約一千八百億円の買収額を承諾した。

そして、同日夕刻、プラザの特別室に舞台を移して、契約書に調印した。

調印式後、和田主催によるパーティが行われた。むろん恵美子も山本も参加したが、和田はタキシード、恵美子の華やかな刺繍《ししゅう》の入ったボルドー色のイブニングドレスのあでやかさは出席者の目を奪った。

和田が山本を高橋に紹介した。

「秘書の山本です。わたしは山本を大いに買ってます」

「山本です。よろしくお願いします」

「高橋です。よろしく」

「社長、失礼ですが、どういう結果になったのでしょうか」

「そうでしたねぇ。きみはまだ契約の内容を知らなかったんだ。高橋常務のご尽力で、わがほうのワンサイドゲームに終りました。買収額は十三億五千万ドルです」

「十八億ドルと聞いてましたが、四億五千万ドルも安く買えたんですか。大成功ですねぇ」

「高橋常務のネゴシエーターぶりには舌を巻きましたよ。産銀にこんな凄《すご》い人がいらっしゃるとは思いませんでした」

「とんでもない」

高橋は左手を振りながらも、まんざらでもなさそうに小さく笑った。

「もう一度乾杯しましょう」

和田がシャンパングラスを目の高さに掲げたので、高橋も山本もそれにならった。

「乾杯！　すべて高橋常務のお陰です」

「いやいや、和田社長が背後で目を光らせてましたので、わたしも手が抜けませんでした。こう見えても緊張の連続で、くたくたですよ」

「そんなふうには見えませんが。終始余裕綽々《しゃくしゃく》でしたよ」

「いまは心地よい脱力感のようなものがありますが、ネゴの最中は大変だったんですよ」

和田と高橋のやりとりを聞いていて、山本は二人とも凄い人たちだ、と思うばかりで、ただただ感服した。

13

和田と山本は十二月二日に帰国した。

恵美子は仕事が山積しているサンパウロにひとまず戻った。

三日午後三時から、本社会議室で和田は意気揚々と記者会見に臨んだ。

発表内容は、①米国のホテル・チェーン「ウェストン・ホテル・アンド・リゾーツ」を米国の大手コングロマリット「アーリーズ」から十三億五千万ドル（約千八百億円）で買収した、②この際、米国の投資会社「バス・ブラザーズ」とパートナーシップを組み、バスが一八・五パーセント、二億五千万ドルを出資するが、経営権は東和建設が持つ、③契約調印は十一月三十日にニューヨークで行われた、というものだ。

「交渉はいつ行われたのですか」という記者の質問に、和田は次のように応答した。

「第一次交渉は、今年五月頃から約三か月間にわたって、日本産業銀行がバス・ブラザーズと組んで、アーリーズと行い、十八億ドルの売却額をアーリーズから提示されました。第二次交渉は十一月に入って、シカゴとニューヨークで行われ、わたしも交渉に参加しましたが、約十日間の短期間で契約に漕ぎつけられたのは、産銀とバス・ブラザーズのバックアップの賜物《たまもの》です」

「日本の不動産会社などが海外でビルなどを買収していますが、十三億五千万ドルの大型商談は買収額で過去最高と思いますが」の質問に、和田は大きくうなずいた。

「おっしゃるとおりです。秀光不動産がロサンゼルスのビルを六億三千万ドルで買収したのが、これまでの最高でした。今回の買収額は、この二倍以上になります。空前絶後の大型商談になるかもしれませんよ」

「ウェストン・ホテル・チェーンの買収は産銀が斡旋《あっせん》したことになりますが、この結果、東和建設と産銀との協力関係は深まることになるのでしょうか」との質問に対して、和田は踏み込んだ答え方をして、記者たちを驚かせた。

「資金面で強力な支援をお願いし、すでに内諾を得ています。また、相応の人材の派遣を求めたいと考えています」

「相応の人材とは、どういう意味ですか。たとえば副頭取クラスですか、それとも常務クラスですか」

記者に畳みかけられて、和田は当惑顔を見せたが、すぐに笑顔をつくり、冗談めかして言った。

「東和建設の格を考えますと、副頭取クラスは高望みが過ぎるでしょう。常務クラスの方をお願いしています」

「ということは副社長で迎えることになるのですか。筆頭副社長の新井さんは大洋銀行の出身ですが、この兼ね合いはどういうことになるのでしょうか」

「その点はまだ白紙ですが、わたしが会長になって、産銀さんから迎える然《しか》るべき方に社長になっていただいても、いっこうに構わないと思ってます」

記者たちの間にどよめきが起こった。

「産銀が大銀にとって替って、メーンバンクになると考えてよろしいですか」

「そこまで考えたことはありません。大銀さんにはこれまで以上に協力関係を強化していただきたいとお願いしています」

記者たちの私語が和田にも聞こえた。

「社長が産銀出身で、メーンバンクが大銀なんて、アンバランスだよなぁ」

「メーンバンクは産銀になるんじゃないのか」

「協立銀行との関係はどうなるのだろうか」

司会役の木村広報担当部長が声を張りあげた。

「ほかにご質問がなければ、記者会見を終らせていただきますが……」

若い記者が挙手をした。

「ホテル事業は今後、東和建設にとって経営の柱になると考えてよろしいですか」

和田がにこっと微笑んだ。

「はい。当社はすでにブラジル、パナマ、台湾でホテル事業を展開しておりますが、すべて成功し、収益に結びついています。ウェストンは、アメリカ、カナダ、メキシコなど十一か国に七十ものホテル・チェーンを展開していますから、ホテル経営で当社は世界のトップクラスに躍進することになります。当然、ホテル事業が経営の柱になりますし、ホテル事業を高収益部門に育てることがわたしに課せられた使命だと認識しています」

「ニューヨークのプラザホテルとハワイのマウナ・ケアもウェストン・チェーンの傘下にあると聞いてますが、これらの名門ホテルも今回の買収に含まれているのですか」

一瞬、和田は厭《いや》な顔をした。

「プラザとマウナ・ケアは含まれておりません。アーリーズが十八億ドルの売却額を提示した段階でも含まれておりませんでした」

誰かが、「東興建設買収の失敗の穴埋めができたということかねぇ」と聞こえよがしに言ったが、それを無視するかのように、木村が記者会見終了を宣言した。

14

十二月四日付で全国紙、ブロック紙、地方紙、業界紙などがこぞって、東和建設のウェストン・チェーン買収劇を大きく報道した。

〝東和建設、米ホテル・チェーンを買収〟〝十三億五千万ドル、空前絶後か〟〝産銀があっせん〟〝産銀から社長招へいも〟

大見出しが躍っている。

朝九時前、新井の部屋に寺尾専務が飛び込んできた。

寺尾は血相を変えていた。

「ちょっといいですか」

「どうぞ」

新井は手でソファをすすめた。

「けさ六時に、渡部《わたべ》頭取から電話がかかってきました。おまえ、ウェストン・ホテルのことと産銀から社長を迎える件は聞いていたのか、といきなり言われて、面くらいました。まだ新聞を読んでなかったので、しどろもどろで、どうにも答えようがありませんよ。そんなことで東和建設の専務がよく務まるな、なんて厭味を言われて参りましたよ」

新井は、寺尾にいたく同情した。寺尾の立場はない。このことは初めから分かっていたことだ。

「新井副社長はご存じだったのですか」

新井は、寺尾に顔を覗《のぞ》き込まれて、咄嗟《とっさ》の返事に窮し、下を向いた。

「ウェストンのことは、大銀の東和担当が把握していたので、薄々感づいていましたが、産銀から社長を迎える話は初耳です。わたしも新聞を見て、びっくり仰天ですよ」

新井の口調がぼそぼそするのは仕方がなかった。必ずしも嘘をついているとは思わなかったが、寺尾に対して、咎《とが》めるものがあって当然だ。

「新井副社長が知らないことをわたしごときが知っている道理がないですよねぇ」

寺尾は皮肉とも愚痴《ぐち》ともつかぬもの言いでつづけた。

「それにしても社長は水臭いですよねぇ。記者会見のことさえも、われわれに教えてくれなかったんですから。ほとほと参りましたよ。協銀の会長と頭取がひどく感情的になってまして、和田征一郎は竹山首相を盾に、やりたい放題、向かうところ敵なしみたいに振舞ってるが、いい気になってるのと違うか、って住元会長はカンカンに怒ってるそうです」

「住元会長、渡部頭取のお気持ちは察して余りあります」

「協銀を蚊帳《かや》の外にするとは言語道断だ、報復措置を考えろ、と息巻いてるそうですが、蚊帳の外は大銀さんも同じなんでしょう」

寺尾は、新井の部屋に来る前に、協銀の何人かに電話して、取材していた。

「寺尾のボケ茄子《なす》は、くその役にも立たない」と、渡部頭取が青筋立てて、怒り狂ったとまでは、さすがに秘書役も話さなかったが、険悪な行内の空気は、胸に突き刺さるほど寺尾にも汲《く》み取れた。

「おっしゃるとおり似たようなものですよ。大銀のトップの顔が見えるようです。わたしにはまだ電話はかかってきませんが、そのうちなにか言ってくるでしょう」

「ウェストンのことをご存じだっただけでも新井副社長の立場は、わたしとは比ぶべくもありませんよ。わたしは自殺したい心境です」

青菜に塩の寺尾には慰めようがなかった。

新井は、協銀なり寺尾の立場について斟酌《しんしゃく》すべきではないか、と和田に進言した。和田はとりあわず、一笑に付したが、協銀はさっそく報復措置を考えているという。

予期したとおりではないか。このことは和田も予測していたと思える。

それを承知で、協銀を蚊帳の外に置いたのだ。

「報復措置とは穏やかではありませんねぇ。協銀さんにしても大銀にしても、感情論も分からなくはないが、ここは辛抱のしどころなんじゃないでしょうか」

「人格者の新井さんらしい言い方ですが、産銀から社長が来るとして、あなたは平静でいられるんですか。だとしたら、人間じゃない。神様ですよ」

寺尾は皮肉というより、ほとんど喧嘩腰《けんかごし》だった。

「どういう人が来るのか。それとほんとうにそうなるのか、分かりませんから、コメントのしようがありませんねぇ。和田社長の独りよがりも考えられなくはないでしょう」

「そうは思えません。記者会見で発表したんですよ。産銀との合意なしにあり得ないじゃないですか」

「だとしたら、やはり平静ではいられませんねぇ」

新井は苦笑まじりにぼやいたが、この問題は既成事実として決着がついていたので、心にもないことを言ったような気がして、顔が赭《あか》らんだ。

ノックの音が聞こえ、阿部有希子が茶を運んできた。

湯呑《ゆの》みをセンターテーブルに並べながら、有希子が言った。

「副社長に、社長から伝言がございます。お手すきなら、いらしていただきたいとのことです」

「すぐ参ります、と伝えてください」

「かしこまりました」

有希子が退出した。

寺尾ががぶっと緑茶を飲んで、音を立てて湯呑みを茶托《ちゃたく》に戻した。

「社長に、わたしと話したことは伏せておいてくださいよ」

「もちろんです。報復措置なんていうおどろおどろしい話ができるはずがありません」

「産銀に対して、どういうスタンスを取ればいいのか悩むところですねぇ」

「それはお互いさまです。わたし個人としては、大銀は協銀さんとの協調関係を保持したいと願ってますが」

「それは、わたしも同様です」

寺尾はふたたび緑茶をがぶっと飲んでから退散した。

15

新井が社長執務室に出向いたのは、午前九時十分過ぎだ。

和田はソファに坐《すわ》って、A新聞をひろげて読んでいた。

広報が届けたのだろう。センターテーブルに新聞が山のように積み上げられてあった。

「凄《すご》い反響で、驚いてます。竹山総理から、十分ほど前に電話がありました。おめでとうと言われて、胸が熱くなりましたよ」

和田の顔が風呂《ふろ》上がりのように上気していた。

「それから産銀の高橋常務から電話がありました。けさ池島会長と中川頭取から個別に呼ばれたそうですが、二人とも上機嫌で、よくやった、と褒められたそうです。高橋常務の存在なくして、このプロジェクトは考えられませんからねぇ」

「おっしゃるとおりです。山本も産銀には凄い人がいる、と感心してました」

「ほう。山本君は新井さんにそんなふうに言ってましたか」

「プラザの契約調印後のパーティで高橋さんにお目にかかったそうですが、大変なネゴシエーターだと話してました」

「高橋常務を当社に迎えることは諦《あきら》めました。宮本敏夫さんを当社に出す方向で、池島会長と中川頭取の合意が得られつつあるようですよ。これも高橋情報ですが、新井さんは初めから、そのつもりのようでしたねぇ」

「社長から、そのように承ったと記憶してますが」

「そうでしたか。わたしは宮本さんは、失礼ながら当て馬ぐらいにしか考えてなかったのですが。しかし、かれも大人物です。それならそれでよしとしなければ」

「はい」

「協銀の反応はどうですか。新井さんにまだ入ってませんか」

新井はあいまいにうなずいた。

気働きのする阿部有希子が、新井と寺尾が話しているなどと和田付の女性秘書に話すとは思えないが、ここはどう対応すべきか悩むところだ。

「大銀の上層部からも、まだなにも言ってきませんが、大銀は産銀に肩入れしてもらえることを多としていると思います。しかし、協銀さんには感情論があるかもしれませんねぇ」

「あなたには、何度も話してますが、協銀がどう出ようと、わたしの覚悟はできてます。わたしのほうから、仕掛けるつもりはありませんけど、協銀があくまで感情論に立つということなら、仕方がないじゃないですか」

協銀を蚊帳の外に置いたことが、すでに和田のほうから仕掛けたことにならないのだろうか。

寺尾が血相を変えて飛び込んできたことを和田に明かしてしまいたい欲求に駆られた新井は、それを抑えるのに苦労した。

「協銀とも永いつきあいなのですから、なるべく穏便にやるのがよろしいと思いますが」

「それは、協銀次第ですよ」

「産銀から社長を迎えることを記者会見で話されたのですか」

「ちょっと早すぎたかな、と思わぬでもありませんが、時間の問題で、近々決まることですから、わたしは結果オーライだと考えてます」

「ウェストンの件も、トップ人事の件も知らなかった寺尾さんは、ショックを受けたかもしれませんねぇ」

「新井さんに愚痴をこぼしましたか」

新井は、はっきりと首を左右に振った。

「寺尾さんがショックを受けたかどうか知りませんが、わたしは松本にも川口にも、杉村にも、吉本にも、永田にも、なに一つ話してません。副社長ですべてを話したのは、新井さんだけです。ショックというよりも、皆《み》んなビッグニュースにびっくりしてるんじゃないですか。わたしに遠慮してなにも言ってきませんが、北脇のところに、副社長たちから電話が殺到したそうですよ」

「そうでしょうねぇ」

「協銀がなにか言ってきたら、どう対応するかは、逐一《ちくいち》、新井さんに相談しますので、よろしくお願いします」

新井は返事をせずに、なにげなく積み上げられた新聞の一部を手に取った。

第五章　主力銀行

1

「山本さん、すぐ来てください」

電話は和田の声だった。和田が直接、山本に電話をかけてきたのは、出向後初めてのことだ。

「かしこまりました」

時計を見ながら山本は中腰で答えた。時刻は午後四時二十分。きょうは十二月十五日だ。

社長執務室のソファで、山本は和田と向かい合った。

「さっそくですが、山本さんの意見を聞かせてください。寺尾専務が辞表を出したのですが、とりあえず預かりましたけれど、受理すべきか、慰留すべきか、山本さんはどう思いますか」

山本は、上層部の人事に介入する立場にないことをわきまえていたので、返事のしようがなかった。

「失礼ながら審議役に過ぎないわたしが、差し出がましいことを言うのは控えさせていただきたいと思います。新井副社長の意見をお聞きになっていただけませんでしょうか」

「あなたは、わたしの秘書でもブレーンでもあるんですよ。差し出がましいなんていうことはない。わたしの質問に答えてください」

「それでは恐れながら申し上げます。慰留すべきではないでしょうか」

「寺尾専務が個人の意見で辞表を提出したと思いますか」

いつになく和田の表情は険しかった。

言葉遣いはいつもながら丁寧だが、声がいらだっている。

「いいえ。協立銀行のトップの意向だと察せられます。だからこそ、慰留していただきたいと思います」

「どうして」

「永い間、サブメーンバンクだった協銀とことを構えるのはいかがなものでしょうか」

「新井副社長の意見も大方そんなところでしょうねぇ」

和田は冷笑を浮かべて、話をつなげた。

「寺尾専務は、ウェストンの買収の件でわたしから事前に話してもらえなかったことは遺《い》憾千万《かんせんばん》だと恨みがましく言ってたが、誰にも話してない、とわたしはシラを切りましたよ。寺尾さんに代る人を協銀は考えているのかと質《ただ》したところ、多分考えてないでしょう、という返事でした。協銀は相当感情的になっていて、いわば喧嘩《けんか》を売ってきたようなものです。山本さんの意見は分かりましたが、わたしはあっさり受理するのがいいんじゃないか、と考えてます」

「お言葉ですが、東和建設に対する、協銀の融資残高は二百五十億円ほどです。融資引き揚げの確率は低いと思いますが、あり得ないとは言い切れません。そのこともカウントされて、社長は寺尾専務の辞表を受理なさるんですか」

山本は和田を凝視した。冷静になってもらいたい、という願いを込めたつもりもある。

和田は山本の視線を外して、伏目がちにふたたび冷笑を浮かべた。

「もちろん、そうなることを織り込んだうえですよ。産銀と大銀なら、波風も立たないが、産銀と協銀となると、そうもいかないでしょう。以前にも話したが、産銀を取るのが得策だとわたしは思ってます」

「協銀の渡部頭取にお会いして、融資枠の拡大と寺尾専務の慰留についてお願いしていただくのがよろしいと思います。それがポーズだとしても、礼儀として、そうしていただきたいと思いますが」

和田は大きな目で、ぎろっと山本をとらえた。

「ポーズですか。山本さんは若いに似ず策士ですねぇ。わたしは、そこを買ってるんですが」

「僭越《せんえつ》なことを申し上げました。お許しください」

「そんなことはない。せっかくのご意見ですから、受けましょう。渡部頭取のアポを取るように手配してください。和田の顔など見たくないと言われたら、それまでですけど」

「和田社長の訪問を断るはずはないと思います」

渡部がいまをときめく竹山首相の覚えめでたい和田を袖《そで》にできるとは思えない。和田も、その点は百も承知だろう。あまりひけらかすのはどうかと思うが、和田が協銀に強気なのは、竹山なり池島産銀会長の威光を笠《かさ》に着ているからとも考えられる。

2

山本が協銀の秘書役に連絡したところ、渡部は三日後の十二月十八日の午前九時を指定してきた。

大手町の協立銀行東京本部ビルの役員応接室で、渡部と和田が対峙《たいじ》したのは約束の九時を十分過ぎた頃だ。五分前に和田は到着したので十五分待たされたことになる。

「和田社長ほどの大物をお待たせして申し訳ありません。緊急の国際電話が入ったものですから」

渡部は笑顔をつくって、ソファにどすんと腰をおろした。

「お忙しいところをお時間を割《さ》いていただき恐縮しております。さっそくですが、寺尾専務から辞表を提出され、驚いております。なんとか慰留していただきたいのですが、頭取からお口添え願えないかと思いまして……」

渡部は、和田の話をさえぎるように、右手を激しく振った。

「寺尾みたいな気の利かんのを厄介払いできて、よろしかったのと違いますか」

「とんでもない」

「大洋銀行の新井君は、ウェストンの話を事前にキャッチしてたそうじゃないですか。寺尾はボケッとしてて、どうにもなりません」

「ウェストンのことは、わたしの口からは誰にも話しておりません。なにかの間違いじゃないでしょうか」

「寺尾自身が、新井君から聞いたと話してましたよ。メーンとサブだから、ま、仕方がないとも言えますがね」

和田は緑茶をすすって、気持ちを鎮めた。

新井が寺尾にそこまで話したとは信じられない。渡部はカマをかけているのだろうか。

「寺尾さんの慰留は困難でしょうか」

「あれは、東和建設の専務の器じゃありませんよ。人選を誤りました。中小企業に出すことに決まってます」

「寺尾さんには、よくやってくださったと思ってますので、残念至極です。寺尾さんに代ってどなたか派遣していただけませんか」

「いや。考えてません。というよりお断りします。東和建設さんは、ウチなんか相手にしたくないのと違いますか。産銀から社長を迎えるそうじゃないですか」

和田は「おっしゃるとおり」と言いたいのを我慢するのに、両手の拳《こぶし》を握りしめなければばならなかった。

「ご再考をお願いします。それとウェストンの買収で資金需要も増大しますので、協銀さんに融資枠の拡大をお願いしたいと存じますが」

渡部は首と右手を激しく振った。

「そんなお世辞《せじ》みたいなことをおっしゃらなくてもいいですよ。本日は和田社長にお目にかかれて光栄でした」

言いざま、渡部は腰をあげていた。

大手町から赤坂に向かうベンツの中で、和田は口をへの字に曲げて、しばらく口をきかなかった。

助手席の山本も黙っているしかない。話が不調に終ったことはたしかだが、その中身は気になるところだ。

「ま、表敬訪問というか、一度は挨拶《あいさつ》に行かなければならないので、なんと言われようとしようがないですかねぇ。エキセントリックな人ですねぇ」

「渡部頭取はそんなにエモーショナルでしたか」

「取り付く島もない、とはこのことですよ。寺尾さんが可哀相になりました。花を持たせてあげればよかったかなと、ちょっぴり後悔してます。新井さんからも、山本さんからも、寺尾さんにウェストンの件を話すように言われましたよねぇ」

山本は黙って、うなずいた。

「それにしても、新井さんは寺尾さんに余計なことをしゃべってるんですねぇ」

山本は、リアシートを振り返った。

「ウェストンのことを事前にキャッチしたようなことを話したらしいんです」

ここは、新井のために一言なければならない、と山本は咄嗟《とっさ》に思った。

「わたしも、東和建設にお世話になる前に、東和建設担当の同僚から、ウェストンのことをちらっと聞いてました。同期の男ですが、産銀から耳打ちされてたようです。新井副社長に、そのことを話した覚えもありますが」

「ふうーん。ウチの担当に、そんな遣《や》り手がいるんですか」

「河原良平という男です。わたしとは同期ですが、かれは、自分程度の者がつかんでる情報を協銀がキャッチしてないはずがないとまで言い切ってましたが、どうやら協銀はキャッチしてなかったようですねぇ」

「新井さんには、わたしからも話してますよ。大銀《たいぎん》さんとの相互信頼関係を損なうわけにはいきませんからねぇ」

「恐れ入ります」

「寺尾に代る人材の派遣も、融資の拡大も考えていないと、けんもほろろでしたが、予想されたことですよ。それでいいじゃないですか」

「融資の引き揚げまであるんでしょうか」

「渡部さんは、そこまでは言ってませんでしたが、あり得るでしょうねぇ。わたしは先日も話したが、覚悟してますよ」

「協銀にとって、東和建設は優良取引先です。そういうことにはならないと思いますが」

「さあ、どうですかねぇ。繰り返しますが、渡部さんという人は相当エキセントリックな人ですから」

バックミラーに映し出された和田の顔は、引き攣《つ》っていた。それこそ目も当てられない。

永い沈黙を破って、和田が言った。

「山本さん、産銀の高橋常務にいますぐ電話をかけてくれませんか」

「承知しました」

山本は自動車電話で、産銀の高橋付女性秘書に電話をかけた。

高橋は会議中だったが、二分ほどで電話がつながった。

「もしもし、高橋ですが」

「東和建設の山本です。いま、和田に替わります」

「和田です。協銀の渡部頭取に面会して、いま帰りの車の中からなんですが、あなたにお目にかかりたくなったんですけれど、いかがでしょうか」

「どうぞどうぞ。会議はあと十分で終ります。すぐいらしてください」

「それではお言葉に甘えさせていただきます」

ベンツは、赤坂の東和建設ビルに近づいていたが、Uターンして、丸の内に向かった。

3

高橋は、和田の話を聞いて、噴き出した。

「寺尾専務が辞表をねぇ。協銀の立場に立てば分かるような気がしますよ。山本君が、ポーズを取れとジョージに進言したのは、立派じゃないですか。それを受けたジョージは、もっと立派ですが」

「これでウェストン・チェーンの買収資金の調達で協銀を当てにできなくなりました」

「もともと当てにしてなかったんでしょう」

「まあ、そうですね。高橋常務にはかないませんねぇ。すべてお見通しなんですから」

高橋は緑茶をひと口飲んで、表情を引き締めた。

「東和建設は差し当たり一千億円程度の資金需要が出てくると思いますが、産銀はOKですよ。なんでしたら、全額ご融資してもかまいません」

和田は生唾《なまつば》を呑《の》み込んだ。

「池島会長や中川頭取も含めてのお話でしょうか」

「もちろんです。わたしは、アメリカから帰国して、すぐ根回しに入りました。産銀は貸し出し先に苦労してるほうですから、手ぐすね引いて待ってるような状況です。それにしても、協銀は考えが浅いというか、知恵が足りないというか、東和建設の融資拡大の話に飛びつかない手はないと思いますが」

「感情論に立てば、そういうことになるんでしょうねぇ」

「大洋銀行の立場はどういうことになるんですか」

緑茶をすすりながら、高橋は上目遣いで和田をとらえた。

「大銀はメーンバンクの座を明け渡しますかねぇ」

「産銀から社長を迎え入れることを認めてるわけです。覚悟してると思いますが」

「そんな簡単にいきますかな」

「さっそく新井副社長と意見調整しますが、ウェストンのような大型案件を見つけ出す能力はありませんから、産銀さんを立てざるを得ないと思いますが」

湯呑み茶碗《ちゃわん》を茶托《ちゃたく》に戻して、高橋が話題を変えた。

「中川は外出してますが、池島は在席してますよ。よろしかったら、会いますか」

「ぜひご挨拶させてください」

高橋は、ソファからデスクに戻って電話で池島付の秘書を呼び出した。

「会長はおひとりですか」

「はい」

「東和建設の和田社長がいらしてるが、会長にぜひご挨拶したいとおっしゃってます。会長の都合を聞いてください」

三分後に、女性秘書が高橋の部屋にやってきた。

「会長がお待ちしているとおっしゃってますが」

「分かりました。すぐお連れします」

　高橋と和田は、役員応接室で、池島と面会した。

「突然押しかけて申し訳ございません」

「やあ。どうぞ坐《すわ》ってください」

　和田は直立不動の姿勢で、池島を迎えた。

「ウェストンで、また東和の株が上がったじゃないですか」

「ありがとうございます。産銀さんのお陰です」

「和田社長は、最初、協銀の渡部頭取を表敬訪問したところ、だいぶご機嫌斜めだったそうですよ。派遣していた専務を引き揚げたそうです」

「融資の拡大も断られました」

「産銀にまかせるというわけですかな」

　池島は、渡部と対照的に上機嫌だった。

「高橋常務から、ご融資について力強いお言葉を賜り、意を強くしております」

「産銀は全力で東和建設を応援しますよ。営業四部が担当してるはずだが、高橋はおたくの特別顧問みたいなものでしょう。高橋になんなりと申し付けてください」

「恐れ入ります」

　和田が低頭すると、高橋もそれにならった。

地下二階の駐車場に降りてきた和田の表情は晴れ晴れと輝いていた。一時間前とは人が変わったようだ。ベンツが走り出すなり、和田が弾んだ声で言った。

「池島会長にもお目にかかれて、よかったですよ。全力で東和建設を応援すると言われました」

「それはよろしゅうございました」

「融資のほうも、いくらでも引き受けてくれるそうですよ」

産銀が東和建設のメーンバンクになることが、これで決定的になった。山本の胸中は複雑に揺れていた。

4

「新井副社長を呼んでください」

和田は、産銀から本社に戻って、社長執務室に入る前に、山本に命じた。

山本は、新井に予断を与えたくなかったので、阿部有希子に用件を伝えさせた。

新井は打ち合わせ中だったが、「あとにしましょう」と言って、ソファから腰をあげた。

和田は、新井を迎えるなり、「コーヒーでよろしいですか」と訊《き》いた。

「いただきます」

和田は電話で山下昌子にその旨を伝えてから、新井にソファをすすめた。

「どうぞ」

「失礼します」

「山本さんから、なにか聞いてますか」

「いいえ。山本には会ってません」

「ああ、そうですか」

和田は時計を見た。午前十時四十分過ぎだ。帰社してから五分も経っていなかった。五分足らずで山本から話を聞くことは不可能だ。


「寺尾専務が辞表を出したことは、あなたに話しましたかねぇ」

「いいえ。寺尾さんから直接聞きました。早まってはいけませんと申し上げたのですが、協銀本部の意向ということですから、慰留するのは困難だと思います」

「わたしも同感ですが、けさ渡部頭取に会いましたよ。山本さんからポーズでも、慰留するなり、代打要員を迎えたいと伝えるべきだと知恵をつけられましてねぇ」

新井は、山本らしいと思ったし、間違っていないとも思ったが、眉《まゆ》をひそめた。

「出過ぎたことを言って……」

「そんなことはありませんよ。わたしが無理矢理言わせたんです。山本さんのサジェッションはもっともだと思います」

「それで結果はどういうことになりましたか」

「ゼロ回答です。寺尾は、東和建設の専務の器ではないので中小企業に出すことにしたなど、厭味を言われました。寺尾さんの代打要員は考えていないと一蹴《いっしゅう》されましたよ」

「渡部頭取はそんなに感情的でしたか。大物頭取という世評とはずいぶん違いますねぇ」

新井は深い吐息を洩《も》らした。

秘書の山下昌子がコーヒーを運んできたので、話が中断した。

コーヒーを飲みながら、和田に険《けん》のある目で見上げられたことに、新井は気づかなかった。

「ウェストンの件を新井副社長が事前にキャッチしてたことが、渡部頭取はお気に召さなかったようですよ。あなたが、このことを寺尾さんに話してたとしたら、ひと言多かったかもしれませんねぇ」

新井はあやうくコーヒーカップを落としそうになって、左手で支えながら、少しふるえる手でソーサーに戻した。しかし、ここは嘘をつけない。

「社長の記者会見のあった翌日だったと思いますが、寺尾専務がわたしの部屋にやってきて、話したことを覚えてます。わたしは、大銀の東和建設担当が把握していたので、薄々気づいていた、としか話してませんが」

「その点は、山本さんの話と一致しますが、知らなかったで通してもらったほうが波風は立たなかったんじゃないですかねぇ」

どっちにしても結果は変わらなかった、と新井は思ったが、「ちょっと軽率だったかもしれません」と言って、頭を下げた。

「済んでしまったことはどうでもいいと思いますが、融資枠の拡大についても渡部頭取から冗談じゃないと言わんばかりの断り方をされましたよ」

「融資を引き揚げることを匂わせたつもりなのでしょうか」

「はっきり明言しなかったが、そう取れないこともありませんね。わたしは、初めからそうなっても仕方がないと思ってました。産銀が出てくれれば、協銀は引っ込まざるを得ないでしょう」

「融資の引き揚げまではないような気がしますが。感情論だけで優良取引先を失うことはしないと思います」

「わたしのほうから、引き揚げてくれとは言いませんが、寺尾専務の辞任とセットになっていると考えるのが常識的なんじゃないですか」

新井は思案顔で腕を組んだが、協銀が次にどう出てくるか読めなかった。

和田がコーヒーを飲み切ってから、本題に入った。

「実は、渡部頭取に会ったあと、産銀の高橋常務と池島会長に挨拶してきたんですが、産銀はウェストン絡みの融資は全額引き受けてもよいと考えていることが分かりました。ざっと一千億円を銀行から調達する必要が生じますが、新井副社長はどう思われますか」

新井は思案顔で天井を仰いだ。迂闊《うかつ》なことは言えないので、どう返事をしたものか懸命に考えた。

「大銀さんの融資残高は約三百億円です。産銀は目下ゼロですが、一千億円となると、大銀さんの立場がなくなりますか」

和田はにやついた目で、新井をとらえた。

新井が右手で頬を撫《な》でながら言った。

「大銀のトップがどう考えるか、当たってみましょうかねぇ。わたしごときが判断できる問題ではありませんよ」

「新井さんの個人的見解はいかがですか」

和田に畳みかけられて、新井はかすかに眉をひそめた。

「軽々《けいけい》には申し上げられませんが、わたし個人は、産銀から社長を迎えることでもあるので、メーンバンクが産銀になるのは当然と思います。ただ一千億円と三百億円では十対三で、サブとしても体面が保てません。二人も役員を出すのは、きまりが悪いですから、わたしか刈田かどっちかが引きませんと、恰好《かっこう》がつきませんよ」

「そんなことはない。大銀さんとは親父の代からの永いつきあいで、ずいぶん助けていただきました。そんな水臭いことはおっしゃらないでください」

「いずれにしましても、一両日中にも大銀のトップの意向を聞いたうえで、もう一度社長とお話をさせてください」

「いいですよ。なるべく早く方向づけしたいと考えてますので、そのつもりでお願いします」

5

自室に戻った新井は、打ち合わせの続きをあと回しにして、山本を呼んだ。

「社長は協銀と産銀に行ったようだが、山本さんも同行したんですか」

「はい」

「ウェストンの件を事前にキャッチしてたことを寺尾専務に話したのは、ひと言多かったとお目玉を食らったが、寺尾専務に事前に話さなかった社長のほうに、より問題があるとわたしはいまでも思ってるが」

「おっしゃるとおりです。社長には、わたしでさえ、大銀の東和担当から聞いていたと申し上げておきました」

「ふうーん」

新井は、一瞬目を細めた。そして話題を変えた。

「産銀はウェストン案件で、一千億融資してもいいと言ってるらしいが、聞いてますか」

「いくらでも引き受けると言ってるようなことを社長から聞きましたが、一千億円は初めてです」

「どう思うか、と訊かれたので、産銀から社長を迎えることでもあり、産銀がメーンバンクになるのは当然と思うと答えたが」

山本は露骨に顔をしかめた。

あわて気味に新井がつけ足した。

「もちろん個人的見解と断ったうえだが、山本さんはどう考えてるんですか」

「一千億円の融資に飛びつきましたら、産銀にメーンバンクの地位を明け渡すのは仕方がないかもしれません。しかし、それでよろしいのでしょうか。大袈裟《おおげさ》かもしれませんが、メーンバンクの地位は死守すべきだと思います」

「ということは、大銀は融資枠を拡大しなければなりませんねぇ」

「はい。拡大しても、いっこうにさしつかえないと存じます。大銀に限らず、どこの銀行も優良貸し出し先を血眼《ちまなこ》になって探し求めている時代です。産銀はウェストン案件という大きな土産《みやげ》を持って、東和建設に乗り込もうとしているわけです。さすが産銀と思いますが、産銀のなすがままを指を咥《くわ》えて眺めているというのも、どうかと思います」

「なるほど。いくら都銀中位行でも、意地を見せろというわけですね」

新井は笑顔を見せたが、山本は笑わなかった。

「十対三で、二人も役員を出しているのはきまりが悪いから、わたしか刈田常務は引かなければならない、と社長に言いました」

「賛成です。刈田常務に引いていただくのがよろしいと思いますが」

「それには及ばない、と社長は言ってくれましたけど。山本さんは刈田常務が嫌いですか」

「忌憚《きたん》なく申し上げれば、好きになれません。わたしの感情論はともかく、二人はどうかなとつねづね思ってました」

「山本さんの意見はよく分かりました。大銀の上層部の意向を聞く前に、山本さんの意見を聞きたかったんです。忙しいところを呼び出して申し訳ありませんでした」

「とんでもない」

山本は一礼して、退出した。

6

新井は、すぐさま、大銀の秘書役に電話をかけた。

「中原頭取に至急お目にかかりたいのですが、きょうあしたの日程はどうなってますか」

「本日の午後四時から三十分でしたら、なんとかやりくりできますが」

「ぜひ、押さえてください。四時に伺わせてもらいます」

「承知しました」

中原は、四時五分過ぎに役員応接室に待機している新井の前にあらわれた。

「ご無沙汰《ぶさた》してます。ご壮健そうでなによりです」

「どうも。東和建設は、あんな大きな買物をして大丈夫なのかね」

「案外、安い買物だったかもしれませんよ。困ったのは、蚊帳《かや》の外に置かれていた協銀がヘソを曲げて、派遣していた専務を引き揚げると言い出したことと、融資枠の拡大にもゼロ回答だったことです。一方産銀は逆に一千億円の融資に応じると言ってきました」

「一千億円！」

中原は素《す》っ頓狂《とんきょう》な声で訊き返した。

「ウェストン案件に、それだけ自信をもっているということなんでしょうねぇ」

「ホテルビジネスはそんなに旨味《うまみ》のあるものなのかね」

「東和建設はブラジルやパナマで、すでにホテル経営に乗り出してますが、収支はいずれも悪くありません。ウェストン・チェーンを手に入れたことは、東和にとって事業の大きな柱になるんじゃないでしょうか」

「ウチの融資残高は約三百億円だが、産銀が東和建設のメーンバンクになるってことだな」

「問題はそれでいいかどうかです」

中原は仏頂面をあらぬほうに向けた。

「きみの意見はどうなんだ」

「メーンバンクの地位を産銀に明け渡すことには抵抗感があります。わたしは、産銀から社長を迎えることでもあり、メーンからサブになっても構わないと思ってたのですが、山本に意見を聞いたところ、メーンを死守すべきだと言われ、ちょっと考えが変わりました。

融資枠の拡大に応じてもよろしいんじゃないでしょうか。たとえば、一千億を二行で等分に融資するとか……」

「三百億から一挙に八百億円にするってことだな。いくら竹山銘柄の筆頭格とはいえ、そこまで肩入れして大丈夫かね」

中原は温《ぬる》くなった緑茶をがぶっと飲んだ。

新井は湯呑《ゆの》み茶碗《ちゃわん》に伸ばしかけた手を引っ込めた。もう空になっていることに気づいたからだ。

「産銀ほどの銀行が破格の扱いをしようとしてるんですから、リスクは非常に少ないと思いますが」

「八百億円と五百億円でも、産銀が社長を出すのかね。きみが社長になって、産銀は副社長でいいんじゃないのか。そこのところがどうも釈然とせんのだが」

「その点は、決着がついてます。産銀が大型プロジェクトを提案した段階で、和田社長の肚《はら》は決まっていたのです。そのぐらい喉《のど》から手が出るほど手に入れたかった案件なんですよ」

中原はじろっとした目を新井にくれたが、反論しなかった。

「新聞に発表した手前もあります。和田さんは、一度言い出したことを撤回するのはよくよくのことです」

「竹山首相のバックアップもあるから、和田君は勢いづいてるんだろうなぁ」

「おっしゃるとおりです。向かうところ可ならざるはなしです」

「こういうときに気持ちを引き締めてかからんと、とんだ落とし穴に足を取られるなんてことがあるからなぁ」

「元大蔵官僚だけあって、その点は慎重ですよ」

新井は必ずしもそうは思っていなかった。むしろ和田に対して危うさめいたものを感じないでもなかったが、肚の中とは裏腹の言い方をしたのは、「メーンバンク死守すべき」と言い切った山本の顔を目に浮かべたからだ。

「来週の常務会に諮《はか》って返事をするよ」

「ありがとうございます。よろしくお願いします」

常務会に諮るということは、中原がその気になった証左《しょうさ》だ。常務会で反対論が出るとは考えにくい。

東和建設は、大洋銀行にとって、数少ない優良取引先である。メーンバンクの地位を手放してもよいと考えた俺はどうかしている、と新井は思いながら、大銀を後にした。

新井は自動車電話で、山本を呼び出した。

山本は在席していた。

「いま中原頭取に会って、山本さんの意見を伝えてきました。産銀にメーンバンクの地位を明け渡さなくて済みそうですよ」

五百億円の融資枠の拡大を中原がＯＫしたと聞いて、山本はにんまりした。

「お帰りになったら、さっそく社長に話してください。どういう顔をするか見物《みもの》ですねえ」

「まさか産銀と一千億円を約束したわけじゃないでしょう」

「そう思います」

「大銀は一挙に三百から八百になりますが、そうなれば、わたしの首も刈田さんの首もつながることになります。不服ですか」

「いいえ。そんなことはありません」

「東和建設は大銀にとって虎の子なんですよ。このことは協銀にとっても同じです。協銀上層部の気持ちも分からなくはないが、銀行の論理が感情論に押しやられてしまって、いいはずはないのだが」

突然、音声が途絶えた。

7

新井は、午後四時五十分に帰社し、山本に社内電話をかけた。

「最前は失礼しました。自動車電話の調子が悪くて、途中で切れたが、話は終ってます」

「はい。一千億円を二行で等分すると伺いましたが」

「来週の常務会に諮るということなので、多分問題はないでしょう。社長はいまお一人ですか」

「はい。五時半に外出されますが」

「きょう中に報告しておきましょうかねぇ」

「そうなさったほうがよろしいと思います。山下さんに社長の都合を確認してから、副社長に連絡させます」

新井が社長執務室に入室したのは五時ちょうどだ。むろん用件までは和田に伝わっていない。

「さっそく中原頭取に面会してきました」

「ほう。大変な行動力ですねぇ。中原頭取はなんとおっしゃってましたか」

「メーンバンクに固執してました。一千億円の資金を産銀と等分したいということです。来週の常務会で決めたいと話してました」

「五百億円の融資枠の拡大を大洋銀行さんにOKしていただけるんですか。ありがたいことです」

「産銀がOKしてくれるでしょうか」

「メーンバンクの大洋銀行さんをないがしろにすることはできないでしょう。実は、今夜高橋常務が一席設けてくれるんです。それとなく話してみますが、五百億ずつというのは落とし所として、よろしいんじゃないですか」

「たしか年末までに十一億ドルの二分の一をアーリーズに支払うことになってたと思いま

すが」

「はい。邦価換算で約六百九十億円です」

「結論を急ぐ必要がありますねぇ」

「その点は、とりあえず産銀にお願いしようと思ってましたが、大洋銀行さんに事前に相談するのが筋でした。不明を恥じ入ります」

和田はにこやかに話していた。不明を恥じている様子ではなかった。

「産銀の人材派遣の件はどうなってるのでしょうか」

「その点は高橋常務に、どうなっているか、ざっくばらんに訊《き》いてみようと思ってます。高橋常務がダメなことだけは、はっきりしてますが」

「わたしが社長から最初にお聞きした宮本常務なら、非常に収まりがいいように思いますが」

「どうしてですか」

太くて濃い和田の眉《まゆ》がぴくっと動いた。和田は、宮本に不満でもあるのだろうか。

「大銀の上層部は、宮本さんと思ってます。わたしがそのように話しましたので」

「産銀の常務なら、誰でも実力はありますから、宮本さんに拘《こだわ》る必要はないですよ。高橋さんなら願ったり叶《かな》ったりですが、池島会長にNOと言われてしまったので、わたしはがっかりしてます」

「…………」

「どっちにしても人事の件は急ぐこともないので、来年三月頃までに決めればよろしいでしょう」

和田が時計に目を落としたので、新井は退散した。

高橋との会食は十日前に決めたことだが、そのとき高橋は電話で「人事のことで内緒話がしたいと思いまして」と和田に話した。

和田が新井に「急ぐこともない」と言ったことと矛盾するようにも思える。

和田は、新井が宮本に執心していることになんとなく反発しているだけのことかもしれない。

8

赤坂の料亭〝茄子〟の二階の小部屋で、和田と高橋が向かい合ったのは、六時五分前だ。

「やっと池島と中川の合意が得られましたよ。当初から名前が出ていた宮本君に決まりました」

「そうですか。高橋常務に振られて、がっかりしてしまい、どなたでもけっこうだと思ってました」

「そんな投げやりに言われたら、宮本君が気の毒ですよ。かれは産銀の常務の中ではできるほうです。東和建設さんには勿体《もったい》ないとまでは申しませんが」

高橋は真顔で言ってから、相好《そうごう》を崩した。

「わたしは東和建設さんを振った覚えはありませんよ。むしろ当てにしてたくらいです。中川頭取は賛成してくれたらしいが、池島会長に拒否権を発動されてしまい、どうすることもできませんでした。宮本はわたしみたいに癖のあるほうではありませんから、わたしよりずっとましですよ」

「新井副社長とはウマが合うようですねぇ。大学で一年先輩ですが、ゼミも一緒だったらしいし、亡くなった弟と高校時代からの親友ということでもあり、喜んでお迎えしたいと思います」

二人の仲居がビール、グラス、突き出し、お造りなどの料理を運んできた。

ビールで乾杯してから、高橋が居ずまいを正した。

「来週早々に中川から、ジョージに電話がかかると思います。十二月二十五日付で、東和建設の顧問に就任させたいということなんじゃないでしょうか」

「年内ですか。ずいぶん急なんですねぇ」

「ほかの人事との兼ね合いがあって、急ぎたいんでしょう。平取を常務に箔《はく》づけして来年五月に出したいのが一人いるんですよ」

和田は苦笑した。産銀が人を出すときの強引ぶりは、つとに聞こえている。産銀との力関係に思いを致せば、詮方《せんかた》ないということだろうか。

「受け入れ態勢になにか問題がありますか」

「いや。なんとでもなりますよ。来年六月の定時株主総会で、社長になっていただきます。社長に相応《ふさわ》しい個室をすぐ用意しますよ」

脂の乗った中トロを口に放り込んで、和田はしかめっ面で、不味《まず》そうに食べた。新井の顔を目に浮かべたのだ。

人事の件は急ぐことでもない、などと言わなければよかった、と和田は思った。

今度は和田が二つのグラスにビールを満たしてから、居ずまいを正した。

「わたしのほうから、お願いしたいことがあります」

「なんなりとどうぞ」

「大洋銀行が莫迦《ばか》に張り切りまして、メーンバンクの体面上、一千億円の二分の一、五百億円を融資したいと言ってきました」

「ふうーん。産銀にメーンバンクを譲りたくないというわけですな」

「そのようですねぇ」

「社長は産銀が出すんですよ。それでメーンが産銀になるのは当然と思いますけどねぇ」

高橋はさかんに首をひねった。

「それはそれと割り切ってるようですが、メーンの座まで明け渡すのは困るということなんでしょうねぇ」

「ジョージは、それでよろしいんですか」

「一挙に一千億円というのも、なんですから、五百—五百でいかがでしょうか」

高橋は、眉間《みけん》のしわを刻んで、ふたたび首をひねった。

「池島も中川も、そのつもりになってますから、ちょっと弱りましたなぁ」

「………」

「どうなんです。いまのレートだとウェストンで約一千四百億円の資金需要になりますが、四百億円の調達は……」

「転換社債を考えてます」

「なるほど」

高橋は腕組みして、思案顔で目を瞑《つぶ》った。

「協立銀行はどんな感じなんですか」

「専務が辞任しますが、二百五十億円の融資残高については白紙です」

「協銀の出方待ちもありますかねぇ。二百五十億円を産銀が肩替りする手はあるかもしれない」

「協銀もそこまでは考えてないような気がします。いずれにしましても、調達額の件は、わたしから中川頭取にお願いさせていただきましょうか」

「ジョージからの提案というか、大洋銀行のメーンバンク固執論については、わたしも池島と中川に根回ししておきますよ」

「よろしくお願いします」

密談は終り、計ったようなタイミングで芸者が三人も繰り出してきた。一人は年増だが、二人は若くて、美形だった。

9

十二月二十一日月曜日の午後三時頃、大洋銀行の中原頭取から、新井に直接電話がかかってきた。

「さっそくだが、五百億円の融資枠の拡大、決まったよ。常務会の満場一致で、反対論はなかった」

「ありがとうございます。さっそく和田に伝えます」

和田が外出中だったので、新井は山本を呼び、この旨を和田に伝えるよう指示した。

山本は、上司でもある社長室長の北脇常務から「新井副社長の用件はなんだったのかね」と訊かれたので、事情を話した。

山本は北脇には先週のうちに、大銀の上層部の意向を耳に入れておいたので、北脇は「ふうーん」とうなずいた。

「正式に常務会で承認されたということだな。問題は産銀がそれで収まるかどうかだが、メーンバンクの顔を立てるのが常識というものだろう」

「新井副社長から、わたしから社長に伝えるように言われてますが、事務的過ぎるような気もしますが」

「ことがらの重要性からみても、新井副社長は、ご自分で社長に報告すべきだとわたしも思うな」

「それでは、新井副社長にそのように話して参ります」

「わたしの意見としてではなく、きみの意見として伝えたまえよ。変に気を回されても困るからな」

「承知しました」

山本は、阿部有希子に新井の都合を聞いて、すぐ副社長室に向かった。

「大銀が正式に承認した件は、副社長から社長に伝えていただくほうがよろしいと思いますが」

「どうして。山本さんは、社長の信任厚いブレーンじゃないですか」

「しかし、ことがらの性質上、それではあまりにも事務的過ぎるような気がしたものですから」

「事務的でけっこうじゃないですか。社長はすでに承知していることでもあるし、山本さんから伝えて、それが失礼に当たるなんてことはないと思いますよ」

「お言葉ですが、産銀がどう受け止めるかという問題もありますので、ぜひ副社長から直接社長にお話し願いたいと存じます。社長が帰り次第、山下さんから、副社長に連絡するように致します」

山本はわれながら強引だと思ったが、ひと悶着《もんちゃく》あるような気がしていたので、新井の意見に与《くみ》しなかった。

「山本さんがそこまで言うんなら、ご指示に従いましょうかねぇ」

新井は冗談めかして言ったが、皮肉が込められていることは明らかだった。

「申し訳ありませんが、よろしくお願いします」

山本は低頭して、副社長室から退出した。


新井が社長執務室に出向いたのは、午後四時五十分だ。

「二時頃でしたか、中原頭取から電話がありました。五百億円の融資枠の拡大を常務会が承認したということです。満場一致で、反対論はなかったそうです」

和田の表情が翳《かげ》った。

「実は、産銀の中川頭取から呼び出しがかかって、産銀へ行ってきたのですが、産銀は一千億円に固執してます。まだ機関決定はしてないようですが、池島会長と中川頭取が合意してるということですと、産銀もあとへは引かないかもしれませんよ」

新井は、山本の勘は冴《さ》えていたな、と思いながら、眉《まゆ》をひそめた。

「産銀が魅力のあるプロジェクトを持ち込んでくれたことは多としますが、だからといって、力ずくでメーンバンクになる、というのはいかがなものでしょうか。大銀は社長を産銀から受け入れることに異を唱えていません。五対五は妙案と思いますが」

「こうなったら、中川―中原会談でもやってもらいましょうか。NN会談で決めてもらうのも悪くないと思いますよ」

和田は声高に言って、ケラケラ笑い出した。

新井も笑いを誘われたが、すぐに顎《あご》を引いて、硬い顔になった。

「それはいけません。大切なことは和田社長の意思です。両頭取にまかせるなんて、悪い冗談ですよ」

「冗談ですよ。ただ五対五が果たして妙案かどうか、わたしは疑問符を付けますが」

「とおっしゃいますと……」

「いま現在、特に対案があるということではないが、五対五では産銀が折れないような気がしたものですから」

「産銀はまだ機関決定していないということですから、大銀は機関決定してしまったと中川頭取に話していただけませんでしょうか」

「もちろん話しますが、いまちらっと思いついたのですけれど、協銀に融資を引き揚げてもらい、その分を産銀に肩替りしてもらうという調整案はどうでしょうか」

「反対です。協銀と東和建設は永いつきあいです。その点は協銀の意思にまかせるべきだと思います」

「協銀は感情論で突き進んでます。財務部長の刈田常務なら、うまく立ち回ってくれるんじゃないですか。協銀の二百五十億円が産銀に回れば七百五十億円になります。一方、大銀さんは八百億円です。メーンバンクの体面が保てることになりますよねぇ」

新井は、山下昌子が運んできた湯呑《ゆの》みに手を伸ばし、ゆっくり緑茶をすすった。

協銀排除は最悪の選択肢だ。これだけは思いとどまらせなければならない。どこの銀行が協銀の立場に立っても、そこまで踏みつけにされる覚えはない、と思うだろう。派遣役員の引き揚げまでは、ゆきがかり上やむを得ないとしても、融資まで引き揚げろと東和から仕掛ける手は絶対にない——。

「産銀の中川頭取も、協銀の融資の肩替りには難色を示されると思います。大銀が五百億円の融資枠の拡大をきょうの常務会で決定したことを中川頭取に伝えていただければ、それで問題は解決すると思いますが」

和田に厭《いや》な顔をされたが、新井は目を逸《そ》らさなかった。

「新井さんがそこまでおっしゃるんなら、話してみます。ただ、わたしがバンカーじゃないから分からないのかもしれませんが、協銀について、新井さんが妙に拘泥するのはどうしてなのか、よく分かりません」

「中川頭取なら、分かってくれると思いますが」

和田はふたたび厭な顔を新井に向けてきた。

10

新井が引き取ったあと、和田はデスクの前で貧乏揺すりをしながら、とつおいつ考えていたが、時計を見ながら、秘書の山下昌子に産銀の高橋常務を呼び出すよう命じた。

時刻は午後五時二十分。高橋が在席しているかどうか微妙な時間だ。

電話が鳴り、「高橋常務が電話に出ておられます」と昌子が告げた。

「もしもし……」

「高橋ですが」

「和田です。お忙しいところ恐縮ですが、きょう大洋銀行が五百億円融資枠を拡げることについて機関決定したと連絡してきました。どうしたものでしょうか。高橋常務のご意見をお聞かせいただきたいと思いまして」

「大銀もけっこう強気ですねぇ」

「それだけ筋のいいプロジェクトということですよ。高橋常務から、中川頭取に話していただくのがよろしいと思ったのですが」

「それはないでしょう。わたしが、中川に疎《うと》まれていることは、ジョージもご存じと思いますが」

口調は丁寧だが、峻拒《しゅんきょ》のニュアンスが強く出ていた。

「わ、わたしとしたことが、どうも」

和田は口ごもった。余計な電話をかけたことを後悔した。

「池島を煩《わずら》わせるのもなんですし、ジョージに中川と会ってもらうしかありませんねぇ」

「分かりました。お忙しい高橋常務を煩わせて申し訳ありませんでした。ご放念ください」

　産銀の会長、頭取ともなると気やすく電話をかけるわけにもいかなかった。いや、池島なら、竹豊会《ちくほう》の誼《よし》みもあり、電話で話すこともそう不自然とは思えない。ガマ蛙のような魁偉《かいい》な容貌《ようぼう》だが、勿体《もったい》ぶっているというか、変に取り澄ましている中川より、よほど親近感をもてた。

　和田は、高橋との電話を切って、山本に社内電話をかけた。

「和田ですが、ちょっと来てください」

　和田から直接電話がかかってきたのは、これで二度目だが、声の調子に切迫感のようなものが汲《く》み取れ、山本は緊張した面持ちで社長執務室に急いだ。

　時刻は午後五時四十分だ。六時半から会食の予定が入っているので、和田は六時に退社することになっていた。

　八階の社長室から九階の社長執務室に行くまでに、山本はあれこれ考えた。

　和田と、新井が先刻話したことは分かっている。多分、そのことと関係しているなにかだが、審議役の俺の出番があるとは思えない——。

「お呼びでしょうか」

「産銀の秘書役に連絡して、至急中川頭取のアポを取ってください。できればあしたか、あさってだとありがたいのですが」

「かしこまりました」

「きょう中にアポが取れるようなら、電話をかけてください。わたしの行き先は知ってますか」

「存じてます」

「じゃあ」

「失礼しました」

一礼して、背中を向けた山本を和田が呼び止めた。

「きみ、ちょっと」

「はあ」

「まだ時間がありますねぇ。ちょっと話したいことがあるので、坐《すわ》ってください」

和田がソファを指差した。山本はこわばった顔で、腰をおろした。

「山本さんは、大洋銀行が当社のメーンバンクに固執してることはご存じなんでしょう」

山本はドキッとしたが、うなずかざるを得なかった。

弱腰の新井を焚《た》きつけたのは自分だ。とぼけるわけにいかないのは当然だった。

「きみは、大洋銀行からの出向社員ですが、わたしのブレーンですから、ただの出向社員とはわけが違いますよねぇ」

「社長に目をかけていただいて、身に余る光栄と思ってます」

「わたしのブレーンとして、あるいは秘書の立場に百パーセント立って、考えてもらいたいのですが、東和建設のメーンバンクを産銀に変わってもらうことがよいのではないか、とわたしは考えてます。どう思いますか」

「大変、難しいご質問です。大銀の出向者の立場をゼロにすることは、考えられません。正直に申し上げますが、一パーセントでも大銀をカウントすれば、答えは社長のお考えに与《くみ》するわけには参りません。しかし、無理にゼロにすれば、両行並立でよろしいのではないかと思います。大企業で二行並立、三行並立の企業はけっこうあります。主力銀行が産銀、大銀二行並立でも、さしつかえないような気がしますが」

深い考えもなしに、咄嗟《とっさ》に口走ってしまったが、山本は罰点でもないという気がしてきた。

和田が大きな目を見開いて、腕組みした。

「メーンバンク二行ですか。なるほど……。下がってけっこうです」

11

和田—中川会談は、二十三日午前八時から、パレスホテルの特別室で、朝食会形式で行われた。

それしか中川の時間が取れなかったのだ。

中川は、大洋銀行のメーンバンク固執論を聞いて、露骨に顔をしかめた。

「それで、和田さんはよろしいんですか」

「当然のことながら、あくまでも産銀さんの承諾が得られることが前提です」

「社長は産業銀行から受け入れてもらえるんですか」

「もちろんです。この点につきましては、大洋銀行と合意しております」

「しかし、メーンバンクであり続けたいということですか」

「先代からの永いつきあいでもありますから、拘泥《こうでい》するのもわかるような気がします」

中川はフランスパンを力まかせに千切《ちぎ》って、一片を口へ放り込んだ。

和田はコーンスープをすすりながら、上目遣いに中川をとらえた。中川は不快感を募らせて、パンを頬張らなくても、ふくれっ面であることは一目瞭然《りょうぜん》だった。

「東和建設にとって、どっちが得なんですかねぇ。メーンバンクが産業銀行なのと、大洋銀行では、わたしはずいぶん違うと思うが」

「おっしゃるとおりです。ただ、感情論として、旧《ふる》い社員は大洋銀行にノスタルジアがあるようですが」

東和建設の常務会は毎週火曜日の午前九時から開催されている。

きのうの常務会で、和田は一千億円の銀行からの調達額と産銀と大銀の対応、そして協銀の役員引き揚げについて明らかにした。

寺尾専務は常務会に出席せず、十二月二十五日付で退任することが決まった。

「産銀は強大であり過ぎます。メーンバンクは親しみのもてる大銀のほうがよろしいのではありませんか」

代表取締役副社長で土木本部長を委嘱《いしょく》されている川口の発言に、反対した者は一人もいなかった。まさか新井が事前に根回しをしたとは思えない。あるいは新井の人徳もあるのだろうか、と和田は思ったものだ。

「宮本を社長にしてもらうことは遠慮したほうがよろしいですかねぇ」

「中川頭取、そんなことは冗談にもおっしゃらないでください」

和田は大きな光を湛《たた》えた目で中川を見返した。

「社長を出す産銀がサブというのも、ちぐはぐな感じがしませんか」

「宮本さんは、弟祥次郎の無二の親友という事情もございます」

「しかし、五対五を呑んできたと池島に話したら、子供の使いかとわたしは笑われるでしょうねぇ。和田さんは、竹豊会でも池島とは格別近い仲と聞いてます。わたしはOKしなかったことにして、池島に直接話してもらう手もありますかねぇ」

「中川頭取がそれでよろしければ、わたしのほうは異存はありませんが」

和田は、竹山首相に泣きつく手があるかもしれない、とふと思ったが、それはない。

「それでも、産銀頭取の立場はありませんけど、しようがないですかねぇ」

中川が対等融資を承諾することはあり得ないことがはっきりした。

そろそろカードを切るタイミングだ、と和田は思った。

「大銀の融資残高と、産銀さんの融資額を対等にするというのはいかがでしょうか。メーンバンクが二行並立することになりますが、力関係は歴然としておりますから、実質的には産銀がメーンということになるとも受け取れます」

ナイフとフォークを持つ中川の手が止まった。

「ふうーん」

中川は、腕組みして、天井を仰いだ。

「それで、大洋銀行は収まりますかな」

「収めてもらわなければ困ります。中川頭取には、ぜひ、イーブンということで産銀を収めていただきたいと存じます」

「よろしい。それで妥協しましょう。あなたには大きな貸しをつくりましたね」

「借りをつくったことになるんでしょうか。その逆と思いますが」

「まさか」

どうやら、東和建設と産銀のトップ会談は、成功裡《せいこうり》に終ったようだった。

12

その日、午前九時三十五分に、山本に和田から呼び出しがかかった。

山本が社長執務室に顔を出すと、和田と新井が談笑していた。

緊張し切って、引き攣《つ》っていた山本の顔が弛緩《しかん》した。

山本は、和田に手招きされて、ソファに近寄った。

「どうぞ、坐ってください」

「失礼します」

山本は、新井に会釈して、新井の隣に腰をおろした。

「中川頭取との会談の結果を新井副社長に報告してたところです。山本さんにも話さない手はないと思って、来てもらいました」

「山本さんが、社長に知恵をつけたそうですねぇ」

「どうも」

山本は、低頭した。

「きみのお陰で、うまく話がまとまりました。わたしは優秀なブレーンに恵まれて幸せだ、といま新井副社長に話したところです。窮地を救ってもらい、ほんとうにありがとうございました」

「とんでもない」

和田に頭を下げられて、山本はふたたび低頭した。

ノックの音が聞こえ、山下昌子の顔が覗《のぞ》いた。

「産銀の高橋常務から、社長にお電話ですが、いかが致しましょうか」

「つないでください」

「わたしはこれで失礼します」

新井が起《た》ち上がったので、山本も中腰になった。

た。

「二人とも、ご苦労さまでした」

和田は引き留めなかった。

山本がドアを閉めたとき、「ちょっと寄っていきませんか」と、新井から声をかけられた。

副社長室のソファで向かい合うなり新井がオクターブの高い声で切り出した。

「どこを押したら主力銀行並立なんていうアイデアが出てくるんですか。驚くやら、あきれるやら、感服するやら、わたしはまだ胸がドキドキしてますよ」

「一昨日の夕方、社長のブレーンの立場に百パーセント立って意見を言えと、社長から命令されまして、苦し紛れに二行メーンバンク論を申し上げました」

「山本さんは大銀出向者の立場をゼロにすることはできないと言ったそうじゃないですか」

「そういう意味のことは申し上げました。一パーセントでも大銀の立場に立てば、大銀のメーンバンクは変えられないという意味のことも申し上げ、ゼロにすれば対等しかないと……」

「わたしは、山本さんからメーンバンクの地位を死守するべきだと発破《はっぱ》をかけられたことをバラしてしまいましたよ。もっとも、それに近いというよりそれ以上のことを山本さんは社長に話したわけですよねぇ」

「どうも勝手をしまして」

「高橋常務が社長に電話をかけてきたのは、対等を呑《の》みますということだと思いますよ」

「それならよろしいのですが、まだひと波乱もふた波乱もあるんじゃないか心配です」

「いや、産銀は呑まざるを得ませんよ」

「大銀はどうなんでしょうか」

新井は顔をしかめたが、笑顔になるのは早かった。

「これから、その大役を担わなければならないんです。中原頭取に拒否権を発動されたら、それこそわたしは東和建設を辞めなければなりません」

「その確率はどうなのでしょうか」

「否《いや》も応もないでしょう。子供の使いで帰るわけにはいかないと、開き直るしかありません」

「なんだかドキドキしてきました」

「わたしのドキドキもまだ続いてますが、せっかくの山本さんのアイデアを無にするようなことはしませんよ。武者ぶるいが出てきました」

「中原頭取にはいつお会いするんですか」

「十一時にアポを取りました。二十分しか時間はないそうです」

山本は小首をかしげた。二十分で中原を説得できるだろうか。きょうのところは聞きお
「……………」

「なにをおっしゃる」

くで、終ってしまうこともあり得る。

しかも、五百億円の融資枠拡大は機関決定されているのだ。

「大変な大役を仰《おお》せつかって、わたしは逃げ出したいくらい緊張してますが、山本さんに負けないように切り結んできますよ」

「吉報を期待してます」

「いの一番に、山本さんに結果を知らせます。十一時半は、席にいますか」

「必ずいるようにします」

新井は、高揚して耳たぶまで赤く染めていた。

「産銀はメーンバンクを目指したと思うんです。いわば産銀にとって屈辱的な二行並立を呑まされたのですから、大銀も譲歩しない手はないと思います」

「いいことを言ってくれました。メーン並立か、サブになるかの二者択一なら、選択肢は一つしかありませんよねぇ」

「そう思います」

ノックの音が聞こえ、阿部有希子が緑茶を淹《い》れて、湯呑みをセンターテーブルに並べた。

新井も山本も喉《のど》がからからに渇いていたので、水でも飲むように一気に緑茶を飲んだ。

13

産銀の高橋から和田にかかってきた電話は、新井の読み筋どおりで、大銀との対等融資を呑む、という内容だった。

産銀と大銀では格が違う。融資額が対等なら、事実上のメーンバンクは産銀と思って当然だ。

山本は、このことを和田自身から聞いた。

同じ日の午後一時過ぎに、和田から呼ばれたのだ。

「新井副社長は大銀の中原頭取に十一時に面会すると聞いてましたが、まだ連絡はありませんか」

「はい。気になって、仕事が手につかないほどなのですが、まだ連絡はありません」

山本は昼食時間もずっと社長室審議役の自席で待機していた。

「いの一番に山本さんに結果を知らせます」と新井は言った。中原は二十分しか時間がないから、十一時半には自動車電話をする、とも新井は言っていた。

ところが、午後一時十分になっても、新井は山本に連絡してこなかった。

「社長にもまだ連絡が入っていないのですか。社長から呼び出しがかかったとき、大銀の結論をお聞かせいただけるのかと思ったのですが」

「いの一番に山本さんに……」を和田に明かす必要はない。

「プライドの高い産銀ほどの銀行が譲歩してくれたのに、大銀が愚図愚図《ぐず》するようだと困ったことになりますねぇ。わたしは高橋常務との信頼関係を損なうわけにはいきませんから、中川頭取と朝食後、すぐに電話をかけたんです。察するに高橋常務は中川頭取が池島会長に会う前に根回しをしてくれたと思いますよ。わたしは池島会長は分かってくださると信じてましたが、そのとおりになりました。産銀がウェストン・チェーンの一大プロジェクトをウチに世話してくれたことは、メーンバンクになることが前提だったはずです。その産銀が大銀とのメーンバンクの並立を認めてくれたんですよ」

「しかし、並立メーンバンクは大銀にとって屈辱的なことかもしれません」

「どうしてですか」

社長執務室のソファで、和田は大きな目を見開いて、声高に訊《き》いた。

「産銀と大銀の力関係は歴然としています。並立は名目に過ぎません。それと、機関決定してしまった事実があります。新井副社長と中原頭取の意見調整が難航していることは充分予想されることとです」

和田はふたたび目を見開き、そして顔をしかめた。

「名目にしても、メーンの体面は保たれるんじゃあないですか。さすが山本さんはわたしのブレーン中のブレーンだと、感服しましたが、いまの話は大銀からの出向者としての意見に過ぎないねぇ。大銀の回し者と言いたいくらいだ。機関決定を変えることがさほど難しいこととは思えないが」

「お言葉ですが、以前も申し上げましたが、出向者の立場をゼロにすることは考えられません。それ以上に大銀と東和建設の板挟みになっている新井副社長の苦衷に思いを致さざるを得ないわたしの立場をお汲《く》み取りいただきたいと思います」

和田の表情がいっそう険しくなった。

山本は急いで言葉をつないだ。

「しかし、新井副社長はおそらく大銀首脳部を説得すると思います。産銀が当社のメーンバンクを志向したことは、一千億円の融資に応じると意思表示したことでも明らかです。たとえ名目としても、屈辱的な二行並立を呑まされたのですから、大銀も譲歩しない手はないと思うのです。このことは新井副社長に申し上げました。メーン並立かサブになるかの二者択一なら選択肢は一つしかない、と新井副社長もおっしゃってました。特に大銀がそうなのかどうか分かりませんが、銀行は手続き論などに拘泥するところがありますから、手間取っているだけのことだと思います。新井副社長からの吉報をいましばらくお待ちになってください」

目も当てられなかった和田の表情が和《なご》んだ。

「回し者なんて冗談にも言ってはいけないことでした。わたしとしたことが申し訳ない」

「とんでもない。お気になさらないでください」

山本は、ソファから腰をあげて低頭した。

14

山本と和田が対峙《たいじ》した二時間ほど前、新井の報告を聞いた中原頭取は顔色を変えた。

「冗談じゃない。わたしは大洋銀行の頭取として断じて承服できんな。常務会の決定をきみはなんと心得るのか。メーン並立はあり得ない。大銀は東和建設のメーンバンクだ。新参の産銀がいきなり並立メーンバンクは、許し難い。しかも社長まで産銀は送り込むんだろう。なんで、産銀の言いなりにならなければいかんのだ」

「東和建設が社長を産銀から迎えることはすでに決まっていたことで、宮本敏夫さんは、亡くなった和田祥次郎さんの畏友《いゆう》で、わたしもかれなら、文句の付けようがないと思ってます。本件とは無関係です。どうか切り離して考えてください」

必ずしも無関係とはいえない。高橋修平でなくてよかった、と新井は内心思ったが、眦《まなじり》を決して、話をつづけた。

「産銀は当然メーンバンクを主張しました。それを並立まで譲歩したのです。和田社長はそのために、竹山総理に頭を下げて、口をきいてもらうことも考えたほどですが……」

顎《あご》の張った中原の顔がゆがみ、修羅《しゅら》の形相に近い。中原は、新井の言葉をさえぎった。

「そんな話は聞いてない。メーンバンクを主張したなんて冗談じゃないぞ。話にならん、帰ってもらおうか」

「子供の使いじゃありませんので、帰るわけには参りません。お聞き届けいただけませんと、刈田もわたしも東和建設を辞めざるを得ないと思いますが。協銀は寺尾という専務を引き揚げることになりましたが、大銀も感情論で突き進みますか」

中原は、血走った目をさまよわせた。

「頭取、ここはどうか冷静になってください。和田社長は、頭取と産銀の中川頭取で話し合ってもらうことはできないか、とも言ってましたが、わたしは、中原頭取なら必ず分かっていただけると大口を叩《たた》きました。もう一度、常務会を開いて、産銀の新規融資と、大銀の融資残高と新規融資の和がイーブンになることをお諮りください。必要なら、鈴木会長にもわたしから説明させていただいてもけっこうですが」

「…………」

「当行には残念ながら、産銀のような提案能力はありません。産銀を引っ張り込んだ和田社長の力量をわたしは評価せざるを得ないと考えております。大銀と産銀を並立メーンにすることの意義は小さくないと思います。協銀の渡部頭取は感情論だけで東和建設と袂《たもと》を分かつ選択をされましたが、中原頭取には渡部頭取とは違うところを見せていただきたいと思います。人物も人格も中原頭取のほうが遥《はる》かに上だとわたしは信じております」

「協銀は融資も引き揚げるのか」

中原の声がいく分平静を取り戻していた。

「まだその点につきましては、決めかねているようですが、その可能性はあると思います」

「袂を分かつとはそういうことだろう。乱暴な奴が頭取になったものだと、わたしはかねがね思ってたんだ」

中原と渡部は、昭和二十七（一九五二）年卒の東大経済学部の同期で、ライバル意識がないといえば嘘になる。

中原が煙草《たばこ》を咥《くわ》えたので、新井は急いで卓上ライターに手を伸ばした。

紫煙をくゆらせながら、中原は仏頂面でセンターテーブルに取り付けてあるブザーを押した。

秘書役がかけつけてきた。

「きょうの予定をすべてキャンセルしてくれないか。それと、会長がおったら、至急時間を取ってもらいたい」

「会長はお席にいらっしゃいます」

「五分後に、新井君と伺うと伝えてくれ」

メタルフレームの眼鏡の奥で神経質そうにせわしなく瞬《まばた》きしながら、中年の秘書役は新井にも会釈して退出した。

「いつまでに返事をすればいいのかね」

「できれば、きょう中にお願いしたいと思います。頭取と会長のご了承をいただければ、常務会の追認は問題ないと存じますが」

「新井も、土建会社に行ってから、神経がずぶとくなったというか、図々《ずうずう》しくなったというか、いい度胸をしてるじゃないか」

中原は冗談ともつかずに言って、灰皿に煙草をこすりつけた。

灰皿が飛んできても、湯呑《ゆの》み茶碗《ちゃわん》が飛んできてもおかしくないほど激し上がった中原の豹変《ひょうへん》ぶりは、新井をどれほど安堵《あんど》させたか分からない。

15

「きみから説明したまえ。わたしは窮地に立っている新井君を見るに忍びなくて、まあOKしたが、こんな理不尽な話を会長がOKしてくれるかどうか……」

新井は、努めて静かに、話したつもりだが、気持ちが高揚していたので、ときに感極まって、涙がこぼれそうになった。しかし、丁寧に、丁寧にこうなった経緯を説明したので、三十分以上、時間を要した。産銀の中川頭取と和田社長のトップ会談のこと、和田社長に対する渡部頭取の言動なども詳しく話した。

そして、「誇り高き産銀が力ずくでメーンバンクの座を奪わず、大銀との並立を了承したのは、和田社長の背後に竹山総理が控えているからではないかと察せられます。会長と頭取のご承諾がいただけなければ、わたしは責任を取らずにはいられませんので、本日付で和田さんに辞表を出します」としめくくった。

「そう言えば、池島会長は竹豊会の終身会長だったねぇ。池島さんにしてみれば和田君の顔を立てて、譲歩してくれたつもりなんだろう。わたしもウェストン・チェーンは安い買物だと思うし、きみが言うように産銀の提案能力に脱帽しないわけにはいくまい」

鈴木は、かつて新井を副頭取に推したが、中原の賛成が得られなかった。中原は、すり寄ってこない新井を排除したのだ。

午後零時二十分に、会長室で幕の内弁当を食べながらの雑談になってから、新井は宮本が十二月二十五日付で、産銀常務を辞任し、東和建設の顧問に就任する旨を明かした。

「それで、きょう中に返事をくれという話なんだな」

中原に顔を覗《のぞ》き込まれて、新井は小さくうなずいた。

鈴木が口を挟んだ。

「この件の緊急性を考えて、きょう中に臨時常務会を開いたらどうかね。在京の副頭取、専務、常務を招集して、新井君に説明してもらうのが分かりやすいし、説得力もあるんじゃないのかね」

「常務会に外部の人を出席させるわけには参らんでしょう。いくら新井君でも、いま現在は東和建設の副社長です」

中原は、人を小莫迦《こばか》にした態度を見せることがある。新井は、そっと鈴木の表情を窺《うかが》うと仏頂面になっていた。

こんなやつを後任の頭取に指名するんじゃなかった、と鈴木の顔に書いてあった。いまや人事権者は中原だ。

「冗談に決まってるだろう。しかし、緊急常務会なり、持ち回りなり、きょう中に結論を出すのがいいな」

「会長、ご配慮ありがとうございます」

新井は頭《こうべ》を垂れた。胸が熱くなってしばらく面《おもて》を上げられなかった。

「せっかくの会長の意見ですから、そうさせてもらいます」

「うん」

これ以上、火花が散らなくて、新井は胸を撫《な》でおろした。

「新井君、きょう中に秘書役から連絡させるよ」

「よろしくお願いします」

新井が大銀本店ビルの地下駐車場の専用車に乗り込んだのは、午後一時四十分だった。

専用車が走り出し、ビルを出たところで、新井は自動車電話で山本を呼び出した。

「はい。社長室の山本ですが」

「新井です。やっと会長、頭取との話が終りました。お待たせして申し訳なかった」

「いいえ。厭《いや》な予感を募らせていましたが、副社長の声を聞いて少し安心しました。安心してよろしいのでしょうか」

「いろいろあったが、そのとおりです。帰ってからゆっくり話します。社長はどうされましたか」

「外出されましたが、午後四時には戻られます」

「心配してたでしょうねぇ」

「はい。相当気を揉《も》んでおられました。結果だけでも、わたしから電話連絡したいと存じますが、よろしいでしょうか」

「どうぞどうぞ。会長、頭取のＯＫは取り付けました。きょう中に緊急常務会を開いて変更を正式に決めてくれる手筈《てはず》になってます」

「よくそこまで……」

「子供の使いにならなくて、わたしも肩の荷が下りましたよ。会長室で、幕の内弁当をご馳走《ちそう》になったが、ほとんど喉《のど》を通らなかった。吸物だけは、いただきましたが」

「わたしも、昼食を摂《と》っておりません。ざる蕎麦《そば》でもご用意しておきましょうか」

「それはいい。二時には着くと思いますから、わたしの部屋に山本さんの分と二枚いや三枚運ぶように、阿部さんに頼んでおいてください」

「三枚ですか」

「山本さんは二枚食べるでしょう」

「いいえ。一枚でけっこうです」

「それなら二枚でお願いします。じゃあ、よろしく」

「失礼しました」

ざる蕎麦のほうが後に到着するだろうな、と思いながら、山本は阿部有希子に電話をかけた。

さいわい北脇は席を外していた。和田より先に話す手はない。

有希子の次に、山本は首相官邸に電話をかけた。

和田が電話口に出てくるまで、四分も要した。

「どうだった」

急《せ》き込むように和田に訊《き》かれて、山本の声も早口になった。

「鈴木会長、中原頭取の承諾は取り付けられたということです。大銀はきょう中に緊急常務会を開催してくれるとも新井副社長はおっしゃってました」

「それはよかった。総理にも報告しておこう」

電話は一方的に切られた。

第六章　次期社長

1

東和建設は十二月二十五日午後二時から臨時常務会を開催した。一号議案は、日本産業銀行からの大口融資問題、二号議案は同行代表取締役常務の宮本敏夫を同日付で顧問で迎える件だ。

毎週火曜日の定例常務会は、和田社長の独演会で終ることが多い。和田の実弟で副社長の故和田祥次郎が実務を担当していた時代は、祥次郎が出席する限り、けっこう丁々発止《はっし》のやりとりが兄弟の間であったし、発言する者も多かったが、最近は和田征一郎のワンマンぶりが目立ち、副社長の面々も発言を控えがちになった。

「ウェストン・チェーンの買収資金として産銀から五百億円以上の融資を受けることになりました。大洋銀行さんからも相当額の融資を受けますので、メーンバンクが両行の並立というかたちになります。紆余曲折《うよきょくせつ》ありましたが、新井副社長のご尽力で、大洋銀行さんの譲歩を引き出すことができ、両行並立が実現することになりました。なにか質問がありますか」

和田は役員会議室の長方形でドーナツ状のテーブルの面々を見回した。

北脇常務が挙手をした。

「どうぞ」

「協銀OBの寺尾専務が辞任されることは定例常務会で承認されましたが、融資の引き揚げについては、どうなっているのでしょうか」

北脇の質問は、いわばサクラみたいなもので、いつもながらのことだ。

「まだ未定です。この点は、新井副社長に詰めていただく所存です」

和田は、隣席の新井のほうに首をねじって、「よろしくお願いします」と言ってから、ふたたび周囲を見回した。

「協銀の出方にもよりますが、産銀並びに大銀さんの融資額につきましては、新井副社長と宮本顧問に調整していただくことになっております」

和田は新井に軽く会釈して、話をつづけた。

「いみじくも二号議案に入ってしまいましたが、その前に、念のため申しますと、産銀が当社の株式を二・六パーセント取得しております。一方、大銀さんのシェアは四・四パーセントですから融資額の面では両行並立とは申しましても、大銀さんがメーンバンクであることに変わりはないということもできると思います」

和田は咳《せき》払いを一つして、二号議案に戻った。

「日本産業銀行代表取締役常務の宮本敏夫さんを本日付で顧問として迎えることになりま

した。来年六月末の定時株主総会で取締役になっていただき、総会後の取締役会で社長に選任したい、と考えておりますが、ご異議はございませんか」

異議などあろうはずがない。

「それでは宮本さんをご紹介させていただきます」

常務会の事務局でもある社長室長の北脇が和田に目礼して、退出した。

別室で待機していた宮本が役員会議室に入室したのは、その二分後である。

温厚そうな面立ちで、身長は百七十五センチはありそうだ。押し出しは立派である。

「本日付で、日本産業銀行代表取締役常務を辞任し、当社の顧問に就任していただくことになった宮本敏夫さんを紹介させていただきます」

和田の左隣が空席になっていたのは、宮本のためだ。

「お坐《すわ》りください」

起立したまま挨拶《あいさつ》しようとした宮本は、和田にすすめられ、「失礼します」と一礼して、着席した。

「宮本と申します。ふつつか者ですが、どうかよろしくお引き回しのほどお願い申し上げます。わたくしは、ゼネコン、建設業界を担当したことがございません。ズブの素人でございます。ですから、早めに顧問として出され、せいぜい勉強しなさいという産業銀行トップの親心かと思うのですが、亡くなった和田祥次郎さんとは高校、大学を通じて親交を深めました。また前社長、和田太郎さんの逗子のお屋敷に何度もお邪魔し、高校時代から謦咳《けいがい》に接しておりました。百合子夫人にも可愛がっていただきました。名門の東和建設に入社できたことは望外の喜びであります。このことはそうした縁《えにし》と無関係ではないように思えて仕方がありません。和田征一郎社長は、五年先輩ですから、逗子でお目にかかったときも、お父上同様富岳を仰ぎ見るような存在でしたが、なにかとお世話になり、お声をかけていただいたことを覚えております。和田社長のリーダーシップによって、東和建設の未来は明るいと存じます……」

宮本は、和田越しに新井のほうを窺《うかが》ってから、話をつづけた。

「新井副社長には、学生時代から懇意にしていただいております。先刻、和田社長から、ドメスティックは新井さんときみにまかせる、きょうから社長になったつもりで、しっかりやってくれと活《かつ》を入れられました。もちろんご冗談に決まってますが、新井先輩のご指導、ご教示を賜って、微力を尽くしたいと存じます。ご清聴ありがとうございました」

宮本は起立して四方八方に頭を下げた。

新井の拍手に、全員が誘発され、喝采《かっさい》のエールが宮本に送られて、臨時常務会は三十分ほどで終了した。

2

社長室に戻ってきた北脇が、誰ともなしに話した。

「宮本顧問は、産銀の常務にしては腰の低い人だよ。産銀は誇りが背広を着てるような人が多いと聞いていたが、どうしてどうして親近感がもてるよねぇ。肩で風切って歩くのばっかりだと思ってたが」

山本は、高橋常務からも威圧感のようなものは受けなかった。そのことを話すべきかどうか迷っているときに、自席の電話が鳴った。

社長付秘書の山下昌子だった。

「社長がお呼びです。よろしいですか」

「すぐ参ります」

山本は「社長から呼び出しがかかりました」と、北脇に断って、背広を着ながら席を立った。

デスクの前で和田は、ソファをすすめなかった。

「お呼びでしょうか」

「山本さんはわたしのブレーンだが、とりあえず、宮本顧問の秘書役というか連絡役をお願いします。三月までは週に二度来てもらうだけで、四月は一か月間産銀の垢《あか》を落とすため、奥さんとヨーロッパを旅行するということです。山本さん以上に気の利くのはウチにはいないので、よろしく頼みますよ」

山本は無言で、低頭した。

「わたしの前の部屋が宮本顧問の部屋だが、いま一人なので、ちょっと挨拶したらどうですか」

「はい。そうさせていただきます」

山本は、デスクの前とドアの前で一揖《いちゆう》して、社長執務室から退出した。

向かい側の役員室は、生前、副社長の和田祥次郎が使用していた、と山本は誰かに聞いた記憶があった。

ノックをすると、「どうぞ」と返事が返ってきた。

「失礼します」

「ああ、山本君ですね。和田社長からも、新井副社長からも、きみのことは聞いてます。なにかとご造作をかけると思いますが、くれぐれもよろしくお願いします。時間はありますか」

「はい」

「坐ってください」

「失礼します」

宮本はデスクを離れて、ソファに腰をおろした。

顧問室はいずれ社長執務室に変わるのだろう。気のせいか新井の部屋よりも、スペースがやや広いように思えた。

辺りを見回しながら、宮本がくぐもった声で言った。

「この部屋は、祥次郎君が使ってたそうですねぇ。感慨無量とも違うが、胸が一杯です。

わたしにとってかけがえのない一番の畏友《いゆう》でした。快男児というか、ナイスガイというか。祥次郎君ほどの男は、二人とはいませんよ」

宮本の目が潤《うる》んでいた。

「病弱だったとお聞きしたことがありますが」

「病弱？」

宮本の声がいっそうくぐもった。

「とんでもない。健康優良児ですよ。東和建設の海外部門は祥次郎君が一人で立ち上げたようなものです。それも本業の土木関係の仕事をシンガポールや香港で、猛烈にやったんです。台湾で倒れたが、言ってみれば過労死ですよ。体力を過信してたんでしょうねぇ。働き過ぎです。一時持ち直して、復活もあり得ると祈るような気持ちで、期待してたんですが……」

宮本は声を詰まらせたが、ハンカチで涙を拭《ふ》きながら、訊《き》いた。

「祥次郎君が病弱なんて、誰から聞いたんですか」

「大洋銀行の同僚だったと思います。失礼しました」

「征一郎さんは大蔵官僚出身で良い意味で野心家だし、エリート意識も強いが、祥次郎君は本業の土木にもっと力を入れるべきだという意見の持ち主でした。恵美子夫人との出会いが、和田社長をホテル業へ向かわせた動機づけになってるようですが」

宮本は、海外でのホテル事業の展開に懐疑的なのだろうか、と山本は気を回した。

「さっき、新井副社長と話したのですが、ウェストン・チェーンは多分うまくいくと思いますし、さほどリスクはないとは思いますけれど、海外でこれ以上戦線を広げることがいいのかどうか、われわれはブレーキ役も果たす必要があるんじゃないかと思ってますよ。きみは、和田社長のブレーンとして、大変なパワーの持ち主らしいが、わたしにも力を貸してくださいよ」

「とんでもない。まだ嘴《くちばし》の黄色い若造です。宮本顧問には、いろいろ教えていただくことがたくさんあると思います。よろしくご指導ください」

宮本はまだなにか話したそうだったが、山本は早々に退散した。

3

山本は自席から、河原良平に電話をかけた。河原は在席していた。

「山本ですが」

「しばらくじゃないか。産銀にメーンの座を奪われて、元気がないんじゃないかと心配してたんだ。ところで、なにごと?」

山本は深呼吸を一つして、声をひそめて言った。

「河原情報も当てにならんなぁ」

「なんのことだ。結論から言えよ」

「きみは、和田祥次郎氏が病弱だと言ったことがあるが、誰から聞いたんだ」

「覚えてないよ。それがどうしたんだ」

「きょう産銀常務だった宮本さんが東和建設の顧問になった。かれは祥次郎氏の無二の親友だが、体力を過信していたふしはあったようだけど、健康優良児で猛烈に働いて、過労死みたいなものらしいぜ。しかも、海外事業を担当していたそうだ」

応答がなかった。

「もしもし……」

「聞いてるよ」

「おまえ、いい加減なことを言うんじゃないよ。僕は次期社長の前で恥をかかされたよ」

「莫迦《ばか》に絡むと思ったら、そんなことか」

「そんなことで済むか。僕から病弱と聞いて、宮本さんは、実に心外そうだった。これが遺族の方じゃなくてよかったよ。会社のために過労死した人を病弱だって言われたら、平静ではいられないと思うよ。口は災いのもとだ、気をつけてくれ。おまえに、病弱だと言った人に、俺の名前をだしていいから強力にクレームをつけといてくれよな」

山本は電話を切ろうとしたが、河原が「もしもし」と呼びかけてきた。

「そのことは分かった。しかし、山本にそこまで言われるのも釈然としないなぁ。いま、東和建設の海外部門の主力はホテル事業だろう。海外も土木事業からホテル事業にシフトし始めたことはたしかだし、その中心は和田社長だろう。祥次郎氏が国内を仕切っていた時代があったこともたしかだ。征一郎氏と違って、生え抜きなんだからな」

「……………」

「それと、病弱だけで俺の情報が当てにならんというのも聞き捨てならんな。思い出してみろ。産銀が東和に持ち込んだ大型プロジェクトの案件をキャッチしたのは、俺がいっとう早かったはずだ。しかも、協銀はそれさえつかんでいなかったそうじゃないか」

山本は受話器を右手から左手に持ち替えながら、苦笑を洩《も》らした。

「その点は認める。〝病弱〟できみと僕との信頼関係にひびが入るようなことはないから安心しろよ」

「喧嘩腰《けんかごし》で、電話かけてきて、冗談じゃねえや」

「気が立ってたからねぇ。なんせ次期社長から厳重注意を受けたんだ。僕の立場も分かるだろう」

「おまえこそ、なんで病弱なんて話を次期社長にしたんだ」

「話のゆきがかり上、そうなってしまったんだよ。僕は逆に話してよかったと思うよ。間違った見方をしていたわけだからねぇ」

「思い出した。病弱の話は、東和建設のやつから聞いたんだ。土建屋なんて、いい加減なやつが多いよなぁ」

山本はふと、〝眼鏡《めがね》をかけた猪八戒《ちょはっかい》〟の福田淳《じゅん》の顔を目に浮かべた。あの男ならいかにもありそうなことだ。

「きみは福田常務を知ってるか」

「名前ぐらいはな。アウトローの世界を一手に引き受けているやつだろう。福田がどうしたんだ」

「いや、いいんだ。河原にガセネタを流したのが福田常務かと思ったんだ」

「そんなのとつきあうはずがないだろう。こう見えても石橋を叩《たた》いて渡るバンカーのはしくれだぜ」

「分かった。いずれにしても、僕の名前を出して注意しといてもらいたいねぇ」

「そこまでやる必要はないと思うが、ま、山本の名前を出して言っておくよ。おまえにフィード・バックされてもいいんだな」

「もちろん」

「相当な大物だぞ」

「だとしたら、それこそとんでもないやつじゃないの」

「山本が、社長の覚えめでたいことは、けっこう東和建設の中で知られてるから、ここは考えどころだな」

「いや、厳重注意でいこう」

「分かったよ」

やっと山本と河原の長電話が終った。

4

河原との電話が切れてほどなく、山本は社内電話で、新井副社長から呼び出しを受けた。

時計を見ると、午後四時二十分だった。

新井は、硬い表情で山本に手でソファをすすめた。いきおい、山本も緊張せざるを得ない。

「山本さんの意見を聞きたいんだが、協銀との関係をどうしたらいいと思いますか」

山本は、すぐには返事ができなかった。

協銀は、産銀から社長を迎えることや大型プロジェクトの件で、蚊帳《かや》の外に置かれたことを根に持って、上層部が感情的になり、派遣役員をきょう十二月二十五日付で引き揚げた。

残る問題は、約二百五十億円の融資残高をどうするのか。常識的には過剰流動性の時代に引き揚げるとは考えにくい。新井がこの件で、俺の意見を訊こうとしているのは分かるが、審議役がしゃしゃり出る問題とは思えない。

「社長は放っておけという意見でした。宮本さんを顧問で迎えたことは、新聞発表したんですか」

「いいえ。いちいち発表するほどのことでもない、というのが北脇常務の判断です。ご本人も時期尚早という意見でした。当分の間、静かにしてもらいたいと北脇常務に話したそうです」

「そうねぇ。社長になるのはまだ半年も先だし、常勤顧問ということでもないからねぇ」

「…………」

「ただ、産銀と大銀の調整は至急やらなければならない。社長命令で、宮本顧問とわたしにまかされたが、協銀をどうカウントするのかの前提がはっきりしないことには調整のしようがないでしょう」

「協銀の住元会長と渡部頭取は、必要以上に感情的になっているようですから、とりあえずゼロでよろしいんじゃないでしょうか」

山本は考えていることの逆を言った。

新井はむすっとした顔で、腕と脚を組んだ。

「わたしは社長とは逆で、協銀は融資を一気に引き揚げることはしないと思います。カネ余りの世の中ですよ。それが銀行の論理でしょう。期限の来た融資を延長しないことは考えられますけど」

山本は胸の中でにやりとしていた。

和田はいい気になり過ぎている。しかし、立場上、口にできることではなかった。

「協銀の当社担当部は東京営業本部第三部です。刈田常務に第三部長の谷口取締役に会っていただいたらいかがでしょうか」

「担当部門の話でいいと思いますか。刈田にまかせていいかどうかの問題もある」

新井の頰がいく分ゆるんだ。

山本も誘われて、表情が和《なご》んだ。

両者とも刈田を評価していない。まとまるものを壊しかねない男なのだ。

「わたしが東京営業本部長の山川専務に会いますかねぇ。かれとは大学が同期だし、揉《も》み手スタイルで話すこともないので、いいでしょう」

「揉み手スタイルは元々ないと思いますが」

「いや。東和建設と協銀は永いつきあいです。大株主でもある」

新井が表情を引き締めて、話をつづけた。

「社長が強気な態度を取りすぎるのは、決していいことではありません。実るほどに頭《こうべ》を垂れる稲穂かな、と言いますが、そうあってほしいですよ。それを言えるのは竹山首相か、産銀の池島会長しかいないと思うが」

「次期社長でしたら、婉曲《えんきょく》に言えるんじゃないでしょうか」

「とてもとても。そんなに強気の人でもないし、産銀では珍しく調整型で、紳士です。だからこそ、東和建設の社長として適任なんですよ」

大学で一年後輩の宮本が社長に就くことに、なんの拘泥《こうでい》もない、といえば嘘になるだろう、と山本は思っていた。

「副社長は年内にも産銀との調整をつけるおつもりなのですか」

「そこまではどうでしょうか。しかし、一両日中にも山川専務に会うつもりです」

産銀は専務制を採用していないので、常務以上が代表権を持っている。協銀と大銀は専務以上が代表権を持つ。

「メーン並立を捻《ひね》り出したのは山本さんなんですから、これからも相談に乗ってくださいよ」

新井は笑顔で、ソファから腰をあげた。

俺が和田社長から、宮本顧問の連絡役を命じられたことを新井に伝えるべきかどうか、山本はちょっと逡巡《しゅんじゅん》したが、起立して話すと、新井はふたたび微笑を洩らした。

「社長からも、宮本さんからも聞いてますよ。山本さんは皆《み》んなに頼りにされて、身が保《も》ちませんか」

「そんなことはありません。ただ、社長室では浮き上がった存在になってます」

「一目置かれるのは当然ですよ」

「そういうふうには思えません。焼《や》き餅《もち》を焼く人はどこの世界にもいますが、冷たい視線を感じます」

「そんなことを気にする山本さんでもないでしょう」

「心臓に毛が生えている、とおっしゃりたいのですか」

「そうは言いませんよ。しかし、山本さんに限って出る杭《くい》は打たれるようなことはない。大銀の出向者という立場があるからねぇ。その点、わたしとはえらい違いです」

「どういう意味ですか」

「こう見えても、四方八方気を遣っているつもりなんですがねぇ」

「失礼ながらそうは見えません。副社長はいつも自然体という感じがします」

「それは大いなる誤解ですよ」

新井は声を立てて笑った。

5

翌朝、山本はいつもより一時間遅い七時半に起床し、A新聞を持ってトイレに入った。一面のコラムを読んでから、産業欄を開いて、ハッと胸を衝《つ》かれた。

〝社長に宮本氏就任へ〟〝東和建設　産銀がメーンバンクに〟の三段見出しが目に飛び込んできたのだ。


東和建設（和田征一郎社長、資本金二百十七億円）は二十五日常務会を開き、同日付で日本産業銀行常務取締役を辞任した宮本敏夫氏を顧問で迎えることを決めた。同氏は、来年六月に同社社長に就任する。

同社は機械化土木に強みを持つ中堅ゼネコンで、九期連続増収増益を続けているが、ウェストン・ホテル・チェーンを買収したのを機に産銀との提携を強化し、すでに同行から社長を迎えることを明らかにしていた。

同社首脳によると、産銀からウェストン・ホテル・チェーン買収資金の融資（五百億円以上）を受ける結果、事実上メーンバンクが、大洋銀行から産銀に移行する。ウェストン・チェーンは米国を中心にホテル業を展開しているが、同社はホテル事業を収益源の柱とする経営戦略を打ち出した。

宮本氏は昭和三十三年東大法卒。同年四月産銀に入行、昭和五十九年六月取締役、同六十一年六月常務に就任した。


山本は出るものも出なかった。トイレから戻って、浮かぬ顔で貧乏揺すりをしている山本に、美由紀が訊《き》いた。

「どうしたの。いつも二十分はかかる人なのに」

「腸《はら》の調子に変調をきたすような記事が出てたんだ。きょうは土曜日で会社は休みだけど忙しいことになるかもな」

山本はA新聞を食卓に投げ出した。

二人ともパジャマの上にカーディガンを羽織っていた。

「どこに出てるの」

山本は、三段見出しを右手の中指で、つついた。

美由紀は新聞記事を走り読みして、いぶかしげに首をかしげた。

「なんてことはないと思うけど。誤報じゃないんでしょ」

「発表のタイミングが問題なんだよ。常勤顧問になってからでもよかったのに、A新聞にリークしたがる莫迦《ばか》がいるんだよなぁ。もしかすると社長だったりしてねぇ」

「オーナー社長がリークしたんなら、まったく問題ないと思うけど」

「われわれ下々のことが分かってないから困るんだ。この記事で苦労する人がけっこう多いんだ」

「あなたもその一人っていうわけ」

「まあ、そうだろうなぁ。一番当惑してるのは新井副社長じゃないかな。まだ読んでないかもしれないけど」

6

七時四十五分に、山本宅の電話が鳴った。

呼び出し音を聞きながら、「さっそくおいでなすった」と山本はひとりごちた。

「わたしが出ようか。居留守を使う手はないの」

「ない。僕が出る」

山本は受話器を取った。

「はい。山本ですが」

「おはよう。起こしたか」

「なんだ、河原か」

「なんだ、はないだろう」

「失礼失礼。新井副社長かと思ったものだから」

「ということは、もう読んだわけだな」

「家庭の事情ってやつだろう。河原だから話すけど、発表しないことになってたんだ。トップがリークしたのかねぇ」

「それも大いにあり得るけど、産銀の可能性も否定できないだろう」

「どっちにしても、傍迷惑《はためいわく》な話だよ。新聞を見て、頭に血を上らせる人が山ほどいるんだろうな」

「山本は、その最たる人は誰だと思う」

「さしずめ協銀のトップ二人だろうな。まさか融資を引き揚げるなんて言い出すとは思えないけど。大銀の上層部も頭にくる口だろう」

「産銀がリークしたと睨《にら》んでるのは、協銀を袖《そで》にしたいからだよ。その点は産銀と東和建設の利害は一致するんじゃないのか。長信銀の産銀のほうが若干金利は高いけど、情報量などのプラス・アルファを考えれば、ウチや協銀よりも借り手のほうはメリットがあるとも考えられるよ」

山本は、河原の言っていることは、ちょっと違うと思った。だいいち、和田は、協銀の渡部頭取に面会し、融資枠の拡大を願い出た事実がある。渡部が受け入れていたら、ことは複雑化していたかもしれない。もっとも時点のズレはあるが。

「もしもし……」

「うん。河原の言ってることも分からないでもないけど、したたかな協銀が二百五十億円もの融資額を一挙に返済しろなんていうとは思えないが。東和建設はれっきとした優良企業だよ。借金はけっこう多いけど」

大企業は、借り手先の金融機関と、短期融資は約束手形で、長期は証書貸付契約を結んでいる。

証書貸付は、手形貸付と異なり、書換えなど煩雑な手続きの必要はない。この他当座貸越契約があるが、この時点で、建設業には、ほとんど適用されていなかった。

当座貸越とは、当座預金の取引先に対して、あらかじめ約定した一定の金額（貸越極度額）の範囲内であれば、いつでも当座預金の残高を超過して、振り出された小切手が認められる。

協銀が融資を引き揚げると決めれば、決済口座に預金を差し引いた金額を払い込まなければならないが、産銀は喜んで肩替りするだろう。

「結局、邦銀で唯一の国際投資銀行の産銀の提案力にウチも協銀も敗北したっていうわけだな」

「協銀はいざ知らず、大銀は負けてないよ。A新聞は誤報だよ。メーンは大銀だ。出資比率を見れば歴然としてるだろう。大銀は四・四パーセント、産銀は二・六パーセントだ」

「融資額はどうなるんだ」

「地獄耳の河原が知らないとは驚いたねぇ。へぇ、そうなの」

山本は大仰《おおぎょう》にアクセントをつけて言った。

河原が口早に言い返した。

「勿体《もったい》ぶらずに早く言えよ」

「最終的にどうなるか分からないが、対等になる。強いて言えばメーン並立だ」

「社長が産銀で、それはないな。メーン産銀、サブ大銀だよ。A新聞は誤報じゃない。おまえの言ってることは詭弁《きべん》だな」

「なんとでも言え。われわれの苦労も知らないで、勝手なことを言うなよ」

「痛いところを突かれて、うろたえたな」

「別に。河原と僕の利害が対立してるわけでもないし、きみと言い争いわれもない。したがって、うろたえる必要もさらさらないよ」

河原の声が突然やわらかくなった。

「二十八日の忘年会どうする」

「まったく予定が立てられない状態なんだ。勿体をつけてるわけじゃないぞ。なんせ社長と副社長と次期社長のブレーンだからな」

山本は冗談めかして言ったが、河原たち同期との忘年会はキャンセルせざるを得ないと思った。

「二次会でもいいから顔ぐらい出せよ」

「分かった。そうするよ」

河原との長電話が終ったあとで、山本は美由紀に背中をぶたれた。

「押され気味だったわね」

「きみまでなんだ。僕の完勝だよ。完全に言い負かしたからな」

「嘘ばっかし」

ふたたび電話が鳴った。

北脇だった。

「話し中だったねぇ。社長ってことはないよなぁ」

「ええ。大銀の同期のやつです」

「新聞読んだか」

「はい。リークしたがる人がいるんですねぇ」

「まさか山本君っていうことはないんだろう」

「ご冗談を。わたしは社長が怪しいと睨んでます」

「同感だ。月曜日にでも、きみから、それとなく訊いてみてくれよ。山本君にはなんでも話す人だから」

「承知しました」

「わたしから、A新聞の記事のことを社長に話したほうがいいと思うか。きみがわたしの立場だったらどうする？」

「しません」

山本は、むかっ腹が立ったので、突き放すように答えた。

7

A新聞に、〝社長に宮本氏就任へ〟〝東和建設　産銀がメーンバンクに〟をリークしたのは、誰あろう北脇常務だった。

むろん山本は知る由《よし》もないが、犯人探しをやったところで、むだ骨に終ることは明瞭《めいりよう》だ。ニュースソースを秘匿するのは、新聞記者の〝いろは〟である。北脇が口をつぐんでいる限り、バレることはあり得ない。

山本は、北脇との電話を切ったあとで、食卓で頬杖《ほおづえ》をついた。

美由紀は朝食の仕度にかかり始めた。

山本は、新井副社長に電話すべきかどうか考えていたのだ。北脇の電話に誘発されたのはなにやら口惜しいが、「俺もサラリーマンだなぁ」と胸の中でつぶやきながら、新井の自動車電話を呼び出した。

山本は、新井が千葉県の名門ゴルフコースへ行くことを把握していた。十時台の遅いスタートと聞いていたので、八時五分現在、まだ車中とみてさしつかえあるまい。

しかし、A新聞を読んでいる可能性は高いと山本が思ったとおり、新井は記事を読んでいた。

「余計なことをする人がいるものだねぇ。協銀を刺激するし、大銀の上のほうもおもしろくないでしょう」

「わたしのところに二件電話がありました。一人は大銀の同期の者ですが、もう一人は北脇常務です。まさかおまえじゃないだろう、なんて言われて、むかっとしました。冗談にもほどがありますよ」

「たしかに悪い冗談だなぁ。北脇さんもゴルフのはずだが、ゴルフ場からわざわざ山本さんに電話をかけてくるとは、なにを考えてるんでしょうか」

「社長にそれとなく聞いてみたらどうか、と指示されました」

「いくらオーナー社長でも、俺がリークしたとは言わないでしょう。協銀との関係がこじれる可能性もあるし、大銀だっておもしろくない。いいことはなにもないですよ」

「さあ、そうでしょうか……」

電波の具合でも悪いのか、電話がざわざわしたので、「もしもし」と山本は呼びかけた。

「はい。聞こえてますよ」

「和田社長がそれだけ産銀にのめり込んでいるということになりませんか」

「うーん。それはあるなぁ。トップがそこまでのめり込んでいるとなると、考えちゃいますねぇ。月曜日が思いやられます」

「ご同情申し上げます」

「なにかあったら、あした電話をください」

運転手の耳を気にしているのか、新井は早々に電話を切った。

山本と新井が電話で話していた同時刻、北脇と和田も電話でやりとりしていた。和田も埼玉の名門ゴルフ場に着いていた。

「A新聞ご覧になりましたか」

「もちろん読みましたよ」

「どうしたものでしょうか」

「放っといたらいいですよ」

和田の声は普通の声だった。明るいと取れないこともない。

「広報部門を担当する者として責任を感じます。わたしは、山本あたりがリークしたんじゃないかと気を回しましたが」

「だとしたら、山本は大物だよ。本物の東和マン以上じゃないですか。褒めてやりたいくらいだよ」

「わたしもそう思います」

北脇はあわて気味に言い返した。

「しかし、あり得んだろう。山本はバランス感覚は抜群だが、バンカーであることは間違いないからねぇ。山本が二流銀行なんか辞めてそれこそ本物の東和マンになってくれれば嬉《うれ》しいんだが」

「社長、それはないものねだりに等しいですよ」

「しかし、分からんぞ。山本は完璧《かんぺき》にわたしをフォローしてくれてるよ。ウチがいつまでも、産銀OBの社長でもないだろう。太一のつなぎに、山本を社長にする時代があってもいいと思ってるくらいだ。北脇だから話すんだが」

北脇は啞然《あぜん》とした。ショックだった。和田がそこまで山本を買っているとは。

「まあ、わたしも社長のお気持ちは分からないではありませんが、給与水準が歴然と違いますし、二流銀行とはいえ、大銀はれっきとした都銀ですから」

「スタートの時間が迫ってきた。電話を切るぞ」

ガチャンと受話器を戻す音がやけに大きく聞こえ、北脇はしばらくフロントの赤電話の前で立ち竦《すく》んでいた。

和田太一は、征一郎の長男だ。一流私大を出て、去年四月に東和建設に入社したばかりだ。

いまは営業部門の平社員である。

自分に社長になれる目などあろうはずはない。その力量がないことも自覚しているつもりだが、主力銀行の出向社員に過ぎないあんな若造をそこまで買っている和田はどうかしている——。北脇は、山本に嫉妬《しっと》した。

8

朝食を終え、午前九時を過ぎた頃、マンションの山本宅の電話が鳴った。

山本は手で美由紀を制し、新聞を置いて食卓を離れた。

「はい。山本です」

「宮本です。お休みのところ申し訳ない。A新聞を見てショックを受けているところです。いろんな人から電話がかかってきて、参ってますよ。誰がリークしたか知らんが、どんな意図があるのかねぇ」

「わたしにも、宮本顧問を含めて三本電話がかかってきたくらいですから、顧問は大変だと思います」

「そうなんだ。こんなことならゴルフを断るんじゃなかったと後悔してますよ。その分、家内が大変だったと思うが……」

宮本は鎌倉《かまくら》に住んでいる。きのうまで横須賀線のグリーン車で通勤していた。

「和田百合子さんまで電話をかけてきました。亡くなった祥次郎くんのことなどで長電話をしてしまった」

宮本と百合子のやりとりはこうだ。

「新聞を読んで、わたくしは嬉しくて嬉しくて、天国の祥次郎の願いがあなたに届いたのだと思いました。あなたが社長になってくだされば、東和建設は安泰です」

「まだだいぶ先のことですし、わたしでお役に立てるのかどうか。昨日も、祥次郎さんが病弱だったなどと莫迦なことをいう社員がいたので叱りつけてやりました」

「まあ、ひどいことを。そんなことを言ったのはどなたですか」

「失礼しました。大洋銀行からの出向者です」

「まさか山本さんという方じゃないんでしょうねぇ」

「その山本です。山本は、又聞きですから、かれに罪はありません。厳重に注意しておきました」

「祥次郎がどれほど頑張ったかは、わたくしがいちばんよく承知しております。征一郎より祥次郎のほうが……」

「お母さん、特にためにする発言ではなく、ただの勘違いだと思いますよ。祥次郎さんは過労死みたいなもので、東和建設のために身を挺《てい》して……」

宮本は、百合子の涙声に誘われて目頭が熱くなった。

「祥次郎は、負けず嫌いでしたから、兄の征一郎と張り合うようなところがあったかもしれません」

「おっしゃるとおりです。東和建設の海外事業の礎《いしずえ》を築き、発展させたんです」

「わたくしはホテルなんかにうつつを抜かしている征一郎はどうかしていると思ってま

す」

「それはそれで意味のあることなんですよ」

「あら、わたくしとしたことが失礼しました。産銀さんのお陰で、うまくいったことを失念しておりました。考えてみれば、だからこそ宮本さんが……」

「いやいや、どうも」

「池島会長さまに、いちどお礼に参上したいと思ってますのよ」

「それには及びません。半年間顧問として、勉強させていただきますが、宮本ではダメだと征一郎さんに言われるかもしれませんので、どうかご容赦ください。ご丁寧にお電話をいただきまして、ありがとうございました」

「治子さんや、孫たちもどんなに喜んでいることか」

「どうも失礼しました」

百合子はまだ話したそうだったが、宮本のほうから切り上げた。

山本は、自分の名前が出たことなど夢にも思っていなかったが、「もしもし……」と呼びかけてから宮本に訊《き》いた。

「社長から、電話はかかってきましたか」

「いや。きみに電話をかけたのは、もしもわたしとインタビューしたいなどと言ってくるマスコミ関係者があっても、すべて断ってください。周知徹底してもらわないとねぇ。それを言いたかったんだ」

「承知しました。北脇常務以下、社長室はもとより周知徹底させるように致します」

たしかに、インタビューを求められる可能性は少なくない。竹山銘柄株でもある東和建設に対する注目度が高いことを忘れてはならない、と山本は思った。

「二十八日の月曜日は出社されますか」

「わがままを言ってなんですが、今週は勘弁してもらおうか」

「かしこまりました」

宮本が十二月の第五週は出社しないと決めていることを山本は初めて知った。

9

二十八日月曜日の朝会で、北脇が偉そうにのたまわった。

「社長室にA新聞にリークした者がいるとは思わないが、今後とも充分注意するように。社長の意見は犯人探しなどするなということだった。山本君、なにか意見はあるかね」

小林取締役次長らを差し置いて下っ端の俺を真っ先に指名したのは、ちょっとおかしい、と思いながら、山本は言った。

「一昨日の朝、宮本顧問から自宅に電話がかかってきました。マスコミからインタビューの依頼があっても、すべて断るように指示されましたので、その旨、周知徹底していただきたいと存じます」

「周知徹底？　きみは社長みたいに大きな口をきくんだねぇ」

北脇の皮肉っぽい口吻《こうふん》に、山本はむっとした顔で、強く見返した。

「お言葉ですが、どういう意味ですか。頭の悪いわたしに、分かるようにご説明願います」

「きみは社長のブレーン的機能も与えられているが、社長から周知徹底しろ、と言われたのか」

「いいえ」

「それなら、わたしの言ってることが分かるだろうや」

「よく分かりません。常務は誤解されているように思えますが。周知徹底するように、とわたしに指示されたのは、宮本顧問です。ご存じのとおり宮本顧問は次期社長に就任される方です」

「そんなこと言われなくても分かってるよ」

北脇はいっそういきり立った。

ひと言多かったかもしれないと思いながらも、山本は一歩も引かなかった。

「繰り返し申し上げますが、周知徹底という言葉を使ったのは、宮本顧問ご自身です。なんでしたらご確認ください」

木村広報担当部長が、山本に助け舟を出すように口を挟んだ。

「インタビューの依頼はすでに何件かわたしのところにも、鈴木君のところにもきてますが、すべて断ることにします」

「よろしくお願いします」

山本は頬をゆるめて、木村に会釈した。

小林取締役次長が天井を仰いで、引っ張った声で言った。

「それにしても、いったい、ぜんたい、誰がリークしたんだろうかねぇ」

山本はいくぶん険《けん》のある目で北脇をとらえた。

北脇は山本の視線を外し、そっぽを向いた。

さすがに「社長が怪しい」とは言えないらしい。

木村がなにか言いかけたとき、ノックの音が聞こえ、「失礼します」と言って富永かおりが会議室に入ってきた。

そして、山本にメモを差し出した。

「分かりました。すぐ参ります。社長がお呼びなので、席を外します」

山本は、ネクタイのゆるみを直しながら、かおりに続いて会議室を出た。

間が悪いと思いながら、山本は冷たい視線を背中に感じた。

社長執務室のデスクの前に立つ山本を、和田が不機嫌そうな顔で、見上げた。

「いま、新井副社長にも話したんだが、A新聞の記事について、ナーバスにならないほうがいいと思うなぁ。新井副社長は、協銀にアプローチしたいということだったが、わたしはしばらく放っておいて、向こうからなにか言ってくるまで待ったらどうか、と思うと言ったんだけど、押し切られたよ。山本さんはどう思いますか」

「年末の多忙な時期に、産銀と大銀の融資額について詰めることは考えられませんが、わがほうからアプローチするほうがよろしいように思いますが」

「きみも新井副社長と同意見なのか」

「………」

「土曜日の朝、北脇からゴルフ場にまで電話がかかってきたが、ジタバタすることはないと思うがねぇ」

これで、北脇は案の定というべきか和田に電話をかけたことが分かった。

「宮本君からなにか言ってきたの」

「はい。ご報告が遅れて申し訳ありません。社長室の朝会が終り次第、ご報告するつもりでした……」

「結論を言いたまえ」

「マスコミのインタビューには一切応じないと申されました。それと今週は出社できないとも」

「さすが誇り高き産銀マンだけのことはありますねぇ。それだけですか」

「いろいろな方から電話がたくさんかかってきて、迷惑されたようです」

「母からもかかったんでしょう」

「わたしにもかけてきたよ。祥次郎のお導きだとか、莫迦莫迦《ばか》しいことを言ってたが、母はなんでそんなにはしゃぐのかねぇ」

和田は少し厭《いや》な顔になったが、すぐに無表情になった。

「二十九日から一月三日まで、サンパウロへ行くことは話しましたか」

「いいえ」

「それは失礼した。山本さんにおつきあい願えればこんな嬉《うれ》しいことはないが、そうもいかんでしょう」

「どうも。社長お一人でいらっしゃるんですか」

「うん。慣れたものですよ。あとで日程表を山下さんからもらってください。なにかあれば、遠慮なく連絡してくれてけっこうです」

「かしこまりました」

「十時から役所の挨拶《あいさつ》回りに出かけることは分かってますね」

「承ってます。地下の駐車場でお待ちします」

「下がってけっこうです」

「失礼しました」

山本は一揖《いちゆう》して、デスクの前を離れた。

ドアの前で、もう一度頭を下げたが、和田はこっちを見てなかった。

10

十二月二十八日は官庁の御用納めである。午前中、〝霞《かすみ》が関《せき》〟は挨拶回りの出入り業者などでごったがえす。

建設省でも個室を与えられている次官・局長などの幹部クラスは、秘書の女性が対応し、名刺だけ置いていく来客も多いが、和田にはどの幹部も五分ほど時間を取って、ソファで対話をしてくれた。というより挨拶だけで引き取ろうとする和田は、無理矢理ソファに坐《すわ》らされたというべきかもしれない。

大蔵省も然《しか》りだ。

その間、山本は廊下で待機していなければならなかった。むろん、椅子はないので、ひたすら佇立《ちょりつ》しているだけだ。

さすが竹山銘柄筆頭格の東和建設のオーナー社長だけのことはある、と山本は感心させられた。

十二時近くになると、どの官庁も課単位で忘年会らしきことをやるならわしだ。ビール、日本酒、洋酒は差し入れで、売るほどあるが、乾き物のつまみだけは、自前で用意しなければならない。

建設省、大蔵省だけで、午前中とられた。

幹部クラスだけではなく、課長補佐、係長クラスにも、和田は挨拶回りを欠かさなかったからだ。

「いろいろお世話になりました。よいお年をお迎えください」

それがポーズに過ぎないとしても、いまをときめく東和建設の社長から、丁寧に挨拶されれば悪い気はしない。

和田は、キャリア・ノンキャリアを問わず、腰の低いところを見せた。

秘書役の山本としても、立派な心がけだ、との思いを強くさせられる。

昼過ぎにいったん会社に戻り、社長執務室で、山本は出前の鰻重《うなじゅう》をふるまわれた。

初体験だが、物怖《ものお》じする山本ではなかった。

「午後一時五十分に首相官邸に行ったあとは、銀行などの挨拶回りですが、協銀はどうしたものですかねぇ。キャンセルしましょうか」

鰻重を頰張っていた山本は、むせかえりそうになるのを必死の思いで抑えて、肝吸いをゆっくりとすすった。

「当然、渡部頭取にはご挨拶すべきだと思いますが」

「新井副社長ではいけませんか」

「社長室で昨年の例を調べましたが、大銀、協銀、産銀などには二十九日の午前中に表敬訪問されてます。今年は海外出張のため一日早めていただきましたが、協銀の渡部頭取のアポを取ってますので、よろしくお願いします」

「わたしが顔を出していいものやら、悪いものやら悩むところですねぇ。お互いバツが悪いのと違いますか。渡部頭取が、おまえの顔など見たくない、と思ってることはたしかでしょう」

「たとえそうだとしても、儀礼的なことなのですから、ご挨拶していただきたいと思います」

和田は厭な顔をしてから、饅頭をかき込んだ。

山本も饅頭に気持ちを集中させた。こんな旨《うま》い特上の饅頭は、これまた初体験かもしれない。

饅頭を食べ終えたあとで、和田は楊枝《ようじ》を使いながら、さりげない口調で言った。

「協銀は新井副社長にお願いしましょう。大日生命など大口株主の挨拶回りもありますから、時間的にも勿体《もったい》ないですよ」

「産銀と目と鼻の先ですから、移動時間を含めて三十分足らずと思いますが」

「霞が関から、赤坂まで何分かかったと思いますか。二十八日はどこもかしこも大渋滞でしょう。とにかく協銀には、わたしが顔を出さないほうがいい。新井副社長にその旨伝えてください」

社長命令だ。

山本は返事が一拍遅れたが、「はい」と小さな声で答えた。

饅頭は、このためだったのか、と思うしかない。和田は、どうかしている——。

〝次期社長〞をA新聞にリークしたのは、和田に相違ないとの思いを山本は強くした。

山本が社長執務室から、新井副社長室に向かったのは午後一時十分過ぎだが、新井は外出していた。

「副社長は、宮本顧問とたったいま協立銀行に行かれました」

阿部有希子に言われて、山本は「まさか！」と、調子っ外れな声を発した。

宮本から、今週は出社しない、とこの耳で聞いたのは、一昨日のことだ。

「宮本顧問はいつ来社されたんですか」

「十一時頃でした。お二人で、長いこと話されてました」

11

新井が宮本宅に電話をかけたのは、九時過ぎのことだ。

挨拶のあとで、新井が切り出した。

「山本から、今週はいらっしゃらないと聞いてますが、きょう一日、わたしのわがままを聞いていただけませんか」

「どういうことですか」

「協銀の山川専務に午後一時半に面会することに、いま決めたのですが、ぜひとも宮本さんにもご同行願いたいのです」

「A新聞にスクープされた尻《しり》ぬぐいみたいなことですね」

「ちょっと違います。年末の挨拶にかこつけて、融資に関する意見調整をしておきたいと思いまして」

「新井さんにおまかせしますよ。非常勤顧問の立場で、あまり出過ぎてもなんだと思いますが」

「そうおっしゃらずに、わたしの顔を立ててください。枉《ま》げてお願いします」

「承知しました。十一時頃には東和建設に顔を出すようにします」

「ありがとうございます。それでは、お待ちしてます」

そして、副社長室のソファで、二人が向かい合ったのは、午前十一時十分過ぎのことだ。

「社長から、融資額の調整をあなたとわたしにまかされてます。率直に言いますが、協銀がどう出るかによって、産銀さんの融資額も、大銀がどれだけ上積みするかも変わってくると思うんです」

「おっしゃるとおりですが、暮れも押し詰まって、それをやらなければいけませんかねぇ。新井さんがそんなにせっかちな人とは思ってませんでした」

皮肉っぽい宮本の口調に、新井は苦笑した。

「A新聞にあんなことを書かれなければ、わたしも年明けでいいかな、と思ってたのですが。そういう意味では、おっしゃるとおり尻ぬぐい的な感じもなくはありませんが、逆に奇貨《きか》おくべしと考えられないこともないかなと、わたしは思いました」

「奇貨おくべしねぇ」

宮本に小首をかしげられて、新井はふたたび苦笑いを浮かべた。

「ちょっと言葉が違いますかねぇ。しかし、もやもやした状態を一日も早く払拭《ふっしょく》しておくのも悪くないでしょう」

宮本が小さくうなずくのを目の端でとらえて、新井は上体を乗り出した。

「産銀の利害はこの際おくとして、二百五十億円の融資残高を協銀が感情論で引き揚げることはあり得ないと思いますが、宮本さんはどうお考えですか」

「同感です」

「でしたら、二人で山川専務に会って、融資残高は動かさないでほしいと頭を下げたほうが、丸く収まるんじゃないでしょうか」

宮本は渋面で、腕組みした。

「非常勤顧問の立場を逸脱した行動になりますねぇ」

「次期社長の立場もありますよ。産銀も和田社長も、協銀外しが本旨のようですが、それは、間違ってる、とわたしは思います。あなたとわたしが、協銀に顔を出したことが伝わると、具合いが悪いですか」

新井は挑発したつもりはないが、宮本は産銀マンのプライドを傷つけられたと受けとめたかもしれない。

しかめっ面で、緑茶をがぶっと飲んだ。

「そんなことはありませんよ。池島も中川も、協銀を排除しようなんて、考えてないと思いますが。和田社長もそこまでは考えてないでしょう」

新井はかすかに表情を動かした。こいつ、本音かな、と訝《いぶか》ったのだ。

「そのへんのところは、わたしにはよく分かりませんが、協銀とも仲良くするのがいいと思います。次期社長が年末の挨拶《あいさつ》に来たとなれば、それだけで、協銀の感情論は薄らぐと思いますが」

「承知しました。新井さんの仰せに従います。産銀の雀たちにさえずられたら、あなたに強要されたとでも言いましょうかねぇ」

笑いにまぎらわしているが、本音かもしれない。また、池島会長が睨《にら》みを利かせている事実は否定すべくもない、と新井は思った。

12

山本は、いったん自席に戻って、新井の自動車電話を呼び出した。

運転手が受話器を取ったが、すぐに新井の声に替わった。

「山本です。社長から言伝《ことづて》があります。渡部頭取へのご挨拶は、新井副社長におまかせしたいとのことです」

「ほかはどうなってるんですか」

「産銀、大銀、そのほか大株主は予定どおり挨拶回りされるそうです」

「困った人ですねぇ。お会いできるかどうか分かりませんが、あすの外遊を控えていることを口実にするしかないでしょう。しかし、名刺を置いてくるだけでも、いいのにねぇ」

「そう思います。アポを取ってるんですから、わたしも気になりますが、社長命令には逆らえません」

「それはそうだが、少しは抵抗したのかね」

「多少は。厭《いや》な顔をされましたが」

「山本さんのことだから、多少どころではなかったと思うが、山川専務から、よろしく伝えてもらうのが関の山かもしれませんよ」

「はい。それではよろしくお願いします」

社長室は、女性社員が一人いるだけだから、からっぽ状態だ。

北脇以下、全員挨拶回りに忙しいのだろう。

山本の電話が切れたあとで、新井はリアシートの左側に首をねじった。

「和田社長が、協銀には挨拶に行けないので、わたしにまかせる、との伝言ですが、宮本さんにおまかせしたほうがよろしいかもしれませんねぇ。案外、怪我の功名になるかもしれませんよ」

宮本は右手を振っていやいやをしたが、新井は和田の挨拶よりもましかもしれないと思って、微笑を浮かべた。

「わたしが来てることは、和田社長はご存じなんですか」

「いいえ。わたしの独断です。山本の口ぶりでは、まだ伝わっていないようでしたが、すぐ伝わるでしょう。社長は宮本さんには一目置いてますし、わたしの判断にもケチをつけられるいわれはないと思います」

宮本は返事をせずに、窓外に目を向けた。


山本は、社長執務室に戻った。

時刻は一時二十分。そろそろ首相官邸に向かわなければならない。

エレベーターの中で、山本は和田に報告した。

「新井副社長は外出されて、席におりませんでした」

「じゃあ、伝わってないのか」

「いいえ。外出されたばかりでしたので、自動車電話へ伝えました」

「それでけっこう。山本さんは、バンカーにしては気が利きますねぇ」

「バンカーだから、とわたしは思ってますが」

和田は、むすっとした。ひと言多かったかもしれない。

宮本が来社したことと、新井と協銀に行ったことを和田に話すべきか、伏せておくべきか、山本は迷いに迷ったが、これもひと言多い口だと勝手に解釈して、口をつぐんだ。

山本は、首相官邸の構内に初めて足を踏み入れたが、駐車場の助手席で待機させられ、赤絨毯《じゅうたん》を敷き詰めた官邸に入れたわけではなかった。

それでも、念願叶《かな》った、といえるのだろうか。思い出し笑いが出てしまったが、運転手に気づかれなかったので、ホッとした。

和田から首相官邸にも連絡役として出入りしてもらうようなことを命じられたのは、いつのことだったか。ずいぶん遠い昔のようにも思えるが、わずか二か月ほど前のことだ。

首相官邸から得た情報を細大漏らさず報告しろ、と迫ってきた莫迦《ばか》が何人かいた。〝眼鏡《めがね》をかけた猪八戒《ちょはっかい》〟の福田常務もその一人だった。福田は、会食で俺をもてなしたうえ、愛人とおぼしき女性に経営させている銀座のクラブ〝麻理子〟の二次会までつきあわせた。

その後、福田からなにも言ってこないが、官邸情報を心待ちにしているかもしれない。

そう思うと、笑えてくるが、からかい半分に俺のほうからアプローチしてやろうか。

首相官邸も、官庁並みにざわついていることは、駐車場の混雑ぶりからも見てとれた。

和田は二十分ほどで、首相執務室から出てきた。

さすが、一国の首相に面会するにはそれなりの手続きが必要で、和田といえども、自分の都合どおりにはいかない。首相のスケジュールを管理する秘書官の承諾なしに、官邸で竹山首相に会うことは不可能だ。

もっとも、和田は官邸での面会は極力避け、ホットラインで竹山首相と話すことが多かった。

山本の読み筋どおり、首相官邸の連絡役など不必要だったことを和田がどう思っているか、訊《き》けるものなら訊きたいくらいだ。

車が官邸を抜け出すまでに十分ほど要した。

「竹山首相はほんとうに気配りの人ですねぇ。これから池島会長にお会いすると話したら、〝おっちゃん〟にくれぐれもよろしく伝えてくださいと言われましたよ。竹山首相のことだから、池島会長とは頻繁に電話で話してると思うが、そういうことはおくびにも出さず、わたしにそんなふうに言われるんですから」

和田は上機嫌だった。

山本が時計を見ながら言った。

「いま、二時二十分ですが、この混雑では十分で産銀に着くのは難しいと思いますので、秘書室に電話で、少し遅れそうだと連絡しておきましょうか」

「お願いします。官邸から丸の内の産銀に向かっていると言ってください」

「承知しました」

山本は、受話器を手に取った。

池島会長付の女性秘書と電話が繋《つな》がった。

「東和建設社長秘書の山本です。和田が池島会長と本日午後二時三十分にお目にかかることになっておりますが……」

「存じております」

「いま首相官邸から産銀さんに向かっているところですが、渋滞に巻き込まれ、十分ほど遅刻しそうな状況です。まことに申し訳ございませんが、その旨、お含みおきいただけませんでしょうか」

「かしこまりました」

助手席から、受話器を戻した山本に、和田が躰《からだ》を寄せた。

「三十分取ってもらってるから、遅刻した分は削られても仕方がないですね」

13

和田が産銀本店ビルの地下駐車場に降りて来たのは午後三時四十分だった。

池島会長と約二十分話したあと、中川頭取、水原副頭取、営業四部担当の吉井常務、そして高橋常務にも挨拶することになっていたのだから、当然予想されたことで、頃合いを見て、山本は社長専用車のベンツの助手席から降り、外で待機していた。

和田は、午後四時には大洋銀行を訪問することになっていた。

ベンツが走り出してから、和田が山本に話しかけた。

「驚いたねぇ。朝十時に母が産銀にあらわれたそうです。菓子折り持って、池島会長と中川頭取にお礼の挨拶にやってきたらしいが、わたしにはなんの連絡もなしに、よくそんな出過ぎたことができるよなぁ」

「宮本顧問が次期社長になることが、よっぽど嬉《うれ》しかったんじゃないでしょうか。微笑ましいお話だと思いますが」

「山本さんの意見は、ちょっと違うと思うがねぇ」

山本は上体をねじって、怪訝《けげん》そうな顔でリアシートを振り返った。

「池島会長も中川頭取もびっくり仰天だろう。天下の産銀会長、頭取に対して失礼ですよ」

「お母上は、アポなしで……」

「いくらなんでも、そこまではしないが、母は世間知らずなところがあってねぇ。池島会長も中川頭取も、わたしが事前に承知していたと思い込んでいるから、話が合わなくて、とんだ恥をかかされました」

その点はひっかからぬでもないが、目くじら立てるほどのことではない。やっぱり、良い話だと山本は思ったが、和田がかりかりしているので、黙っていた。

山本は気が変わり、宮本が新井の求めに応じて来社し、二人で協銀を訪問したことを、和田の耳に入れておいたほうが無難だ、と判断した。

「先刻、言い忘れましたが、宮本顧問が午前中に来社されたそうです」

「誰から聞いたんですか」

「新井副社長付の阿部さんからです」

「ふうーん」

「お二人は、協銀に行かれたようですから、渡部頭取にご挨拶されるおつもりなんじゃないでしょうか」

A新聞の記事に反応したのは、和田百合子だけではない。新井も宮本も然《しか》りだ、と山本は思った。

もっとも、新井がなにを考えているのかまでは読めなかった。

「新井副社長は宮本さんを大銀にも挨拶に連れて行くつもりなんですかねぇ」

「分かりませんが、多分そうはなさらないと思います」

「協銀に気を遣う必要があると思いますか」

「A新聞にあんな記事が出ましたから、新井副社長の立場を考えますと、分かるような気がします。それにしても、どなたがリークしたんでしょうか」

話しながら、山本は少しドキドキした。

和田が「わたしだよ」とあっさり白状するような気もしないではなかった。

「池島会長も中川頭取も、まったく気にしてなかった。話題にもなりませんでしたよ。高橋常務とは、廊下の立ち話で出ましたけど、年明けのほうが、宮本君にとって都合がよかったんじゃないかと同情してたが、たしかに、それはそうだ。さっそく協銀に連れて行かされたわけだから」

バックミラーに映った和田の表情から、リークした犯人かどうか窺《うかが》い知ることは無理だったが、和田がA新聞の記事を気にしていないことだけはたしかだと山本は思った。

14

ベンツが丸の内から大手町に向かっている二時間ほど前、新井と宮本は、協立銀行の役員応接室で待たされていた。

山川専務が現れたのは約束の一時半を二十分も過ぎていた。

上位行の専務と、中位行出身の副社長とでは格が違うとしても、上位行よりさらに格上の前産銀常務で、東和建設の次期社長を二十分も待たせるとは非常識にもほどがある。

いらいらしている宮本を新井が宥《なだ》めた。

「強引に割り込んだ手前、辛抱してください。協銀の立場に立てば、面会を断られても仕方がないとも言えるんじゃないですか」

「それにしても、二十分はひどいんじゃないですか」

時計を見ながら、宮本が応じたとき、ノックの音が聞こえ、山川が顔を出した。

「お待たせしてどうも。渡部との打ち合わせが長びいてしまったものですから」

山川はしれっと言って、悪びれた様子はなかった。

「ご紹介させていただきます。産銀常務から、当社の社長に就任することになった宮本です。こちらは、山川専務です」

「初めまして。東和建設顧問の宮本です。よろしくお願いします」

「山川です。ご令名のほどはよく存じあげてますよ」

ソファに腰をおろしてからも、山川が皮肉っぽい口調で話をつづけた。

「来年六月に社長になられる方から年末のこのタイミングでご挨拶《あいさつ》を受けるとは夢にも思ってませんでした。光栄なことじゃないか、と渡部から言われましたよ」

「協銀さんは特別です。当社の大株主であり、サブメーンバンクですから。宮本に無理強いして、出てきてもらいました」

「当行は東和建設さんから、弾《はじ》き出されようとしてるんじゃないんですか。少なくともサブメーンなんてことはないですよ」

七三に分けた薄い毛髪は櫛《くし》の目がはっきり見てとれる。メタルフレームの奥で、山川の細い目に険が出た。

新井はにこやかに言い返した。

「そんなことはおっしゃらないでください。和田も協銀さんを大切な取引銀行と考えております。だからこそ、融資残高の積み増しと、寺尾さんに代る役員の派遣を渡部頭取にお願いしたんです。けんもほろろに断られたと嘆いてましたよ」

新井は湯呑《ゆの》みに伸ばしかけた手を引っ込めて、居ずまいを正した。

「年末のお忙しいときに、時間をとっていただきまして、改めてお礼を申し上げます。宮本と二人で参上しましたのは、協銀さんの融資残高の積み増しにつきましては諦《あきら》めますが、二百五十億円の融資残高を動かさないでいただきたい、とお願いしたかったからです」

「ほう」

山川はおやっという顔をした。

「産銀さんはそれでよろしいんですか」

宮本がうなずいた。

「もちろんです」

「渡部は、融資残高を減らせと言いにやってくるのだろう、と話してましたが、そういうことでしたら、当行に異存はありません」

「ありがとうございます」

新井は深々と頭を下げたが、宮本はおざなりだった。

「それと、和田があすから海外出張のため、年末のご挨拶を失礼させていただくと申しておりました。渡部頭取にくれぐれもよろしくお伝えくださいと申しつかっておりますが、宮本にご挨拶の機会をお与えいただけるようでしたら、廊下でけっこうですが……」

「それはそれは。ちょっとお待ちください」

山川はいったん役員応接室から退出した。

「新井さんは、ずいぶん低姿勢なんですねぇ。あなたが肩で風を切って歩くタイプでないことは知ってましたけど」

「それは厭味というものですよ。協銀の感情論に思いを致せば、この程度は我慢していただかないと」

「半年も先に社長になられる方から、なんてまた皮肉を言われるのは、かないませんねぇ」

「ここは我慢のしどころです」

「わたしは、新井さんの操り人形みたいなものですから、なんなりと仰《おお》せに従いますよ」

「それも厭味です」

「このぐらいは、言わせてもらってもバチは当たらないと思いますけど」

ノックの音が聞こえた。

山川が頭髪の後部を撫《な》でながら言った。

「渡部は来客中ですが、席を外してご挨拶を受けると申してますが」

「恐縮です」

新井と宮本は、山川に導かれて、二十一階からエレベーターで、二十二階に移動し、頭取応接室の前で待たされた。

山川がノックをすると、数秒後に渡部が顔を出した。

「宮本と申します。よろしくお願いします」

「渡部です。ご丁寧にどうも。新聞に大きく出てましたなぁ」

「恐れ入ります」

渡部が、宮本から新井に視線を移した。

「和田さんは海外出張ですって」

「はい。あすからブラジルに参ります。バタバタしていて、頭取にご挨拶できず申し訳ございません」

「よろしくお伝えください」

「失礼しました」

二分足らずで、渡部は頭取応接室に戻った。

新井は、渡部から威圧感を覚えたが、宮本は、まるで動じていなかった。さすが産銀マンは違う、と新井は思った。

15

新井と宮本は、帰社してから、新井の部屋で話し込んだ。

「わたしの腹案を申し上げますが、協銀の融資残高を考えると、産銀さんの融資額は七百億円にしていただくということになります」

「大銀さんの融資残高は約三百億でしたかねぇ」

「はい。ですから、四百億円上積みさせて、七百億円でイーブンになります。そういうことで、いかがでしょうか」

「池島は一千億円と見込んでいたようですから、マイナス三百億円ですか」

「大銀は五百億円ですから、マイナス百億円です。大銀のほうが背伸びをし過ぎであることは重々承知してますが、メーン並立の建て前を保てたことになにがしかの意味はあると

宮本はうつむき加減に、腕と脚を組んで、しばらく瞑目《めいもく》していた。

「産銀さんには、ぜひとも譲歩していただきたいですねぇ」

「…………」

「大銀は、本件で二度常務会を開いてますので、わたしとしては、内定ということで、トップに報告しなければなりません」

「分かりました。わたしは、池島と中川からこの案件については一任されてます」

「和田社長も、われわれ二人にまかせると約束してるんですから問題ないと思いますよ。七百―七百で並びますが、事実上のメーンバンクは、産銀さんです」

「それはどうですかねぇ。出資率は大銀さんのほうがずっと多いわけですし」

「いやいや……」

新井がおっかぶせるように言った。

「産銀さんと大銀では格が違います。A新聞の記事は正確ですよ」

「わたしは、これで失礼しますが、この足で産銀に寄ってから鎌倉に帰ります。和田社長への報告は、あなたにおまかせしてよろしいですね」

「承知しました。わたしの車を使ってください」

「それはありがたい。産銀まで送ってもらいます」

「なんでしたら、鎌倉までどうぞお使いください」

「ご好意は嬉《うれ》しいが、電車のほうがずっと速いですから、結構です」

「わたしは、社内におりますので、なにかありましたら、連絡をお待ちします」

「どっちにしても、電話しますよ」

宮本が新井に電話をかけてきたのは四十分後の三時二十分過ぎだ。

「中川頭取には会えませんでしたけど、池島会長には伝えることができました。ご機嫌斜めでしたが、しょうがないなということですから、承諾したことになります」

「さっそくありがとうございました」

「それでは失礼します。良いお年を」

「良い年をお迎えください」

新井は、大銀の秘書室長に電話をかけた。中原頭取に面会を求めたところ、五時から十分間ということで、OKがとれた。

中原は、新井の顔を見るなり、「どうなった」と訊《き》いた。

「四百億円の新規融資をお願いします」

「ウチは七百億円になるわけだな」

「はい。ですから産銀も七百億円融資することになります」

「メーンの並立で、体面は保てたことになるわけか」

「和田社長は、出資比率が四・四パーセント対二・六パーセントだから、メーンは大銀に変わりはない、と言ってましたよ」

話しながら、新井は口は重宝だと思った。

中原もまんざらでもなさそうな顔をしている。

「協銀の、融資引き揚げはなかったわけだな」

「もちろんです。本音は、増やしたかったんじゃないでしょうか。感情論とは、いかんともしがたいもので、始末におえません」

「心せんといかんねぇ」

「会長に、よろしくお伝えください」

「部屋におるよ。会ってあげたらどう」

「それではご挨拶だけ」

新井は、鈴木には二十分ほど話の相手をさせられた。

「珍しく今夜あいてるが、一杯つきあわんか」

帰りがけに誘われたが、新井は和田に報告しなければならないので、断らざるを得なかった。

和田が挨拶回りから戻ったのと、新井が帰社したのが同時刻になり、エレベーターで山本を含めて三人一緒になった。

時刻は午後六時十分過ぎだった。

「協銀に宮本さんと行ったらしいですねぇ」

「はい。二人がかりで、社長の名代《みょうだい》として渡部頭取にご挨拶《あいさつ》してきました」

「それはどうも」

エレベーターの話が、社長執務室に持ち込まれた。

「山本さんも、ここにいなさい」

社長命令で、山本もソファに坐《すわ》らされた。

「協銀との関係はどうなりましたか」

「二百五十億円は動かさない、ということで、合意しました」

「宮本さんも、それでよかったんですか」

「ええ。さっそく池島会長のOKも取り付けてくれました」

「ふうーん」

和田は、眉《まゆ》をひそめて、小首をかしげた。

「産銀七百、大銀七百ということで宮本さんとの意見も一致しましたので、ご了承のほどよろしくお願いします」

「お二人におまかせしたんですから、わたしが容喙《ようかい》する余地はありませんよ」

和田の口吻《こうふん》から察して、ご機嫌斜めだと、山本は取った。

16

和田が退社したあとで、山本は新井から「一杯つきあってください」と誘われた。午後七時を過ぎた頃だ。

赤坂の割烹《かっぽう》〝こずえ〟の二階の小部屋で、おしぼりで手を拭《ふ》きながら新井が言った。

「さっき、鈴木会長から一杯やらんかと誘われたが、断った。山本さんと話がしたかったのでねぇ」

「恐縮です」

「先約がありましたか」

「大銀の同期の何人かで忘年会をやることになってましたが、きょうはなにがあるのか分からなかったので、キャンセルしました。二次会には顔を出そうと思ってますが」

「それは申し訳ないことをしたねぇ」

「いいえ。わたしも副社長のお話を伺いたいと思ってましたので、キャンセルは正解でした」

二人は仲居が注いだビールのグラスを触れ合わせた。

「ご苦労さま。ささやかながら、今夜は二人の忘年会にしましょう。乾杯！」

「ありがとうございます。乾杯！」

新井も山本も小ぶりのグラスを一気に乾《ほ》した。

中年の仲居は料理を並べ終るなり、退出した。店が混んでいて、目が回るほど忙しいらしい。

内緒話をするには、都合がよかった。

山本の酌を受けながら、新井がしみじみとした口調で言った。

「今年はいろいろありましたねぇ。山本さんにはずいぶん助けてもらった」

「とんでもない。わたしのほうこそ、副社長になにかと支えていただきました」

新井はグラスをテーブルに置いて、右手を振った。

「山本さんのお陰で、産銀との調整も、協銀との調整も出来過ぎと思えるほどうまくいきました。宮本さんが来社してくれるかどうか気がかりだったが、誇り高き産銀の常務にしては、腰は低いし、スマートな人ですよ」

「宮本顧問の来社と、協銀訪問には、びっくりしました。副社長の熱意にほだされたのだと思います」

「強引過ぎるかな、と思わぬでもなかったが、結果的にA新聞のスクープが後押ししてくれたことになったんじゃないですか」

言われてみれば、そのとおりかもしれない。誰がリークしたかは謎だが、裏目に出なかったのは、やはり新井の判断が的確だったからだ。

「A新聞で思い出しましたが、社長のご母堂の百合子さんが、きょう産銀の池島会長と中川頭取を訪問したそうです。〝宮本社長〟にいたく感激されて、どうしてもお礼を言いたかったのだと思います」

「それは知らなかった……」

新井は天井を仰いで、話をつづけた。

「祥次郎さんのお葬式のことで、山本さんが百合子夫人を説得した場面が眼底に焼きついてますよ」

「お恥ずかしい限りです」

「百合子夫人の産銀訪問に対する社長の反応はどうでした」

「それが、はしゃぎ過ぎだと言って、不快感を露《あらわ》にしてました」

「どうしてかなぁ。微笑ましい話なのにねぇ」

山本は、ビールをぐっとやってから、新井をまっすぐとらえた。

「いま、副社長が言われたことと、まったく同じことをわたしも社長に申しました」

「百合子夫人と社長の関係は、社長の離婚と再婚以来、微妙なんでしょう。百合子夫人にとって祥次郎さんを亡くしたことは身を切られるような痛恨事だからねぇ。祥次郎さんの畏友《いゆう》の宮本さんが東和建設の社長になることは、ほんとうに嬉しかったんじゃないですか」

「社長は、百合子夫人の行動をご自分に対するあてつけと取ったんでしょうか」

「そんな感じも分からなくはないが、どうなのかねぇ」

「ついでに申しますが、副社長は祥次郎さんが病弱とか蒲柳《ほりゅう》の質とかと聞いたことはないですか」

「どうして」

「わたしは、同期の友人から、そんなふうに聞いたことがあります。しかし、事実はまったく逆で、健康に過信した結果の働き過ぎによる過労死だったそうですねぇ」

新井は、黙ってうなずいた。

17

山本は、九時半に新井と別れ、十時に河原を銀座のクラブ〝麻理子〟に呼び出した。

「こんな高級クラブは初めてだな。俺一人でよかったよ」

「当たりまえだろう。一人で来てくれ、と念を押したじゃないか」

「うるさくつきまとうやつが二人いて、振り切るのが大変だったんだ」

「忘年会には何人集まったんだ」

「十七人。本部にいるのは二十一人だから、よく集まったよなぁ」

〝麻理子〟のボックスは満席で、カウンターしか空いてなかった。

麻理子は、〝ロイヤルサルート〟のボトルで、水割りとつまみの用意をして、山本の右隣に腰をおろした。

「山本さん、嬉《うれ》しいわ。覚えててくださったのねぇ」

「ママのほうこそ、僕をよく覚えててくれましたねぇ。こんな人知らないと言われたら、どうしようかと思ってました」

「わたしは莫迦《ばか》ですけど、そこまで莫迦じゃないわ。お客さまをご紹介してくださいな」

「河原、名刺出せよ。もっとも、きみが来られるようなお店じゃないけどね」

河原は名刺を出しながら、憎まれ口でやり返した。

「山本は出入りできて、俺が駄目っていう法はないだろう。その逆は大ありだが。大洋銀行の河原です。東和建設のメーンバンクですから、山本よりずっと格上です」

山本越しに名刺の交換が終った麻理子が「ぜひ、ごひいきにしてください。大洋銀行さんは、どなたもいらしてくださいませんのよ」と言って、嫣然《えんぜん》と微笑んだ。

「ここは、東和建設なら常務以上、大銀なら副頭取以上じゃないと無理なんじゃないかな。僕は、首相官邸にも出入りできる身分だから、特別なんだよ」

「えらそうに。ふざけやがって」

麻理子が小声で口を挟んだ。

「当店は、わたくしのお気に入りには学割制度もございます。たとえば、山本さん。それと、福田常務もたくさんお客さまを紹介してくださるので、そうなんですけど、ここのところお見えになりません。今夜あたり見えるかも」

「それを期待しましょう。ママ、僕たちは放っておいていいですよ。ちょっと内緒話をしたいんです」

「ごゆっくりどうぞ」

麻理子がカウンターを離れたあとで、河原が右のほうへ首をねじった。

「福田常務って、例のこれに強いっていう人か」

これを言うとき、河原は右手の人差し指で頬のあたりをこすった。

「うん」

「くわばら。くわばら」

「この店はそういうのは来ないんじゃないか。それとなく見てみろよ。どうみても、社用族のサラリーマンばかりだろう」

河原は背後を振り返った。

「そうねぇ。おまえ、福田氏と親しいのか」

「いちどご馳走《ちそう》になって、二次会でこの店に連れてこられたことがある。いつでも使っていい、と言われてるので、東和建設を担当してる河原なら一度ぐらい許されると思ったが、学割の請求書を出してもらう手もあるかねぇ」

「福田氏には近寄らないほうがいいんじゃないか。それより内緒話ってなんのことだ」

「大物から聞いたとかいう〝病弱〟の件だけど、大物って誰のことなんだ」

「莫迦に拘泥《こうでい》するじゃないか」

「言いたくないのか」

「別に口止めされてるわけでもないし、どうってことはないと思うけど」

「僕限り、ここだけの話にするから、教えろよ」

「次の次か、次の次の次か、いずれにしても東和建設の社長になる人だよ」

「なるほど。和田太一さんだな」

「去年入社したばかりだが、和田社長の目の黒いうちに、どんどん引き上げて、然《しか》るべき時期に社長にするんじゃないか」

「太一さんに、きみのほうがアプローチしたのか。それともその逆なのか」

「後者だよ。いまは営業部門にいるが、ご本人の話では一年か二年おきに、いろいろな部門で勉強するように社長から厳命されてるらしいよ」

「河原に目をつけたとしたら、まんざら莫迦じゃないっていうことになるなぁ」

「まんざらの莫迦でもないけど、キレるタイプじゃないし、ただのぼんぼんだよ」

山本は、思案顔で水割りウィスキーをすすった。

ただのぼんぼんが、会社のために殉職した叔父《おじ》を貶《おとし》めるようなことを口走るだろうか。

征一郎―祥次郎の兄弟仲は良かったはずだが、兄弟とはとかく複雑なもので、ライバル関係であったことも間違いない。叔父の祥次郎を貶めることは、父親の征一郎を支援する――。太一はさしたる考えもなしに、そう思ったとも取れる。

「おい。どうしたんだ」

河原に呼びかけられて、山本はわれに返った。

「おまえ、和田太一に会ったのか」

「いや。紹介する人もいないし、出向者の審議役がわざわざ会いにいくのも変だろう」

「それはそうだ。将来、かれが社長になるとしても、親父がいまのパワーの半分ぐらい保持してるか、よほど良いブレーンに恵まれないと、とてもじゃないけど、難しいかもなぁ。いくら名門でも、ゼネラルコントラクター、つまりゼネコンの指揮官の器じゃないな」

和田太一に対する河原の見方は辛辣《しんらつ》だった。

18

背後から両肩を押さえつけられた山本が振り向くと、〝眼鏡をかけた猪八戒《ちょはっかい》〟の福田だった。きんきらきんのネックレス、ローレックスの腕時計。ストライプのスーツも〆十万円の高級品と思える。いままで気にも留めなかったが、相当派手な装いだ。

山本は起立して、挨拶《あいさつ》した。

「いつぞやはご馳走になりました。今夜は、銀行の忘年会に出席できなかったものですから、幹事の河原さんを高級クラブに接待させていただきました。もちろん、常務にはご迷惑をかけません」

河原も止まり木から腰をあげていた。

「山本、これは……」

河原は〝ロイヤルサルート〟のボトルを指差した。

「失礼しました。常務のボトルでした」

「どうぞどうぞ。新しいのを一本、プレゼントさせてもらいましょう」

福田は、「きみ、頼むよ」とバーテンダーに指示した。

「とんでもない」

「いいから、いいから。まかせてください。大銀さんあっての東和建設じゃないですか」

福田が社用族であることは疑う余地がないし、交際費も半端じゃないと思える。しかし、福田との距離の取り方は難しい。触らぬ神に祟《たた》りなし、と考えるべきだが、ま、この程度は許容範囲だろう、と山本は都合のいい解釈をした。

「お言葉に甘えさせていただきますが、ロイヤルサルートは、われわれ若造には高級であり過ぎます」

「そんな野暮《やぼ》は言いっこなしですよ。それより、忘年会の幹事さんを紹介してください」

河原のほうが先に名刺を出した。

「大洋銀行の河原です。東和建設さんを担当させていただいてます」

「それはそれは。いつもお世話になってます。東和建設の福田です」

福田は、山本の隣に腰かけた。連れはなく、一人で〝麻理子〟にきたのだ。

「ひょっとしたら、山本さんに会えるんじゃないかっていう予感がしたんですよ。ずいぶん迷ったんですけど、〝麻理子〟を思い出してよかったですよ。わたしの予感はほとんど神がかり的ですねぇ。しかも、河原さんにまでお目にかかれたんですから」

福田は声高に言って、高笑いした。

言い訳がましくは聞こえなかったが、さすがヤクザ対策本部長といわれるだけあって、神経がずぶとくできている、と山本は感じ入った。

時刻は十一時二十分。

時計を見ながら、河原が山本に言った。

「そろそろ、おいとましようか」

「まだ、よろしいじゃないですか。ハイヤーでお送りしますよ」

「とんでもない。タクシーで帰りますから、ご心配なさらないでください」

河原が答え、山本も「常務、そこまでは」と、小声で、言葉を添えた。

立場、立場がある。調査役にハイヤーは分不相応だ。

「きょう、初めて社長に首相官邸へ連れて行かれました。建設省と大蔵省の挨拶回りのお伴《とも》もしましたが、さすが和田社長は違いますねぇ。両省とも次官、局長クラスの大物が直接応対してましたもの」

「それはそうでしょう。竹山総理とツーカーの仲ですからねぇ。そう言えば北脇常務が、山本さんに焼《や》き餅《もち》を焼いてましたよ。社長のブレーンは自分しかいないと思っていたんでしょうけど、山本さんに対する社長の評価の高さは尋常ならざるものがあるらしいじゃないですか」

北脇と福田がそんな話をしていたとは驚きだが、北脇の心象風景は分かるような気がする。

「北脇常務ほどの方が、わたしごときに嫉妬《しっと》するなんて考えられませんよ。北脇常務の足を引っ張らないように、せいぜい頑張らせてもらいますけど」

「社長は、山本さんを本気でスカウトしたがってるそうじゃないですか」

「そんな話が出てるんですか。だとしたら冗談ですよ」

新井からも聞いた覚えがあるが、山本は笑いにまぎらわした。

福田が山本の耳もとでささやいた。

「ジュニアがいまいちだから、社長は山本さんに目をつけたんじゃないですか。はっきり言って、プロパーで東和建設を背負《しょ》っていけるようなタマは一人もいませんよ。一考に値するんじゃないですか」

「常務までなんですか。冗談を真に受けるなんて、どうかしてますよ」

山本は、こんどは真顔で言った。

河原に袖《そで》を引かれたので、山本は二杯目の水割りウィスキーのグラスを乾《ほ》して、いさぎよく腰をあげた。

「今夜はありがとうございました。常務のご馳走になります」

河原は福田と目礼をかわしただけだった。

福田は引き留めなかった。

〝麻理子〟はいつの間にか、客が引いて、三人連れのひと組しか残っていなかった。

第七章　談合体質

1

　昭和六十三（一九八八）年二月九日の午前九時を過ぎた頃、東京駅に近いガード下のみすぼらしい喫茶店に、ダークスーツの十数人のサラリーマンがハイヤーやタクシーで乗りつけてきた。

　一見紳士風の男たちの表情は極度の緊張感で、引き攣《つ》ったようにこわばっていた。志水建設、加島建設、大盛建設、大森組、熊野組、加藤工業、奥田組、高地組などゼネコン大手、準大手の営業担当部課長クラスの面々だ。

　男たちは、ゆで卵付のトーストとコーヒーのモーニングサービスをオーダーしたあと、一枚のペーパーを回し合って、ひそめた声で指名競争入札の最終確認を行った。

　この日午前十時から、東京都が新宿副都心に建設する新都庁舎（シティ・ホール）の指名入札が東京・丸の内の都庁第一ホールで行われることになっていた。

　世紀の大事業といわれ、建設総事業費約一千五百億円に上るビッグ・プロジェクトの受注競争入札に七グループ、七十八社の建設共同企業体（ジョイントベンチャー＝ＪＶ）が参加したが、当然のことながら談合によって、入札順位は決まっていたのである。公共事業をめぐる建設業の談合体質はゼネコンに限らず、地方の建設業者を含めて、永年にわたって染みついたものであり、これほど競争原理が極度に機能しない業種は建設業をおいてほかに類を見ない。

当然のことながら、政・官・業が一体となったトライアングル、癒着の構造なくして、談合は成り立たないが、新都庁舎についていえば、事情はかなり異なる。

丹野健二なるカリスマ性を持った建築家を抜きに、新都庁舎問題を語ることはできないし、鈴木俊次・都知事と丹野との盟友関係がこの建設に向かわせたことも、また事実なのだ。

明治四十三（一九一〇）年生れの鈴木は旧内務官僚で、自治省事務次官などを経て、昭和五十四（一九七九）年都知事になった。

破産寸前の財政再建に手腕を発揮、三年間で赤字を解消、日本経済の好況を追い風にして大東京改造を目指した。この目玉が新宿副都心への都庁移転計画である。

一方、丹野は大正二（一九一三）年生れで鈴木より三歳年下だが、東大助教授時代の昭和三十六年に丹野健二都市建築設計研究所を開設する遣《や》り手の建築家で、鈴木が都知事選に立候補したときには後援会会長を引き受けた。そして鈴木の都知事当選後、都顧問に就任し丹野の肝入りで昭和六十年十月に東京都新都庁舎設計競技審査会が都庁内に設置され、委員は丹野の息のかかった建築家などの学識経験者たちによって形成された。

翌六十一年四月、都庁設計コンペが実施されたが、当然のことながら丹野の公募案が採用された。

機能的に丹野案を上回ると評価の高かった下山設計所案などが初めから、委員の目に止まらなかったことは言うまでもない。

2

C新聞は二月九日付の夕刊で〝新東京都庁建設 第一庁舎は「大盛・志水」〟〝ビッグ工事 落札決定〟の大見出しで、以下のように報じた。

新宿新都心に六十六年春移転する新都庁舎「シティ・ホール」建設工事の指名競争入札が九日午前、東京・丸の内の都庁で開かれた。三棟で総工費千四百四十八億円、うち超高層二棟を同時着工させる「世紀のビッグ・プロジェクト」。「東京の新しい顔はわが社の手で」と、入札前、大手企業グループが水面下で火花を散らしたといわれる。この日の入札で、日本一の高さとなる第一本庁舎（四十八階建て）を、大盛―志水建設グループが、第二本庁舎（三十四階建て）を、加島―大森グループが落札、大方の予想通りの結果となった。

「大盛、志水……建設共同企業体四百七十四億円。最低価格で落札決定しました」。広い都庁第一ホールに、企業体参加の会社名が次々に読み上げられ、落札が告げられた。約百五十人の建設会社の営業担当者が陣取った席からはしわぶき一つ上がらず、やや間を置いて落札した共同企業体のメンバー数十人が一斉に立ち上がり「ありがとうございました」。

続く第二庁舎では、加島、大森組らの共同企業体が二百九十三億円で落札。様々なウワサの飛びかったビッグ・プロジェクトの〝落札の儀式〟は、午前十時からわずか八分で終った。

この入札に先立ち、都財務局の大石稔経理部長が、「工事は都にとって過去に例のない超大型工事。厳正かつ公正に契約事務を進めてきたが、この趣旨を理解し進めてもらいたい」と、あいさつ。続いて、第一庁舎、第二庁舎の七JV（建設共同企業体）の代表が、中央に特設された「入札箱」に、金額を書き入れた入札書を入れた。係員が開封し、次々とJVごとに金額を読みあげ、財務局が用意した予定価格と照合の上、最低価格の落札者が決まった。

新都庁舎は、建築家・丹野健二氏が、昨年十月、実施設計を完了。両本庁舎と議会棟（七階建て）のうち、工期が八百二十五日もかかる両庁舎が入札対象となり、第一本庁舎には、JV四組（十二社構成）、第二本庁舎にJV三組（十社構成）が参加した。

各紙ともこのニュースを大見出しで報道したが、A新聞の同日付夕刊も、〝新都庁舎の建設企業決まる〝〝大盛グループと加島グループ〟の見出しで、大きく採り上げた。

この中で、A新聞は次のように書いている。

今回入札が行われたのは、工事期間が短くてすむ議会棟を除く、第一本庁舎と第二本庁舎。都財務局では、サンシャインビルを抜いて日本一のノッポビルとなる高さ二百四十三メートルの第一本庁舎が大手五社・中堅四社・都内の中小三社の十二社構成、高さ百六十三メートルの第二本庁舎が大手四社・中堅三社・中小三社の十社構成のJVとする発注方式を採用した。この結果、第一本庁舎に四グループ、第二本庁舎に三グループが名乗りをあげていた。

入札会場には、午前九時半すぎから、業界関係者、報道陣約二百人が詰めかけた。午前十時、一斉に入札書の提出。そして開封。まず第一本庁舎分の入札書が読み上げられ、一番安い価格を示した大盛建設グループ（JVを組む十二社のうち大手五社は大盛建設・志水建設・竹下工務店・前山建設工業・日東建設）の落札がまず決まった。

その順位は、①大盛建設グループ四百七十四億円　②加藤工業グループ四百八十二億円　③戸村建設グループ四百八十五億円　④熊野組グループ四百九十億円。

続く第二本庁舎は、①加島建設グループ二百九十三億円　②奥田組グループ二百九十四億円　③高地組グループ二百九十四億七千万円で、「本命」と見られていた加島建設グループ（JV十社のうち大手四社は加島建設・大森組・北松建設・住之江建設）が落札。あまりにも入札価格が小差なので、会場からは思わず失笑が漏れた。

落札したグループは一斉に立ち上がって「ありがとうございました」と唱和。しかし会場を出る時、報道陣から感想を求められても、だれも口を開こうとせず、異様に押し黙ったまま。「何も話せないとは、おかしいではないか」と迫られると、一人から「ええ、うれしいですョ」と、ボソッとした答えが返った。

3

山本も、高地組グループに入っている東和建設が〝シティ・ホール〟には、かすりもしないことは先刻承知していたが、気にならないでもなかったので、夕刊の何紙かに目を通した。もっとも回ってきたのは一番最後だったが。

自席の電話が鳴ったのは、午後五時四十分過ぎだ。

山下昌子だった。

「社長がお呼びですが」

「承知しました。すぐ参ります」

山本は、背広を着ながら、デスクを離れた。

思ったとおり和田はソファで新聞を読んでいた。

「坐《すわ》ってください」

「失礼します」

「山本さんは夕刊を読みましたか」

「はい」

「どの新聞も皮肉っぽく書いてるが、ゼネコンの談合体質をどう思いますか」

山本は、率直に答えた。

「談合という言葉はどぎつい感じを受けますが、予定調和と言いかえれば、さしたることはないようにも思えます。過当競争を続ければ、共倒れということになりかねません」

「つまり、必要悪という意見ですね」

ちょっと違うような気もしたが、山本は小さくうなずいた。

「しかし、競争原理が働かな過ぎると思いませんか。大手を目指して、東興建設との合併を志向したこともあるが、上村《うえむら》政雄さんにえらく叱られましたよ。あの人は業務屋の大ボスだが、感心するのは、ウチの副社長時代も飛鳥《あすか》建設の会長になってからも、自社に利益誘導をしなかったことです。だからこそ、永い間大ボスでいられたんでしょう」

業務屋とは、公共事業の仕切り役を呼ぶ業界用語だ。

「思い出すのは、上村さんが土工協の副会長をしていたときに、公取委が静岡県の四つの建設業団体を摘発したのが契機になって、マスコミの談合批判が湧き起こった。さすが強気の上村さんも、土工協の副会長を辞めると言い出したからねぇ」

公正取引委員会が、静岡の四団体の入札前の談合を独禁法違反（競争の実質的制限の禁止）と断じたのは、昭和五十六（一九八一）年九月のことだ。

土工協とは、日本土木工事協会のことで、大手、準大手のゼネコン三十二社を中心に構成されている任意団体だが、土工協は表組織で、業者間の情報交換は裏組織の建設同友会で行われていた。

上村は、建設同友会の中心的人物で、和田のいう業務屋の大ボスだが、五十六年十二月に、土工協副会長のほか、日本ダム協会会長職を辞任し、建設同友会を解散させた。

マスコミの談合批判の大合唱に、いわば公職を辞さざるを得なかったのだ。

ところが、昭和五十七年に入ると、入札に暴力団の影がちらつき出した。また、大手が安値受注に動くなど建設業界の混乱も日増しに募り、「なんとか助けてほしい」と上村に泣きつく業者も多く、上村をして乃公出《だいこうい》でずんばの心境に駆り立てた。

上村は派閥の領袖《りょうしゅう》などの政治家に会って、「国や地方公共団体が予定価格を設定するので、それ以上高くすることは困難です。全国に五十万社を超す業者が存在する建設業界で、入札制を自由化したら、大手が有利になって、中小業者は立ちゆかなくなります。業界の特殊事情を考慮して、独禁法の適用から建設業を除外してください」と陳情した。

上村の政治工作が功を奏し、昭和五十九年二月、公取委は公共事業に関する独禁法上の指針、いわゆるガイドラインを提示した。

ガイドラインは、落札業者を絞り込む調整行為は認めないが、発注予定工事や業者の受注実績などの情報交換は一定の範囲で認めるという内容で、これによって業界秩序は回復に向かった。

ガイドラインの拡大解釈、イコール談合体質強化の構図である。

山本がシティ・ホールに話題を戻した。

「新都庁舎について申しますと、競争原理がまったく働かなかったことは自明ですが、鈴本知事と丹野健二さんの二人三脚で進めてきたという特殊事情があると思います」

「おっしゃるとおりだ。基本設計料が三億七千三百万円、実施設計料が十三億七千八百万円、〆《しめ》て十七億五千百万円が丹野健二さんの懐に入ったことになるが、少なく見ても十億円は儲《もう》けたんじゃないですかねぇ。旧内務官僚の鈴本知事は荒っぽいことをしない人らしいが、丹野大先生の言いなりになっていたことの罪がないとは言えないな」

官僚中の官僚の元大蔵官僚のプライドの高さを示したつもりもあるらしい。和田は、ちらっと広げた新聞に目を落として、話をつなげた。

「土木本部長は、大盛―志水グループに食い込めないか、とわたしに言ってきた。竹山首相の力を借りても、〝世紀の大事業〟にかかわりたいと思う気持ちは分からなくはない。大盛建設の佐多会長は竹豊会《ちくほう》のメンバーでもあり、わたしが直接話す手もないではなかったが、わたしは、シティ・ホールには関心がなかった」

和田が大洋銀行からの出向者に過ぎない俺に、ここまで胸襟《きょうきん》を開いてくれるのは嬉《うれ》しいが、ちょっとどうかと思う――。

代表取締役副社長で土木本部長を委嘱《いしょく》されている川口は、高卒の叩《たた》き上げで、東和建設の談合屋の親分でもある。

「わたしが新都庁舎に興味が薄いのは、丹野大先生が、業務屋まがいのことをしているらしいし、丹野夫人がルメルダ夫人呼ばわりされてるという噂も聞く。東京都の公共事業は、筋が良いとはいえないこともあるんです。土木本部長は悔しがってたが、とてもじゃないけど竹山首相をわずらわせる気にはなれなかった」

ルメルダは、フィリピンの大統領夫人で、女帝呼ばわりされている権力者だ。

ノックの音が聞こえた。

昌子の顔が覗《のぞ》いた。

「和田太一さまがお見えになりました」

和田が応じた。

「通して」

「はい」

太一は、社長執務室にこわごわと入ってきた。そして、起立して迎えた山本に「どうも」と会釈した。

「山本さん、長男の太一です。きみにいつ引き合わせたらいいのか、少し悩んだが、北脇の意見を聞いたら、そんな必要はないと言われて、逆に紹介する気持ちになったんですよ」

「社長室審議役の山本です。よろしくお願いします」

山本は丁寧に挨拶《あいさつ》した。

父親ほど図体《ずうたい》はでかくない。風貌《ふうぼう》も母親似なのか甘いマスクだった。父親よりずっと男前だ。もちろんこの顔は知っている。

山本は、社員食堂で何度か太一を見かけていたが、目が合ったことはなかった。いわば初対面である。

「どうも」

太一は、もう一度繰り返したが、挨拶の仕方を知らないと思える。

「二人とも起《た》ってないで坐りなさい」

「失礼します」

「どうも」

これで三度目だ。

ボンボンで、切れるほうではない、と言った河原の言葉が厭《いや》でも思い出され、山本は頬のゆるみを急いで引き締めた。

4

「新都庁舎の話はどうでもいいが、山本さんに太一の後見人になってもらおうと思って、来てもらったんです」

和田は細めた目を太一と山本にこもごも遣《や》って、話をつづけた。

「まだ入社二年目なので、ひよっ子同然だが、山本さんは甘やかすタイプじゃないから、北脇より頼りになると思ったんです。社長室は経営全般が見える部署なので、三月一日付で社長室長付にするが、事実上は、山本さんの部下ということにしますから、びしびし鍛えてやってください」

山本はどっちつかずにうなずいたが、厄介なことになったと思った。

和田が太一を甘やかしていることを社内で知らぬ者はいない。

ブラジルの日系二世の女性と恋愛し、なんの落度もなかった太一の母親と離婚したことが負債になって、太一の学生時代から甘やかし、高級車を買い与えた。

ジュニアと呼ばれ、ちやほやされているが、太一にとって父親が偉大に見えるせいか、いじけて萎縮《いしゅく》している。

いずれにしても、出向社員の立場で後見人なんて冗談じゃない、と山本が思って当然だ。

「わたしは、出向の身分で、それも二、三年と聞いています。お役に立てないと思いますが。そういう意味では、北脇常務のご意見はごもっともだと思います」

「北脇としては、自分にまかせろ、ということなんだろうが、北脇はわたしに遠慮して、太一に甘いから、後見人として適任ではない。それで、山本さんに教育係をお願いしたいんですよ」

太一に対する自分の甘やかしぶりを棚に上げて、よく言うぜ、と山本は思ったが、とりあえず、ここは受けざるを得ない。

「わたしごときがお役に立つとは思えませんが、太一さんよりは多少先輩ですから、気がついたことがあれば申し上げるようにします」

「多少どころか、一回り以上も先輩なんだから、びしびし尻《しり》を叩いてもらわなければ困りますよ」

和田は、視線を山本から太一に移した。

「山本さんは、社長のわたしにさえ、向かってくる人だし、きちっと意見を言う人だから、おまえもそのつもりで、いろいろ指導してもらうように」

太一は返事をしなかった。だからといってふてくされている様子でもなかった。

「分かったのか」

「…………」

「分かったら、返事をしなさい」

和田に少し大きな声を出されて、太一は「はい」と小声で返事をした。

「太一は下がってよろしい」

「どうも」

太一は、山本に会釈して、引き取った。

「あんなやつだが、性格は素直でねぇ。山本さんだから話すんだけど、わたしが恵美子と再婚したとき、グレるんじゃないかと心配したが、そんなことはなかった。わたしの気持ちを理解してくれてねぇ。親バカと思って聞いてもらっていいが、太一は磨けば光る素質はあると、わたしは思っている。本音を言うと、山本さんなら、太一を磨いてくれるんじゃないか、太一の素質を引き出してくれるんじゃないか、とそんな気がしてならんのですよ」

いよいよ、妙なことになってきた。冗談じゃない。だいいち、最近の俺に対する北脇の態度は、ほとんどハラスメントに近い。いい年をして、こいつ莫迦《ばか》じゃないか、と馬耳東風を決め込んでいるが、俺だからこそ堪えられるのだ——。

「社長にそんなふうに言っていただいて、光栄に存じますが、買い被《かぶ》りもいいところです。わたしは、そんな器ではありません。太一さんの後見人と申しますか、教育係は北脇常務が適任です。もちろん、わたしも応援したいとは思いますが」

「北脇はたしかに、東和建設ではできるほうだ。わたしの参謀役、側近中の側近を自他共に認めているが、山本さんと能力が違い過ぎる。人の顔色を窺《うかが》うところも、気にならんでもない」

ノックの音が聞こえ、山下昌子が顔を出した。

「社長、そろそろお時間ですが」

山本が時計を見ると、六時を十分過ぎていた。

和田が六時半から、赤坂の料亭で竹山派の代議士たちと会食することは、山本も承知していた。

「車を正面玄関前に回しておくように。五分後に出るから」

和田は、昌子に指示して、中腰になった山本を手で制した。

「もうひと言。いつかも、話したと思うが、出向なんかじゃなく大洋銀行を辞めて、当社に来てくれませんか。東和建設には建設省の天下りも、銀行のOBもいるが、山本さんのように活《い》きのいい人は一人もいない。山本さんなら、太一までのつなぎに社長になってもらえるんじゃないか、と思ってるんですよ。銀行は人材を集め過ぎてる。山本さん一人ぐらい出してもバチは当たりませんよ」

「身に余る光栄です。しかし、そんな大役がわたしに務まるはずがありません」

「わたしは諦《あきら》めませんよ」

「失礼しました」

山本はソファから腰をあげて、低頭した。

5

山本が席に戻ると、広報担当部長の木村だけが山本を待っていた。

久しぶりに、差しで一杯やりたい、と木村から誘われたのは、一週間ほど前のことだ。

二人はタクシーで、新橋の烏森に向かった。

「室長が、山本さんのことを気にしてましたよ。社長とぶつかったらしくて」

社長室で、山本をクンづけで呼ぶのは北脇ひとりだ。取締役社長室次長の小林以下、全員が〝山本さん〟と呼んでいる。

「木村さんはぶつかった内容をご存じなんですか」

「いいえ。ただ室長はえらく不機嫌でしたが、室長の山本さんに対するジェラシーは、限度を超えてると思いますけど。わたしが山本さんの立場だったら、とっくに心身症になってますよ」

「それはないでしょう。わたしも神経はずぶといほうですが、木村さんには負けますよ」

「とんでもない。よく言いますよ」

木村は、山本を軽く小突いた。

山本が右肘《ひじ》で小突き返した。

「ただ、木村さんは、部下に優しい人ですねぇ。鈴木さんに対する気の遣い方には頭が下がりますよ」

「鈴木君は、室長があんなふうなので、山本さんに醒《さ》めた態度で接してますが、とっくに、あなたには叶《かな》わない、と思ってタオルを投げてますよ。それに、二年か三年で銀行に戻る人と張り合ってもしようがない、と思うのは当然で、室長はどうかしてるんです」

「北脇室長の立場を考えると、わたしは分かるような気がします。わたしを秘書役みたいに扱う社長のほうが間違ってますよ。おっしゃるとおり、わたしは出向社員なんですから」

山本は、三月一日付で和田太一が社長室に配属されることを木村に話すべきか思案した。

タクシーは外濠《そとぼり》通りから、日比谷《ひびや》通りに入った。

窓外の風景を見やっている山本に、木村のほうが訊《き》いた。

「さっき、山本さんはぶつかった内容とか言いましたが、山本さんはご存じなんですか」

山本は、話す気になった。

「和田太一さんが、三月一日付で社長室長付になるそうですよ」

「えっ！」

木村は甲高い声を発してから、急いで声をひそめた。

「ジュニアが社長室に来るんですか。驚きましたねぇ」

「北脇室長がまだ皆さんに話してないようですから、木村さん限りにしてください。事前に伝わると、わたしがいじめに遭います。それどころかクビが飛びますよ」

「ご冗談を」

「社長と北脇室長がぶつかった理由は、このことをわたしに話すタイミングについてだと思いますよ」

「どういうことですか」

「察するに社長は、北脇室長に太一さんの新ポストについてきょう話したんじゃないでしょうか。わたしにも話す、という社長に待ったをかけた北脇室長の判断のほうが、わたしは正しいと思います」

　山本は、後見人、教育係の件は省いた。これを話し出すと、話が複雑化して収拾がつかなくなる。

「室長は、社長が山本さんを重用してることがそんなに気になるんですかねぇ。繰り返しますけど、出向社員の山本さんの立場を考えないのは不思議ですよ」

　和田が俺に大銀を辞めて、社員になれと言っていることを明かしたら、木村は北脇の心象風景を理解するだろう。しかし、俺はそんなつもりはさらさらない。余計なことを言うべきではない——。

「感情論として、分からなくはありませんよ。参謀総長の北脇さんの立場を社長はもっと忖度《そんたく》すべきだと思います」

「山本さんって、凄《すご》い人ですねぇ。次代の大銀の頭取は百パーセント、確実ですね」

「あり得ません。わたしみたいな一言居士《いちげんこじ》はバンカーとしては異端児なんです」

「そんなことはないでしょう。わたしは山本さんを尊敬しますよ。ほんとうに、室長が莫迦に見えてきました」

　タクシーが、割烹《かっぽう》〝たけうち〟の近くに着いた。

6

〝たけうち〟の小部屋で、ビールを飲みながら、木村が訊いた。

「新都庁舎の落札について、社長はなにか言ってましたか」

「鈴本都知事と丹野健二の癒着の産物で、筋のいい事業じゃないとか、気にしてないとか言ってましたが、土木本部長は口惜しい思いをしてるだろうとも言ってましたから、気にならないはずはないでしょうねぇ」

「わたしもそう思います。もちろん、社長は大盛―志水グループと、加島―大森グループが落札することは先刻承知してますよ。それにしても、土木本部長がウチの談合屋のボスであることをよくご存じですねぇ」

「出向社員とはいえ、わたしは社長の秘書役ですよ。もちろん、知らないことのほうが知ってることより遥《はる》かに多いと思いますが」

山本が大瓶を二つのグラスに傾けながら、訊いた。

「新都庁舎の入札の儀式を東和建設はボイコットしたんですか」

「ウチは準大手の名門です。ボイコットできるはずがありませんよ。土木本部の課長クラスが一人都庁の大ホールに行ったはずです。確認してませんけど」

「ふうーん。そうですか。丹野健二氏のことを社長は快く思ってないみたいですねぇ」

木村は、山本がグラスを乾《ほ》したのを見て取って、酌のお返しをした。

「今夜は、お互いに、二人限りの話だと思いますので言いますが、社長は丹野健二に対して、屈折というか、複雑な思いがあるんじゃないでしょうか。年齢は、むこうのほうがだいぶ先輩ですが、ルメルダ夫人という意味ではどっちもどっちなんです。たしか丹野ルメルダのほうも亭主より二十歳ほど若いんじゃないですか」

「ルメルダとは、女帝という意味合いの代名詞ですが、恵美子夫人は女帝ですかねぇ」

「ブラジル、アメリカ、パナマなどの海外では相当なものだと思いますけど。アメリカで会って気がつきませんでしたか」

和田のほうが恵美子に気を遣っていたことは、間違いない。惚《ほ》れた弱みだろうか。

山本は、ナイアガラのホテルで言い寄られたことが厭《いや》でも思い出され、頰が火照《ほて》った。

あれが本気だとしたら、性格《たち》の悪い女帝だ。

恵美子はブラジルと日本を行ったり来たりしているが、サンパウロのホテル経営は彼女が仕切っている。あの性格からすればさぞや相当な女帝ぶりを発揮しているに相違なかった。

「言われてみれば、そんな感じも分かりますが、丹野ルメルダは知りませんでした。さすが広報担当部長だけあって、木村さんは情報通ですねぇ」

「業界紙の記者から聞いた話ですが、十七、八年前に丹野氏が仕事でパリに出張したとき、フライト中にルメルダとの出会いがあったというのが定説になってるそうですよ。あの大先生が一目惚れしたくらいだから、相当な美形です。前夫人と強引に離婚したのも、どっかのコレと似てますよねぇ」

「コレ」のところで、木村は右手の親指を突き出した。

「男女関係、下半身の話はとかくおもしろおかしく語られがちだが、丹野ルメルダも、和田ルメルダもたいした玉ですよ。男のほうは、ほんの出来心、浮気ぐらいに思ってたんでしょうけど、身も心もとろかされちゃって、いつの間にか正夫人の座についてしまったんですから」

ビールのあとは、ひれ酒になった。

「このお店は初めてですが、料理が美味《おい》しいですねぇ。特に、この大きな鯖《さば》の丸焼きはこたえられません」

「本場の福井料理です。ここの女将《おかみ》は、なかなか頭の良い女性ですよ。あとで挨拶《あいさつ》に来ると思いますが、頭の回転の速さと、気立ての良さで持ってるような人です。美形じゃないので、口説く気にはなれませんけどね」

二人はひとしきり食事に集中した。

唐突に山本が質問した。

「今夜、木村さんと一杯やってることは、内緒なんですか」

「もちろんです。わたしは某銀行の友達と会ってることになってます。まんざらの嘘でもないでしょ」

木村は舌を出して、肩をすくめた。

「社用族でよろしいんですか」

「当然です。立派な情報収集じゃないですか。これからも月イチくらいのペースで、情報交換しましょうよ。室長にバレたら、左遷は確実ですけど」

「………」

「新都庁舎の落札で、いま頃赤坂や新橋や向島《むこうじま》の料亭でおだをあげてるのがゴマンといますよ。われわれなんか可愛いものですよ」

「ヤケ酒ですか」

「ヤケ酒とは違うんじゃないですか。丹野大先生にしてやられたとは思うけど」

「和田社長が大先生に擦り寄っていけば、なんとかなったと思いますか」

「思います。土木本部長はそれを祈る思いで期待したんじゃないかなぁ。ついでに言うと、四月か五月に入札することになってる新都庁舎の議会棟からも、ウチは外されることに決まってます」

「どこが落札するんですか」

「多分、熊野組グループのＪＶだと思いますけど」

「まさか落札価格までは、ご存じないんでしょう」

「当たり前です。これから詰めるんでしょうけど、もう決まってる可能性もあるかなぁ」

小さなビルの二階の〝たけうち〟の店内は、カウンターも椅子席も満席だった。山本はトイレに立ったときに分かったのだ。

「きょうの落札は談合の結果ですが、仕切り役、ま、いわゆる業務屋の役割を担ったのは〝丹野ルメルダ〟といわれてますよ。これは業界の常識です。本名は丹野隆子、隆は皐偏《こざとへん》の……」

木村は、テーブルに指で、隆と書いてから、話をつづけた。

「先月十九日に、丸の内の都庁第一ホールでJVのメンバー七十二社の担当者約百八十人が都財務局の新都庁舎建設室の渉外担当主幹、多分部長クラスと思いますけど、きょう二月九日に入札が行われ、三月中に着工の運びとなる旨の説明を受けたんです」

「新聞で読みました」と、山本が応じた。

「都民の期待も大きいビッグ・プロジェクトなので、入札に参加する建設業者は事業に汚点を残さないために襟を正すようにと、異例の注文をつけた、とか書いてましたねぇ」

「山本さんは記憶力がいいですねぇ。あの記事を読んで、どう思いましたか」

木村は目を眇《すが》め、テーブルに頰杖《ほおづえ》をついた低い姿勢で、山本を見上げた。

「マスコミ向けのポーズに過ぎない。白々しいというか、こんなことで談合体質が隠蔽《いんぺい》できるはずがないっていうところでしょうか」

「そのとおりです。丹野ルメルダがもうすべて取り仕切ったあとですからねぇ」

木村は両腕をテーブルからおろして、ひれ酒をすすった。

「昭和六十一年秋の丹野夫妻主催によるゴルフコンペのことはご存じないんでしょう」

「知りません」

「業界では知らぬ者はほとんどいません。ウィークデーに埼玉県飯能《はんのう》市の名門ゴルフコースを借り切って、大コンペが行われたんです。加島建設、志水建設、大盛建設など大手ゼネコンの社長や丹野事務所の関係者など約百五十人が参加したといわれてますが、丹野夫妻の実力の凄さに、皆《み》んな舌を巻いたんじゃないですか」

「もちろん東和建設も招待されたんでしょう」

「されてません。和田社長はブラジルとパナマに出張中でした。というより、招待名簿にないことを事前に察知したので、海外出張を入れた可能性もあります」

あり得ることだ。プライドの高い和田征一郎なら、そのぐらいの恰好《かっこう》はつけるかもしれない。しかし、招待名簿に自分の名前が記載されていなかったことを和田はどうして知り得たのだろうか。いや、この程度の情報を取るぐらいのことは朝飯前というべきだろう。

「一人五万円かかったとして、百五十人なら七百五十万円ですか。丹野事務所にとって痛くも痒《かゆ》くもない出費ですよねぇ」

「それどころか、招待というより丹野夫妻の招集だったという人もいます。飛ぶ鳥を落とす勢い、とはこのことを言うんでしょうねぇ」

「新都庁舎入札をめぐる第一回談合みたいなものなんでしょうねぇ」

「ええ。ゴルフコンペは、三回あったと聞いてます。賞品を渡すのは丹野夫妻ですが、そのときの丹野ルメルダの誇らしげな顔が見えるようですよ」

丹野夫妻が、鈴本都知事との強固な癒着関係を利用して、新都庁舎建設の世紀の大プロジェクト関係で、どれほど巨額の資金を引き出したか、想像を絶する。

そんな超俗物のモンスターの丹野健二が昭和五十五（一九八〇）年に文化勲章を受章しているのだから、表の顔と裏の顔は当局によって峻別《しゅんべつ》されていると解釈するしかない。

前後するが、昭和六十二（一九八七）年三月十一日付朝刊で、C新聞は、〝東京都庁移転で新宿の地価が四倍に高騰〟の見出しで、次のように書いている。


新宿の新都庁舎建設予定地付近の公示、基準地価が四年間で四倍以上も値上がりしていたことに関連し、十日開かれた都議会財務主税委員会で、木原陽二議員（共産）が「都庁移転が、新宿の地価高騰をもたらしたのは明らかだ」と迫った。

財務局の資料によると、西新宿七の三の公示価格は、五十八年の六百八十三万円から六十二年には二千八百六十万円と四・一八倍に。近くの基準地価も五十八年の四百九十一万円から六十二年には二千百万円と四・二七倍になっている。

この質問に対し、川畑瑞夫用地部長は「五十八年をベースにした約四倍の伸び率は、千代田区大手町、中央区日本橋など商業地でも見られ、西新宿に限り地価が高騰したわけではない」と否定した。

また、木原議員は「新都庁の入札に談合の疑惑がある」と質問。石立実経理部長は

「過去に例のない大規模工事で、疑惑を招くことのないよう業者に三度にわたって注意しており、公正に行われたと信じている」と疑惑を否定した。

7

都の幹部がいくら否定しようと、新都庁舎が談合の産物であることは疑う余地がない。それどころか後年、ゼネコン汚職で副社長らが逮捕された加島が東京都庁舎（西新宿）の設計を請け負った丹野健二事務所の下請け設計会社に社員らを派遣し、設計作業を手伝わせていたことをC新聞は暴いている。

このことは、加島にとって談合を有利に運ぶ切り札になったと思える。

平成五（一九九三）年十一月二日付朝刊のC新聞の〝加島、都庁設計手伝う〟〝丹野事務所下請けに社員〟〝談合受注の切り札に〟の見出しで報じた記事を以下に引く。

加島は「設計を手伝う」などの〝談合必勝法〟を社内で伝授していたが、下請け設計会社への社員派遣という手の込んだ形でこれを実践していたことになる。設計事務所と資本や人事面で関係のある建設会社は入札に参加できないという公共工事の原則を巧みにすり抜けた手法といえ、議論を呼びそうだ。

加島が社員らを派遣した設計会社は、有限会社「ムトーアソシエイツ」。霞が関ビルを手がけた構造設計の大家、故武藤清氏を代表取締役に、資本金二百万円で設立された。

都庁舎の設計は、コンペの結果、「丹野健三都市建築設計研究所」が請け負ったが、ムトーアソシエイツの設立は、丹野事務所の案が選ばれた直後の昭和六十一年六月で、その後、超高層ビル建設のキーポイントとなる構造設計を丹野事務所から委託された。

都庁舎建設をめぐっては、このころすでに水面下で激しい受注競争が繰り広げられており、結局、大手ゼネコン間の談合の末、六十三年二月の入札で第一庁舎は大盛、第二庁舎は加島がそれぞれ共同企業体（JV＝ジョイントベンチャー）の幹事社となった。

関係者によると、構造設計にあたった主要メンバーはいずれも当時、加島の設計部門にいた六人で、うち三人はいったん加島を退社してムトーアソシエイツに移ったが、ほかの三人は加島に籍を置いたまま退社組と同様の仕事をした。この間、ムトーアソシエイツの仕事に専念していたにもかかわらず、三人の給料は加島が払っていた。

さらに、加島は構造設計作業のため本社の大型コンピューターを使わせていたが、関係者は「実費に近い安い使用料だったと聞いている」と、加島からの便宜を認めている。

新庁舎の完成前後、スタッフ六人は全員、加島に戻り、現在は本社設計・エンジニアリング総事業本部などに勤めている。

このいきさつについて、スタッフのうち年長の二人は「武藤先生に誘われ、都庁舎だけということで加島を退職したが、先生が亡くなり、加島に再就職させてもらった」と話している。

武藤氏は東大教授を退官後、加島の副社長となり、ムトーアソシエイツ設立当時、加島の顧問だったが、武藤氏の関係者は「武藤氏は公共工事の仕事だったので誤解を招かぬよう加島を退社、新会社を作った。資本金や事務所の賃貸料などはすべてムトーアソシエイツが出した」としている。

しかし、複数のゼネコン幹部は「加島は設計段階からの貢献を切り札に、ＪＶの幹事社を目指す営業を繰り広げた」と証言。「かげでゼネコン社員が設計を手伝うのは常識だが、ここまでやったのは異例」と言う幹部もいる。

建設省事務次官通達は、設計書類の事前入手などの不公平を防ぐため、公共工事で設計会社と関係の深い業者が入札に参加することを禁じている。都も財務局長通達で設計会社に出資したり、役員を派遣している施工業者の入札参加や受注に歯止めをかけている。

都財務局によると、この通達は、都と直接契約を結んだ設計会社を対象にしたもので、設計の下請け会社には及ばないが、建設省は「事実とすれば好ましくない」（地方厚生課）としている。また、都内に事務所を構える建築家は「通達に触れずに工事を受注するために加島があみだした便法だ」と批判している。

加島広報室の話「設計を加島の人間が手伝ったといっても、施工の受注に関して有利になったとは考えられない」

8

三杯目のひれ酒を飲みながら、木村が話題を変えた。

「ウチは、新都庁舎では、コレが乗り気じゃなかったこともあって、参加できなかったけど、関西新空港ではトップクラスで食い込んでますよ」

木村は「コレが……」と右手の親指を突き立てて、話をつなげた。

「相当張り切ってますからねぇ。土木本部長が関西新空港対策部長を兼務してることは、ご存じなんでしょ」

「いいえ。なるほどねぇ。そう言えば川口副社長は、ほとんど東京にいませんねぇ。談合屋の親分自ら関西新空港に張り付いてるわけですね」

「昨年一月に着工した護岸工事を落札したのは六JVですが、ウチは中核の一社です」

「しかし、新都庁舎の第二庁舎の中核になった加島も大森も関空でJVに入ってますよねぇ。大手と準大手の政治力の違いは、大きいんじゃないですか」

木村は眉《まゆ》をひそめた。

「関空では、ウチは大手と互角以上に渡り合ってますよ。加島といえども、竹山銘柄の筆頭には一目置かざるを得ないんじゃないですか」

そうだろうか、加島や志水には歯が立たないのではないか、と言いたかったが、山本はその言葉を喉元《のどもと》で押し戻した。

そして、和田太一の話題を蒸し返した。どうにも気になってならなかったからだ。

「和田太一さんの社長室長付人事をどう思いますか」

「まだ入社して丸二年経ってませんが、ジュニアの評判はいまイチです。いきなりウチに入社させないで、他社で修行っていうかトレーニングさせてもよかったんじゃないですかねぇ」

「どうせ次の次か、その次の社長になる人だとすれば、初めから帝王学を学ばせたいという考え方は分かりますよ。経営者として素質はあると社長は見てるようですし」

山本は心にもないことを言っているつもりはなかった。

問題は、太一との距離の取り方だ。後見人、教育係は、北脇にまかせてよいのかどうかは悩むところだ。北脇のことだから、太一を人質に取った気分で、専務、副社長への出世を考えるに相違ない。

甘やかすことは、最も下策だが、北脇は必ずそうする。このことは和田自身が見抜いていたが、和田の親バカぶりも相当なものだ。

太一という夾雑物《きょうざつぶつ》によって、社長室が混乱することだって、あり得ないことではない。

「木村さんが、太一さんの教育係を命じられたらどうしますか」

「あり得ないことを訊《き》かれてもねぇ。室長が放しませんよ。室長のおもちゃにされなければいいんですけど」

木村は、見るところは見ている。注目度の高い企業で広報担当部長を無難にこなしているだけのことはある、と山本は感服した。

「山本さん、そんなにジュニアのことが気になりますか」

意表を衝《つ》かれて、山本はドキッとした。

「太一さんを鍛えるために、川口副社長とか福田常務に教育係をやらせたらどういうことになりますかねぇ」

言ってしまってから、山本は莫迦《ばか》も休み休みに言え、と後悔した。いくら酒の上とはいえ、冗談にもほどがある。

木村が反応する前に、山本は急いで否定した。

「次代の社長に、汚れ役をやらせられるわけがありませんね。帝王学をどうやって身につけさせるか、皆《み》んなで盛り上げて、お神輿《みこし》を担ぐ気になれば、いいわけですよねぇ」

「しかし、担がれるお神輿がそれなりの玉じゃないと、担ぐ気になれませんからね」

「ただ、和田社長は創業社長ではありませんが、それに近いパワーを持ってますから、和田社長が存在する限り、太一さんが社長になるのは問題ないんじゃないですか」


料理を運んできた仲居に、木村がひれ酒のおかわりを頼んだ。

「山本さんも、ひれ酒でいいですか」

「いただきます」

仲居があわただしく退出した。

「産銀から迎える社長は、祥次郎副社長の親友っていうことだから、われわれも親近感を持てますが、わたしはコレがブラジルとアメリカのホテル事業にのめり込んでいくんじゃないか、心配です。だからこそパワーのある産銀の常務を三顧の礼で社長に迎えたとも言えますけど、ジュニアが次の次かなんか知りませんが、やっぱりかったるいですよ。軽すぎると思います」

「いくら磨いても、玉になりませんか」

「ジュニアと話したことありますか」

山本の、あいまいなうなずき方で、木村はないと勝手に解釈したらしい。

「ろくすっぽ挨拶《あいさつ》もできないような若造ですよ」

「それは教育すれば、なんとでもなりますよ」

「ここだけの話、わたしは、亡くなった祥次郎副社長の長男に期待してるんですけど。今年東大法科の四年生ですよねぇ。コレに度量、器量があれば、かれに目をつけると思いますが」

穿《うが》ったことを言う、と思いながら、山本は、いっそう木村を評価する気になっていた。

9

二月十五日の朝八時半に、山本は、福田からの社内電話を自席で受けた。

「おはようございます。福田です」

「山本です。いつぞやは失礼しました」

「今夜、会いませんか」

山本は一拍返事が遅れた。

友達になりたくない男だが、すでに取り込まれてしまったとも言える。

「なにか、ございますか」

「社長とジュニアのことでちょっと」

福田の嗅覚《きゆうかく》の鋭さに舌を巻いた。

和田太一が三月一日付で社長室長付になることを察知したとしか思えない。

「承知しました」

「じゃあ、東銀座の〝はしだ〟で七時にお待ちしてます」

電話はごく短かった。


その夜、山本は六時五十分に〝はしだ〟に着いたが、福田は先に来ていた。

「お忙しい人にきょうのきょうで申し訳ありません。今週は、今夜しかあいてなかったものですから、ご無理を聞いてもらって、助かりましたよ」

福田の丁寧なもの言いに、山本は警戒感を募らせたが、にこやかに返事をした。

「出向社員のわたしが、そんな忙しいはずはありませんよ。超多忙な福田常務こそ、わたしなんかを相手にしてて、よろしいんですか」

「山本さんが、只者《ただもの》じゃないぐらいのことは百も承知ですよ。コレが山本さんにぞっこん惚《ほ》れてることは、社内に鳴り響いてます」

親指を立てながらコレという者がけっこう多いのは、和田征一郎がオーナー社長なるがゆえだろう。

「冗談が過ぎますよ」

「ま、一杯どうぞ」

福田はすでにビールを飲んでいた。

酌を受けて、山本は大ぶりのグラスを目の高さに掲げた。

「いただきます」

「どうも」

山本は一気にグラスを乾《ほ》した。

「急いできたものですから、喉が渇いてまして」

テーブルには大瓶が二本置いてあった。一本は空になったが、二杯目は、福田のグラスを満たしてから、山本は手酌になった。

「わたしの仕事が、造注、つまり自社で受注工事を造り出すビジネスであることはいつか、ここで話しましたが、一大プロジェクトをコレがやっとOKしてくれたんですよ。そのご報告を山本さんにしたかったんです」

「一大プロジェクトですって？　産銀が持ち込んだウェストン・ホテル・チェーンを買収したプロジェクトに匹敵するような……」

「とんでもない。あんなにでっかくないが、でもざっと五百億円ぐらいの規模になると思いますよ」

福田は銀縁《ぎんぶち》の眼鏡を外して、ぶらぶらさせながら、にたっと相好《そうごう》を崩した。

「五百億円。もの凄《すご》い大型プロジェクトじゃないですか。造注で、そんな大きなプロジェクトとなると、ゴルフ場の開発しか考えられませんが」

福田は左手で眼鏡をかけながら、ピストル状の右手の人差し指を山本の眼前に突き出した。

「大当たり！　さすが山本さんですねぇ」

「…………」

「五千万円の会員権で、千口集めれば五百億円でしょう。成田の近辺にゴルフ場用地を物色してましたが、土地の確保も県の許認可についても見通しはついてます」

福田の高揚感は、耳たぶまで赤く染まっていることで、手に取るように分かるが、山本は逆に眉をひそめていた。

有象無象《うぞうむぞう》のアウトローの人たちが福田の周囲に蝟集《いしゅう》してくるに相違ないと気遣ったのだ。

「ひと口五千万円ですか。新興のゴルフコースに、いくらインフレの世の中でも、高すぎませんか」

「それだけ立派というか、超豪華なゴルフ・クラブにすればよろしいでしょう」

福田がふたたび親指を突き出した。

「コレは、産銀の池島会長に相談して、いけると確信したみたいですよ。竹豊会のメンバーで理事会を構成するだけでも箔付《はくづけ》になりますよ。客寄せパンダみたいなもので、理事たちには只で会員権をくれてやればいいんです」

「竹山首相にも理事になってもらうんですか」

「現職の総理、総裁はいくらなんでも無理ですよ。ま、名誉理事長っていうところですかねぇ。有力な一部上場企業は、必ず一口や二口は買いますよ。将来、小金井《こがねい》のン億円は無理としても、二倍の一億円になるかもしれない。わたしにとって一世一代の大プロジェクトになると思います」

「わたしはゴルフをしないので、よく分かりませんが、大洋銀行にも、借金してまでゴルフ会員権を買ってるのがけっこういます。ちょっと過熱気味なんじゃないか、心配ですよ」

「そんな水をかけるようなことを言いなさんな。ゴルフコースの資産価値は高いから、投資としても、悪くないと思いますよ」

色白な〝猪八戒《ちょはっかい》〟の顔が茹《ゆ》で蛸《だこ》のように赤くなっていた。

10

山本も福田もアルコールに強い体質だが、いつの間にか、二合半《こなから》の徳利が三本目になっていた。

福田のボルテージは上がりっぱなしだ。

逆に山本のほうは冷静になっていた。

話半分としても二百五十億円だから、大型プロジェクトとは言えるが、福田とアウトローの人たちとの関係に思いを致すと、水をかけたくなるのは仕方がない。

「こないだ新都庁舎の入札、落札のからくりが仲間うちで話題になりましたが、ゼネコンの談合体質は、公共工事に限ったことなんですか。たとえばの話、五百億円の大型プロジェクトともなれば、それに近いことはあるんでしょうねぇ。東和建設の談合屋の大ボスは土木本部長だと聞きましたが、ゴルフ場は、福田常務が全部取り仕切ることになるんですか」

福田の細い目が鋭い光を放った。

「そんな小さなプロジェクトと違いますよ。わたしが仕切るのは当然だが、土木本部も絡んでくるし、営業だって絡んでくる。全社的なプロジェクトだからこそ、大型プロジェクトなんですよ」

「談合体質についてはどうですか」

「造注でもゼロはあり得ません。いや、あって当然でしょう」

「ゼネコンの宿命ですか」

「ストレートにものを言う山本さんのそういうところをコレは、買ってるんでしょうねぇ」

「口は禍《わざわい》のもとだと自戒してるんですが、莫迦《ばか》は死ななくちゃ治らないと、いつも思ってますよ」

山本は口の端をゆがめながら、二つのぐい吞《の》みに、徳利を傾けた。

「電話でジュニアのこととか言われてましたが」

「三月一日付で社長室長付になるらしいが、北脇君の入れ知恵ですよ。ジュニアを抱え込んで、コレのご機嫌を取ろうっていう寸法でしょう。悪知恵に長《た》けた北脇君らしい発想です」

吐き捨てるような福田の口調に、山本は目を瞠《みは》った。

福田が北脇に対抗意識を持っているとは、夢にも思わなかったからだ。入社年次は一年、福田のほうが先輩だが、両者の力関係は歴然としている、と山本は見ていた。

「コレはさすがですねぇ。山本さんが社長室にいなかったら、北脇君の進言を受け入れてなかったと思いますよ。今夜、あなたに会いたかったのは、大型プロジェクトのことなんかじゃなくて、ジュニアの教育をよろしくお願いしますって、言いたかったからなんです」

「出向社員のわたしの立場を考えていただきたいですねぇ」

福田は、口に運びかけたぐい呑みをテーブルに戻した。

「先週の金曜日に社長と飲んだんですけど、山本さんのことを褒め千切《ちぎ》ってました。酔った勢いもあるんでしょうけど、山本の首に縄をつけてでも、大銀から引っこ抜いてやる、って言ってましたよ」

十二日に、和田は「友人と会食する」としか山本に伝えなかった。相手を特定しなかったのは、それが福田だったからだ、と思うしかない。

福田が、ダーティ・ビジネスを担当していることと無関係とは思えなかった。

「ジュニアを北脇なんかにまかせたら、スポイルされるだけですよ。山本さん、わたしからもよろしゅうお願いします」

福田はテーブルに両掌《りょうて》をついて低頭した。

なんだかヤクザがかった仕種《しぐさ》だが、健気《けなげ》と取って取れないこともない。

「わたしは、社長とジュニアを命懸けで守らなければならないと思ってます。山本さんにもお力添えのほどをお願いします。社長の思いを叶《かな》えてやっていただけませんか」

話が妙な方向に逸《そ》れてきた。

時計を見ると、午後十時を回っていた。山本は、二次会を断ったが、福田はハイヤーを呼んでくれた。

11

二月二十日土曜日の夜、七時を過ぎた頃、河原がゴルフの帰りに高井戸のマンションに山本を訪ねてきた。

昨日、山本は電話で河原に、「たまには会いたいねぇ」と言ったところ、「同期の連中とのプライベートなゴルフだから、食事をしないで、帰りに寄るよ」という返事だった。

河原は、鞄の中から包みを取り出して、美由紀に手渡した。

「鯵《あじ》の干物です。美味《おい》しいと思いますよ」

「お宅のお土産を横取りしてよろしいんですか」

「二つ買ってきましたから、ご心配なく。相変わらず、容色おとろえませんね」

山本が口を挟んだ。

「口は重宝だなぁ。河原はいつも褒めてくれるから、ワイフが張り切って手料理を作るわけだよ」

「美人に対してブスって言えるか。俺がお世辞《せじ》を言わないことは山本がいちばんよく知ってるはずだよなぁ」

河原は、ジャケットと分厚いセーターを脱ぎ、スポーツシャツ姿で食卓に着いた。山本はスポーツシャツにベスト、美由紀はセーターにパンツの普段着だ。

美由紀の手料理は自慢できる、と山本は思っていた。

ビールを飲みながら、山本が言った。

「まだオープンになってないが、和田太一君が社長室に来ることになった。社長から厳しく鍛えてくれなんて言われて、参ってるんだが、物になると思うか」

「なるもならないもないだろう。東和建設の社長になることは約束されてるんだからな。太一君に会ったのか」

「うん。なんだかおどおどしてて頼りなかったが」

「社長と一緒だったの?」

「うん。十日ほど前に社長から紹介されたんだ」

河原は空腹も手伝って、遠慮しなかった。

「美味しい、美味しい」を連発しながら、がつがつ食べている。

美由紀の満足そうな顔といったらない。

ビールと一緒にイカの明太子《めんたいこ》和《あ》えを嚥下《えんか》して、河原が答えた。

「太一君は、親父の前だと、人が変わったように縮こまっちゃうっていう評判だよ。親父が偉大過ぎるんだろうねぇ。亡くなった叔父《おじ》の祥次郎さんについて、太一君が病弱だと俺に言ったことを考えてみたんだが、和田征一郎と祥次郎の兄弟仲は良かったけど、ライバル心も相当なものだったらしいぜ。過労死、殉職を病弱と言ったのは、親父に対する太一君なりの応援があったんじゃないかなぁ。親父だって、叔父さんに負けないくらい働いてるが、まだぴんぴんしてるわけだからねぇ」

「その解釈が間違っているとは思わないが、病弱はよくないよ」

「それはそうだ。ただ、太一君がひ弱なようでいて、けっこうしぶとい証左にはなるんじゃないか」

山本は小首をかしげた。

「それも疑問符がつくな。和田社長は、素直な性格だと親バカぶりを発揮してたが、父親が母親と離婚して二十歳も年齢差のある女性と結婚したら、母親に同情して父親を恨むのが筋だろう。父親の前で萎縮《いしゅく》するっていうのもおかしいし、白を黒と言う太一をしぶといなんていう河原の見方も違うんじゃないのか」

「おまえ、太一君のことで、どうしてそんなにナーバスになるんだ」

「東和建設の行方が気懸《きが》かりなことと、ジュニアのお守り役なんてまっぴらだし、いろいろあるよ」

「俺は、社長室には顔を出さないが、東和建設にはしょっちゅう足を運んでるから、知ってる人たちも多い。太一の人気がかんばしくないことも分かってるが、太一よりもっと程度の悪い二代目、三代目は山ほどいるから、心配することはないよ。おまえがあと何年、東和建設に出向してるのか分からないけど、出向中はせいぜい面倒見てやったらいいよ」

「それが、百鬼夜行の複雑な世界でねぇ」

「そんなことは、ウチの銀行だって同じだよ。どの企業にも多かれ少なかれあることで、オーナー社長がでんと居坐《いすわ》ってる東和建設なんか、まだましなほうなんじゃないのか」

河原はビールをぐぐっと飲んで、美由紀に目を移した。

「奥さん、水割りをお願いしていいですか」

「はい。すぐ用意します」

美由紀は、箸《はし》を置いてテーブルを離れた。

河原が上体を対面の山本のほうへ寄せて、声をひそめた。

「おまえ、和田社長の覚えめでたくて、スカウトされそうになってるらしいなぁ。その気になってるのか」

「まさか。冗談よせよ。それで迷惑してることはたしかだけど。社長室長が厭《いや》な奴で、女の腐ったみたいに焼《や》き餅《もち》焼きときてる。太一が社長室長付になれば、僕は担当替えしてもらうか、銀行に戻るしかないと思ってるんだ」

山本もひそひそ声になった。

「大銀には山本のポストはいくらでもあるが、おまえが東和建設にスカウトされたら、喜ぶやつがたくさんいるだろうな」

山本は噴き出した。

「笑わせるなよ。おまえなんて目じゃないって、河原の顔に書いてあるじゃないか」

「俺は、同期でボードまで行けるのは、おまえと俺しかいないと思ってるよ」

河原も高笑いした。

「きみは間違いないが、僕は無理だよ。それにしても調査役クラスで、こんな話をするのは、どっちも……」

山本は右手の人差し指を行ったり来たりさせながら、つづけた。

「どうかしてるよな」

「そうでもないさ。皆《み》んな出世欲はあるに決まってるが、口に出すか出さないかだけのことで、相手が山本だから口に出せるんだ」

「そうかもしれない」

山本はぽつっと言って、グラスをつかんだ。

12

食事を終えて、リビングの食卓から長椅子に移動して並んで坐ってから、山本と河原の話が長くなった。二人とも水割りウィスキーを飲んでいた。美由紀が用意したつまみはチーズ、クラッカーだけだ。

「河原は、東和建設の内部事情に精通してるようだが、ビッグ・プロジェクトやらについてはどう評価してるんだ」

「ビッグ・プロジェクトってなんだ」

「地獄耳のきみにもまだ聞こえてこないらしいねぇ」

山本の含み笑いを横目でとらえた河原が「ふん」と、せせら笑った。

「造注のゴルフ場のことなら、知ってるけど」

山本はあやうく、むせかえりそうになった。

「なんだ、そんなことか。思わせぶりやがって。福田常務がずいぶん前からやりたがってた案件だが、ゴーサインが出たらしいなぁ」

「河原にはかなわないことが分かったよ。福田常務は五百億円のビッグ・プロジェクトなどと大風呂敷《おおぶろしき》を広げてたが、大丈夫なのかねぇ。調子に乗り過ぎてるような気がしてならないが」

「日本中をゴルフ場だらけにして大丈夫なのかと俺も思うけど、産銀もその気になってるようだから、なんとかなるんじゃないのか。タイミングがもっと早ければと悔やまれる面はあるけどね」

山本が上体を右側へひねって、河原の横顔を凝視した。

「福田常務の周辺には、有象無象が一杯いるらしいからねぇ。そっちのほうも心配だよ」

「地上げやらなにやらで、いまどきのゴルフ場の建設には、そういうのが群がるのはしょうがないんじゃないか。おまえが気にして、どうなるものでもないだろう」

「ゼネコンの談合体質を気にするのとは、わけが違うと思うけど」

「似たようなものだよ」

「いくらなんでも、それはないだろう」

河原が水割りウィスキーをすすりながら、冗談ともつかず、言い返した。

「俺は理屈を言ってるんじゃない。感じを言ってるんだ。繰り返すけど、おまえが気にしたって始まらないだろうや」

山本が苦笑しいしい話題を変えた。

「僕はゴルフをやらないから、関心は薄いが、河原はゴルフ・クラブのメンバーなのか」

「二つ入ってるよ。名門コースじゃないが、会員権が買ったときの三倍になってるから、いま売れば大儲《おおもう》けだな」

「借金も、相応にあるんじゃないのか」

「銀行から借りたが、一つはほとんど行ってないので、売って借金をきれいにしとくかなぁ」

「ぜひ、そうしろよ。土地と株が右肩上がりで上昇してるが、この調子がいつまで続くんだろうか」

「まだまだ続くだろう」

食器を洗い終った美由紀がソファに坐るなり、口を挟んだ。

「築六年近いこんなマンションが七千万円もするんですって」

「誰から聞いたんだ」

「二〇五号室の中田さん、最近入居したばかりなのよ。部屋の間取りはちょっと違うけど、六十八平米で同じスペースだから、同じだと思うけど」

「っていうことは、山本はマンションだけで四千万円の含み益があるっていうわけだ。金利は優遇されてるしなぁ」

「あんまり大きな声では言えないよなぁ。われわれバンカーは恵まれてるよ。河原は、奥さんの両親との二世帯住宅で、僕の何倍も恵まれてるが、きみは株もやってるのか」

「人並みにな。山本は？」

「関心はあるが、株をやり出すと、人間がさもしくなるからなぁ。これ以上さもしくなるのは厭だから、やるつもりはない。まず株式欄から新聞を読むなんて、なんだかあさましいじゃないか」

「あなた。負け惜しみが強いんじゃないの。株を買うお金がないんでしょ」

「ま、それが株をやらない一番の理由だけどね」

「たしかに、人間がさもしくなることはあるな。俺も株式欄から読んでるよ。それと、売ったり買ったりに、けっこう時間とエネルギーを取られてるな。俺は株屋の言いなりにならず、それなりに研究してやってるつもりだから、大変は大変だよ」

「でも、河原さんは、株でも大儲けしてるんですか」

「ご想像にまかせます」

河原はすまし顔で答えてから、にやっと笑った。

第八章　観桜会

1

三月下旬の某夜、赤坂にある和田の自宅マンションにサンパウロの恵美子から国際電話がかかってきた。

「ジョージ、逢《あ》いたいわ」

「エミー、僕も逢いたいよ。そろそろ桜のシーズンだから、東京へおいでよ」

「ワンダフル！　すぐ行くわ。ホテルのほうは、サントスにまかせられるわ。わたしがたくさん鍛えたから、一か月や二か月はお留守番できると思う」

サントスは、和田がオーナーのカイザー・パークホテルの総支配人だ。

恵美子は、サンパウロ大学時代のクラスメートだったサントスをスカウトした。

恵美子は恋多き女だ。サントスともわけありだが、和田は、恵美子を露ほども疑っていない。惚《ほ》れた弱みもあるが、頭脳明晰《めいせき》な恵美子は和田の前で、サントスを僕《しもべ》のように扱《こ》き使い、サントスも心得たもので、絶対服従の姿勢を印象づけていた。

このことは和田に限らない。ホテルマンたちも同様だ。サントスは、部下たちに愛妻家として知られていた。

「サントスはホテルマンとして優秀だ。頭のいい男だし、エミーの補佐役としてパーフェクトだ」

「わたしの指示なしに勝手なことをしないように躾《しつけ》てあるわ」

「そうだね。来日のスケジュールが決まったら、連絡しなさい。専用機で来るといいね」

「こんどは、ロス経由のＪＡＬにするわ。一秒でも早くジョージに逢いたいから、あす中にサンパウロを発《た》つようにします」

和田は少しハスキーな恵美子の声を聞いて、勃然《ぼつぜん》とした気持ちになっていた。

「フライトが決まり次第、ファックスなり電話で知らせなさい。成田空港に迎えに行かせるから」

「ミスター・ヤマモトは元気なの」

「うん。よくやってるよ。サントスとは対照的に主張すべきは主張するほうだが、山本のお陰で僕も大助かりだ。なんとか正社員にスカウトしたいと思ってるんだけどねぇ」

「ミスター・ヤマモトは、ナイスガイだとわたしも思ってる……」

恵美子は、ナイアガラのホテルでヤマモトの誘惑に失敗した場面を目に浮かべ、こんどこそ銜《くわ》え込んでやろうかと、思わぬでもなかった。

あの男なら、ジョージに気づかれることはあり得ない。だからこそアプローチしたのだ。あの男は、わたしの気持ちを惹《ひ》きつけてやまない——。

「大洋銀行はわたしの古巣でもあるのよ。わたしからも、ミスター・ヤマモトに声をかけてみましょうか」

「グッド・アイデアだ。エミーが口説けば、山本も気持ちを動かすかもしれないぞ」

「ぜひミスター・ヤマモトをエアポートに出迎えるようにしてください」

「オフコース。それとエミーと山本を誘って観桜会をやろう。二人がかりで、山本を口説く手もあるんじゃないか」

「カンオウカイって?」

「桜見物だよ」

「アイ・シー」

「フェアモントホテルを予約しておく。千鳥ヶ淵《ちどりがふち》の桜は、やはり日本でも一、二を争うからな」

「たのしみにしてるわ。ジョージ、アイ・ラブ・ユー」

「アイ・ラブ・ユー・トゥー、エミー」

電話が切れてからも、和田は放心したように受話器を握り締めていた。

2

三月二十九日の朝八時半に、山本は和田に呼ばれた。

山本が社長執務室のデスクの前に立つなり、和田がにこやかに話しかけた。

「ワイフはえらく山本さんを気に入ってるようですよ」

「恐縮です」

「きょうの午後成田に着くんだ。定刻は一時四十分だが、わたしの車で迎えに行ってくれないか」

「承知しました」

「恵美子がきみに折り入って、話したいことがあるそうだ」

「どういうことでしょうか」

「まあ、いいじゃないですか。直接、恵美子から聞いてください」

「…………」

「ホテルオークラに泊まりたいと言ってたから、オークラまで送ってください。用件はそれだけです」

山本は首をかしげながら、デスクを離れたが、ドアの前で一礼したとき、和田は会釈の替りに右手を挙げた。

山本には「折り入って話したい」の見当はつかなかったが、上機嫌だった和田の態度から察して、厭《いや》なことではなさそうだ。買物に付きあえぐらいのことだろうか。だが、わざわざ「折り入って」はおかしい。山本は気持ちを掻《か》き回されて、落ち着かなかった。

恵美子は定刻より少し遅れて、成田空港の到着ロビーにあらわれた。スーツの上にコートを着ていた。

「ハーイ」

「こんにちは」

山本は恵美子に軽く抱擁されてとまどったが、挨拶《あいさつ》だから仕方がない。

荷物は、大型のスーツケースが三個。ベンツのトランクに収め切れず、一個は助手席に置かれたが、その前に恵美子と山本の間でちょっと言い合いになった。

「わたしは助手席に坐《すわ》りますから……」

「あなたは、こっちよ」

「それは困ります」

「なにが困るのよ。話がしにくくて、逆に困るわ」

山本はやむなくリアシートに回らざるを得なくなった。

ベンツが走り出した。

「お疲れでしょう。ブラジルは一番遠い国ですから」

「そうねぇ。JALだと二十六時間足らずだけど、RG（ヴァリグ・ブラジル航空）だと二十七時間はかかるから、翌々日の到着になるのよ。もっとも、グリニッジ標準時で、サンパウロを午前零時五十五分に発つから、翌日も翌々日も大して変わりはないけれど」

「フライト中、お休みになれましたか」

「ファーストクラスだから、少しは眠れたけれど、ワインを飲み過ぎて喉《のど》が渇いて、トイレに何度も行ったので……」

恵美子のことだから、一人で二本あけたかもしれない。大柄なほうではないが、アルコールに底なしなことは、ナイアガラのホテルで山本は思い知らされた。

「あなたとわたしは、同窓生の誼《よし》みがあるのでしょ？」

「同窓生ですか」

「そうよ。わたしが大洋銀行のサンパウロのオフィスで働いていたことは、ご存じでしょ」

「なるほど。そういう意味なら分かります」

相当な拡大解釈だ。俺はれっきとしたキャリアだが、恵美子は現地採用の事務員に過ぎない――。

「ジョージとの出会いも、山本さんとの出会いも、大洋銀行が取り持ってくれたのだと思います。だから、大洋銀行はわたしにとって大切な故郷《ふるさと》なのよ」

「奥さまが大銀をそんなふうに思ってくださるのは、ありがたいことです」

「あなたも、大洋銀行を卒業して故郷にしたらいかがですか」

なるほど、と山本は思った。

「折り入って」がやっと理解できた。和田の入れ知恵で、俺のスカウトに一役買おうとしているのだろう。

「社長からも声をかけていただきました。身に余る光栄ですが、まだ大銀を故郷にする気にはなれません」

「あなたは英語が話せるから東和建設に入れば、世界中を飛び回ることができるわよ。ミスター・ヤマモトならビジネスマンとして、世界で通るし、東和建設で、ジョージの後継者になれると思う」

「買い被《かぶ》らないでください。産銀から社長を迎えますし、いずれはご子息の太一さんが社長になると思います」

「太一はできそこないよ」

恵美子はきっとした顔で、言い放った。

運転手に聞こえぬはずがない。山本は、頭のいい恵美子にしては、どうかしていると思った。

「そんなことはないと思いますけど」

「あなたとは、月とスッポンよ」

恵美子の顔がもう和《なご》んでいた。そして、左手が山本の膝《ひざ》に触れた。

ちらちら、バックミラーを見上げている運転手の視界に入るとは考えられないが、山本は躰《からだ》を窓側にずらした。

「千鳥ヶ淵の桜をジョージとミスター・ヤマモトと一緒に見ることになってるけれど、いつになったのかしら」

「社長からなにも聞いてませんが」

「フェアモントホテルをブッキングしておくと言ってましたけれど」

恵美子はそっと山本に躰を寄せた。左手が執拗《しつよう》に、山本の膝に伸びてくる。

「ホテルオークラにお送りするように、社長から申しつかってますが、ずっとオークラに滞在なさるんですか」

「赤坂のアパートと行ったり来たりになると思うわ。スウィートを二週間確保したと、ジョージは言ってました」

「でしたら、社長もホテル住まいをなさるんじゃないでしょうか」


ホテルオークラのスウィートルームに荷物を運び込んだあとで、山本は恵美子から、コーヒーを飲んでいくように誘われたが、「社長が専用車を必要としてますから」と言って、固辞した。

気の回し過ぎとは思うが、恵美子は色仕掛けで、俺を口説きかねない。

3

和田は、会食の予定が入っていたが、キャンセルした。そのことを山本は、阿部有希子から確認していた。

山本が赤坂の東和建設本社に戻ったのは午後四時二十分だ。

社長執務室のソファで、和田と山本が向かい合った。

「ワイフは元気だったか」

「多少お疲れのご様子でしたが、お元気でした」

「どうかね。恵美子に口説かれた感想は」

「ほんとうに身に余る光栄です。奥さまは、さすがです。わたしと同窓生の誼みがあるとおっしゃいました」

「同窓生の誼み？」

「はい。大洋銀行のことをおっしゃっておられたわけです。大銀は、わたしの故郷だから、山本も故郷にしなさい、と言われて、参りました」

「ふうーん。あいつの頭の良いところにも、僕は魅《ひ》かれたんだが、それで、きみはどう思ったんだ。少しはその気になってくれたのかね」

山本は目を瞑《つぶ》って、左手で首の回りをさすった。

「なんと申し上げたらいいのか……。気持ちが動かなかったと言えば嘘になりますが、まだ気持ちの整理がつきかねています」

「もうひと押しですね」

「ちょっと、いやあと半年か一年、考える時間をいただきたいと思います」

山本は口は重宝だなと、自分でも思っていた。

とてもじゃないが、大銀を辞めて、東和建設に入社する気にはなれない。

「四月三日の日曜日をあけといてくれないか」

山本は観桜会だとぴんときた。

「はい。お時間は？」

「フェアモントの昼食の時間を予約しときました。午前十一時から一時までの二時間。奥さんと二人でいらっしゃい。千鳥ヶ淵の桜が満開でしょう」

「ありがとうございます。しかし、わたしごときには勿体《もったい》ないので、遠慮させていただきます」

和田は一瞬、厭な顔をしたが、すぐに微笑を浮かべた。

「プライベートなので、社長命令というわけにはいきませんが、山本さんには秘書役として頑張ってもらってるんだから、お礼のつもりもあるんです。ぜひとも受けてください」

「家内がなんと言いますか。緊張して、桜を誉《ほ》めるどころではないと思います。おそらく辞退するんじゃないでしょうか」

和田は思案顔で腕と脚を組んだ。

「そう言わずに話してごらんなさいよ。奥さんがどうしても、われわれ夫婦に会いたくないということなら無理にとは言わないが」

「………」

「山本さんの奥さんは、幾つですか」

「ワイフと同じじゃないですか。話が合うと思いますよ」

「三十六歳です」

和田が時計を見たので、山本は退出した。

心ここにない。一刻も早く恵美子に逢《あ》いたいに相違なかった。

和田を乗せたベンツがホテルオークラに向かったのは四時五十分だ。

恵美子はネグリジェ姿で和田を迎えた。

シャワーを使ったあとで、二人は睦《むつ》み合った。身も心もとろかされる、と和田はいつもながら思わずにはいられない。

ルームサービスのディナーで、恵美子はイブニングドレスに着替え、和田もスーツ姿になった。

ドン・ペリニヨンの栓が弾《はじ》け、シャンパンの泡があふれ出た。

和田が急いで、シャンパングラスにボトルを傾けた。

「乾杯！」

「乾杯！」

二人とも一気にグラスを乾《ほ》した。

「美味《おい》しいわ」

「うん。エミーと飲むシャンパンは格別だよ。どうする。ワインにしようか」

「もう一杯、シャンパンをいただくわ」

和田がふたたび二つのグラスにシャンパンを満たした。

「山本がエミーの頭の良さに舌を巻いてたよ」

「どういうこと？」

「エミーの口説き方が上手だってことだよ。エミーは、同窓生の誼みだと話したらしいじゃないの」

「イエース。それでミスター・ヤマモトは大洋銀行を卒業する気になってくれたのかしら」

「かなり気持ちが動いたことは間違いないと思うよ。わたしが口説いたときは、ノーサンキューだったが、エミーのひと言にレスポンスしたことはたしかだ。山本がスカウトできたら、エミーの功績だね」

「ジョージも、ミスター・ヤマモトが大好きなんでしょ」

「電話でも話したが、あいつの凄《すご》いところは、わたしほどの男に向かってくる点だ。あいつは見どころがある。大洋銀行なんかに置いとくのは勿体ないよ」

「同感よ」

「勿体ないっていえば、観桜会に山本夫妻を招待しようと思ってるんだが、勿体ないから遠慮するって言ってたよ」

「それじゃあ、来ないの」

「いや、来るだろう。四月三日の日曜日のランチタイムに決めたからな」

「あしたかあさって、久しぶりに鎌倉を見学したいと思ってるのだけれど、ジョージはどうなの」

「僕は無理だよ。山本にアテンドさせよう」

「ジョージも一緒だとうれしいのに」

恵美子は、眉《まゆ》をひそめたが、内心はしめたと思っていた。

4

翌々日、山本は和田に命じられ、恵美子の鎌倉行きをアテンドした。

午前十時にホテルオークラまでハイヤーで迎えに行った。

山本は恵美子をリアシートに乗せてから、バーバリーのコートを脱ぎながら助手席に回った。

「こっちにいらっしゃいよ」

「秘書の分際で、それはできません。一昨日は荷物の関係でつい甘えてしまいましたが」

「他人行儀なのねぇ」

「社長夫人に失礼があってはならないと思ってます」

いくら恵美子でも、ハイヤーの中では手を握ったり、膝をさわったりするぐらいだろうが、山本はそれさえもあってはならないことだと思っていた。

車が第三京浜《けいひん》に入ったとき、山本が躰をねじって、後方を振り向いた。

「大仏を先にしますか。それとも北鎌倉の円覚寺《えんがくじ》、建長寺《けんちょうじ》などを見学して、北鎌倉駅近くに精進料理を食べさせるお店がありますので、昼食を摂《と》ってから、鶴岡八幡宮《つるがおかはちまんぐう》を経て、大仏を最後にしましょうか」

「まかせるわ」

素っ気ない返事だった。つんつんした感じともいえる。他人行儀に拘泥《こうでい》しているのだろうか。

「運転手さん、第三京浜から横浜新道に出て、原宿《はらじゅく》を左折してください」

「分かりました。北鎌倉が先ですね」

「お願いします」

「土日は交通規制が厳しくて、車では無理ですが、きょうはウイークデーですから、そんなに混まないと思います」

中年の運転手は、丁寧な口調で答えた。

だが、鎌倉はけっこうな人出だった。

鎌倉街道沿いの精進料理店もほぼ満席の盛況ぶりだったが、料理はあらかじめ大量に仕入れてあるとみえ、あっという間にテーブルに並んだ。

普段、座敷に坐《すわ》る習慣のない恵美子は、座布団も馴染《なじ》まないし、膝《ひざ》と脚が窮屈なせいか、終始不機嫌だった。

「鎌倉にはこんな店しかないの」

「由比ヶ浜《ゆいがはま》の海岸まで行けば、レストランがありますが、昼食時間と相当ズレてしまいます。精進料理はお嫌いですか」

「そんなことはないけど。ジョージと京都で豆腐ばっかり食べたことがあるけれど、けっこう美味しかったわ」

「この店も、まあまあだと思いますよ」

「ワインをオーダーしてよ」

「ワインは置いてないと思います」

「日本酒でもいいわ。郷に入っては郷に従えでしょ」

「どうも。気がつかなくて申し訳ありません。燗《かん》にしますか」

「そうね。その前にビールを一杯いただこうかしら」

「はい」

山本は、目の合った紺絣《こんがすり》の着物姿の女性従業員を手招きして、ビール一本と、日本酒の銚子《ちょうし》二本を注文した。

アルコールが入ってから、恵美子の食事が進んだ。

「この揚げ出し豆腐は、なかなかいけるわね」

「ええ」

脚を伸ばしたり、中腰になったり、落ち着かないことおびただしいが、恵美子は日本酒を一本追加注文して料理を残さず、きれいにたいらげた。そして、緑茶になってから、恵美子が言った。

「お花見には、奥さんも見えるんでしょ」

「いいえ。三日の日曜日は高校時代のクラス会があるので、遠慮するそうです」

「ジョージに話したの」

「はい。家内は幹事なので欠席できないこともお伝えしました。社長は日を改めようか、とお気を遣ってくださいましたが、それはあり得ません。日本産業銀行の高橋常務ご夫妻をお誘いしたところ、よろこんでお受けするという返事だったそうです」

美由紀はノーサンキューと言ったまでだが、嘘も方便《ほうべん》だ。

「そうなの。高橋さんにはお目にかかりたいと思ってました」

「わたしも遠慮したいと社長に申し上げたのですが、まかりならぬ、と叱られました」

「ジョージが怒るのも当然でしょ。主賓はあなたなんですから」

「とんでもない」

恵美子がテーブルの下へ脚を伸ばし、座椅子に背を凭《もた》せて、山本を見つめた。

「お酒が入ったせいかしら、なんだかどっと疲れが出てきたわ。それに、昨夜よく眠れなかったの。あなたのことを思ってたからかもよ」

山本は伏目になって、笑いながらまぜっかえした。

「光栄です。ただ、わたしも少し眠くなってます。お酒と満腹のせいだと思います」

「だったら、大仏はパスして、ホテルで休んでいきましょうよ」

「奥さまのジョークで、眠けがすっ飛んでしまいました」

「ジョークじゃないわ。本気よ。ハイヤーを返して、タクシーを使えばいいでしょう」

「きょうは観光で奥さまをアテンドするのがわたしの役目です。夕方までに会社に帰らなければなりません。きょうはわたしにおまかせください」

山本は笑顔を消さずに、ぴしゃりと言って腰を上げた。

5

フェアモントホテルは、桜のシーズンは例年超満員で、一階の喫茶ルームも満席になる。四月三日の千鳥ヶ淵は八分咲きのソメイヨシノが見事だった。

五人は、千鳥ヶ淵に面した三階の特別室の窓際に肩を並べて、しばらく桜を堪能《たんのう》した。歩行がままならぬほど花見客は多かった。

これ以上の特等席は望むべくもない。

定食のメーンディッシュのフィレステーキを食べているとき、和田に電話がかかってきた。和田はナプキンで口を拭《ふ》いてから、テーブルを離れた。

「なんですって。そんな莫迦《ばか》な」

「…………」

「分かりました。すべて事実無根です。四百万ドルなんて、どこを押したら出てくるんですかねぇ」

「………」

「総理とは、わたしが連絡を取ります」

和田の横顔が引き攣《つ》っていたが、テーブルに戻ったときは微笑を浮かべていた。

「パナマですか」

高橋に訊《き》かれて、和田は目を丸くした。

「よくお分かりですねぇ」

「ガリエガ将軍にアメリカ政府の圧力が強まっていることは聞き及んでます。四百万ドルが、なんであるかは分かりませんが」

「外務省の某高官が電話で知らせてくれたのですが、現地時間で四日にホセ・ブラドンがアメリカの上院外交委員会のテロ・麻薬・国際活動小委員会で、証言することになったらしいんです。当社がガリエガに四百万ドルの賄賂《わいろ》を支払ったというデマがすでにワシントンで流れているそうです」

「ホセ・ブラドンといえば、ガリエガの腹心中の腹心じゃないですか。かれがガリエガを裏切りますかねぇ」

「パナマのニューヨーク総領事をクビになったことは事実ですし、CIAから威《おど》されて寝返った可能性はあると思います」

「竹山総理の名前も、取り沙汰《ざた》されてるんですか」

「当社がパナマでビジネスをしていることと、竹山総理とわたしが親密な仲であることは、ホワイトハウスにも把握されてると思います」

五人ともナイフとフォークを持つ手が止まっていた。

深刻な事態は、高橋と和田の会話を聞いただけで、山本にも理解できた。

恵美子が口を挟んだ。

「ゼネラル・ガリエガがコンタードラ島を麻薬の密輸基地にしていると、CIAは疑惑の目を向けているんじゃないかしら」

「去年の六月にコンタードラ島のホテルを買収しましたねぇ。ウェストン・ホテル・チェーンが大型プロジェクトだったので、ジョージは記者発表で触れませんでしたが」

高橋の指摘は当たっていた。昨年六月に和田がパナマを訪問したとき、邦価換算で九億二千万円を投じて、パナマ国営ホテルを東和建設が買収したのだ。

「仮に密輸基地にされてることが事実だとしても、当社とは無関係ですよ」

「四日の小委員会は、公聴会になると思いますが、ホセ・ブラドンの口から東和建設やジョージの名前は多分出るでしょう。竹山首相も然《しか》りです。日本の新聞が書き立てるようなことになると面倒ですねぇ」

「事実無根を事前に、官邸と外務省から新聞記者にレクチャーするよう総理にお願いしますよ」

「それがいい。当節、東和建設をやっかむ人は多いですから、ジョージも大変ですねぇ」

「いずれにしてもたいした問題ではありません。せっかくの観桜会に水を差されましたが、気を取り直して、花より団子といきましょう」

和田が真っ先にナイフとフォークを手に持った。

6

首相官邸と外務省が動いたせいか、全国紙は、公聴会のホセ・ブラドン証言を書かなかったが、ブロック紙が、四月五日付の夕刊で〝東和建設 パナマのガリエガ将軍に「二回で四百万ドル支払う」〟の見出しで報じた。また、〝全く事実無根の話〟の小見出しに続いて、〝木村正文・東和建設広報担当部長の話〟を載せていた。


この夜、和田は八時過ぎまで、北脇、木村との打ち合わせで残業した。社長秘書役の山本は同席を許されなかったが、社長が在席しているのだから退社できず、山下昌子を先に帰し、社長執務室に近い昌子の席で待機していた。

和田を見送って、自席に戻った山本に、木村が浮かぬ顔で話しかけてきた。

「ご存じだと思いますが、北脇常務はノーコメントで押し通せという意見だったんです」

「初耳です。木村さんがコメントしたのは、社長命令じゃなかったんですか」

「もちろんですよ。ただ、北脇常務に念を押すのを忘れてましたけど」

「五時から三時間も、なにを話してたんですか」

「複数の週刊誌から、取材の依頼があったんです。社長とインタビューしたい、と言ってきたところもあります。社長は一誌だけ出ようか、と言ったのですが、そうなると袖《そで》にされた他誌があることないこと書きますよねぇ」

「記者会見して、事実無根を強調する手はありませんか」

「それほどの問題じゃないですよ」

「室長は、帰ったんですか」

「会食の予定が入ってたらしく、あわてて出て行きましたが、会議を長びかせたのは、あの人自身なんです。ノーコメントで通し、取材に応じるべきではなかった、ガリエガだか、ホセだかに聞いてくれ、でよかったって愚図《ぐず》愚図言うんですよ」

山本は、このところ北脇とほとんど口をきいていなかった。会議でも、北脇から意見を求められることはなかった。

「室長らしいですねぇ。それで、結論はどうなったんですか」

「社長はインタビューに一切応じないことになりました。さいわいというべきか恵美子夫人が見えてるので、当分の間ホテルオークラに泊まるそうです」

「記者たちの夜討ち朝駆け対策ですね」

「お腹すいてませんか。その辺で軽くどうですか」

「すいてますが、帰宅します。おとといの日曜日にも出勤したんで、今夜ぐらい家で晩めしを食べないと」

「日曜日にどうしたんですか」

山本が観桜会の話をすると、木村はにやっと笑った。

「北脇常務に知られたら、ジェラシーで大変な目に遭いますよ」

「それじゃあ、内緒にしてください」

「もちろんです。口止め料というのもなんだか変ですが、そのかわり一杯だけつきあってください。このまま、まっすぐ家に帰る気にはなれませんよ」

山本は、これも浮き世の義理と思うしかなかった。

美由紀に「食事はいらない」と電話すると、木村は相好を崩した。

赤坂見附《あかさかみつけ》駅近くの小料理店のカウンターに並んで、ビールを飲みながら、木村が驚くべきことを口にした。

「四百万ドルはともかく、百万ドルはあり得るんじゃないですか」

「ひとり言にしては、凄《すご》いこと言いますねぇ」

「わたしの当てずっぽうですけど、社長は相当気にしてましたからねぇ」

「事実無根のコメントはどうなるんですか」

「常務がノーコメントにこだわるのも故なしとしないかもしれませんよ」

山本は、しげしげと穴のあくほど木村の横顔を見つめたが、木村はなにくわぬ顔でビールを飲んでいた。

「腹心のホセ・ブラドンの裏切りは、ガリエガ失脚の前兆と取れないこともないでしょう」

「ホセ・ブラドンがアメリカに亡命したことは誰が見ても分かります。CIAに守られる保証がなければ、公聴会で証言するようなリスクを冒しませんよ。パナマ案件はODAが絡んでますし、いろいろ裏があるんでしょうねぇ」

「ノーコメントです」

木村は声を立てて笑ったが、山本は笑えなかった。

第九章　出向解除

1

昭和六十三（一九八八）年七月四日午後一時半頃、赤坂の東和建設本社ビル一階の受付に、大学生とおぼしきスーツ姿の男性が訪ねてきた。

「和田健一と申します。和田会長か宮本社長にお目にかかりたいのですが」

「お約束をいただいてますか」

受付の女性社員は事務的な口調で訊いた。

「いいえ」

「どういったご用件でしょうか」

「就職の相談で参上しました。会長は伯父《おじ》で、社長は父の親友です」

受付嬢は、人事部かな、と思ったが、季節外れの就職活動だし会長の甥《おい》ということなら、秘書役の山本に取り次ぐべきだと機転を利かせた。今年入社したばかりだったので、故和田祥次郎元副社長のことは知らなかった。

在席していた山本は、受付からの電話で、和田健一を役員応接室に通すよう指示し、八階のエレベーターホールで、健一を待った。

一年余前の六月一日の夜、山本は健一を御茶ノ水の大学病院の霊安室で見かけた。当時健一は東大法科の三年生だと聞いた憶《おぼ》えがある。四年生なら、とうに就職は内定しているはずだが、就職の相談で会長か社長に会いたい、とはどういうことか山本は見当がつかなかった。

和田会長と宮本社長は会議中だった。

エレベーターから降りてきた青年は、白面《はくめん》の貴公子然とした面立《おもだ》ちで、母親似なのか、伯父の和田征一郎の面影はなかった。

「社長室審議役の山本です。会長と社長の秘書役を担当しておりますが、会長も社長も会議中です。会議は始まったばかりですので、一時間ほどお待ちいただくことになりますが、いかがいたしましょうか。さしつかえなければ、わたしがお話を承りますが」

「アポなしで勝手に押しかけてきて申し訳ありません。失礼ですが、父が亡くなった日にお目にかかってますでしょうか」

「はい。よく覚えております。わずか一年ほど前のことですから」

「山本さんに、話を聞いていただいて、よろしいでしょうか」

「どうぞ」

山本は、役員応接室の五号室に健一を案内し、会長付秘書の山下昌子に電話で茶を頼んでから、ソファに腰をおろした。

「就職の相談と聞きましたが、和田さんは四年生ですよねぇ」

「はい。司法試験を受けるつもりでしたが、気持ちが変わりました。父が戦死した会社に就職するのが、父の供養になると思ったのです」

「ほーう」

山本は小さな唸《うな》り声を発した。

東大法科を出て準大手のゼネコンに就職を希望する学生は皆無に近い。しかし、祖父が創業者で、伯父と厳父が二人三脚で大きく育てた特殊事情を考えれば、当然あり得ることだ。

「あなたのお父上が殉職したことは、伺ってます。わたしは大洋銀行からの出向社員で、祥次郎副社長の謦咳《けいがい》に接したことはありませんが、宮本社長と新井副社長から、大変素晴しい方だったと聞いています」

「わたしが東和建設に就職を希望していることは、母や弟にも話してませんし、伯父にも話してませんが、伯父は賛成してくれると思いますか」

山本の眉《まゆ》が動いた。ずいぶん不可解な質問だと思ったのだ。

「逆にお尋ねしますが、反対する理由があると思いますか」

健一は思案顔をうつむけたが、すぐに山本をまっすぐとらえた。

「いわば初対面の山本さんに、こんな話をしていいか悩むところです。しかし、山本さんは大洋銀行から東和建設に出向している方とお聞きし、客観的に判断できる方だと思いますので、正直に、率直に申しますが、太一さんのことを考える必要があるような気がするのです」

なるほど。この青年がそこまで考えていたとは驚きである。太一との年齢差はわずか三歳だ。両人に月とスッポンの差はあるかもしれない。従兄弟《いとこ》で、こうも力量に差があると、太一が霞《かす》んでしまう。むろん出身大学や偏差値だけがすべてとは思えないが、山本が少々接触した限りでも、二人の格差は歴然としている。いまや、太一は、社長室の厄介者に過ぎなかった。だが、和田征一郎ほどの男がそんなことに拘泥するはずがない。そこまで狭量とは思えないし、太一の母と離婚して、ブラジルの日系二世と再婚するほどの大物ではないか。案ずるには及ばない、と山本は瞬時のうちに考えをまとめた。

「太一さんにとって、健一さんの入社は刺激になりますから、わたしは、あなたを歓迎します。お二人で切磋琢磨《せっさたくま》して、東和建設をもっと輝ける会社にしてくださいよ。わたしからも会長と社長に進言します。わたしもあなたと同じで、ストレートにものを言うほうなんですが、太一さんのことをカウントするのは大いにけっこうです。あなたは、太一さんをバックアップしてやろう、と考えたらよろしいじゃないですか」

2

ノックの音が聞こえ、昌子が緑茶を運んできた。

健一は、起立して、「ありがとうございます」と、昌子にお辞儀をした。

「ご丁寧に恐れ入ります」

昌子も低頭した。

太一に、健一の爪の垢《あか》でも煎《せん》じて飲ませてやりたい、と山本が思ったとしても仕方がなかった。

「太一さんとは会ってますか」

「父の法事で会いました。子供の頃は仲良しでしたが、太一さんはお母さんのことで苦労したと思うのです。なんとなく疎遠になったのは、そのことと無関係ではないような気がします」

「あなたは、お父上を亡くして、苦労されたでしょう」

湯《ゆ》呑《の》み茶碗《ちゃわん》の蓋《ふた》をあけて、しずくを切りながら、山本が言った。

「逗子のお寺でのお葬式に固執されていた百合子夫人とあなたのお母上には、勝手を致しまして、申し訳ありませんでした」

「その話は祖母と母から聞きました。伯父のパフォーマンスのための葬式になってしまうと、わたしは厭《いや》な気持ちになりましたが、伯父の立場を考えれば、我慢しなければいけない、と母からきつく言われたのを覚えてます」

山本は緑茶をひと口すすった。

「ご遺族のお気持ちを考えると、つらい気持ちになります。穴があったら入りたいですよ」

「とんでもない。母は父が亡くなったショックで、呆然自失《ぼうぜんじしつ》してましたが、本来は明るい性格で、あのときの山本さんの気魄《きはく》は凄かったと申してました。いちど母にもぜひ会ってくださいませんか。母は山本さんのファンですよ」

健一も明るい性格と思える。東大法科を鼻にかける感じは微塵《みじん》もなかった。

「弟さんはお元気ですか」

「ありがとうございます。受験勉強で頑張ってます」

健一が湯呑みに手を伸ばした。そして、緑茶をすすって、湯呑みを茶托《ちゃたく》に戻した。

「ちょっと気になることがあります。父の法事で伯父に会ったとき、卒業後の進路について訊かれたのですが、司法試験にチャレンジするつもりだ、と答えました。伯父は、嬉《うれ》しそうな顔をして、その志を大事にしろ、と言いました」

「気にするほどのことではないですよ。お父上が育てた東和建設のために頑張るのも、大きな志じゃないですか」

山本の微笑に誘われるように、健一も白い歯を見せた。

「どうしますか。もう少しお待ちになりますか。メモを入れましょう」

ソファから腰をあげた山本を、健一は両手で制した。

「とんでもない。山本さんにお目にかかれただけでもラッキーでした。山本さんから会長のアポを取っていただいて、会長の都合のよい日時を連絡していただけませんでしょう

しいですか」

「承知しました。あなたがきょう見えたことと、その用件をわたしから会長に伝えてよろしいですか」

「ぜひお願いします」

「わたしの名刺を差し上げておきます」

山本は、名刺入れから二枚取り出して、一枚に連絡先の電話を健一に書かせた。

山本は、健一をエレベーターホールまで見送って、会長室に回ったが、会議はまだ終っていなかった。

「山下さん、会長に話したいことがあるんですが、会長の時間があき次第、連絡してください」

「かしこまりました。このあと三時と三時半に来客がありますから、四時から四時半の間になると思いますが」

「そうでしたね。じゃあ、よろしく」

山本が自席に戻ると、隣席で太一が新聞を広げていた。

山本が咳《せき》払いをして着席すると、太一は緩慢な動作で、新聞を畳んだ。

「来客だったんですか」

「ええ、和田さんのよく知ってる人ですよ」

「へえ。誰ですか」

「和田健一さんです」

「へえ。そうだったんですか。健一は司法試験を一発で決めてやるなんて、偉そうに言ってたけど、こんなところに来る暇があるのかなぁ」

「国家試験の中でも最難関の司法試験を一発で決めるなんて、ほんとうにそんなこと言ったんですか」

山本に見つめられて、太一は目を逸《そ》らした。

「いずれにしても自信満々だったけど」

「ふうーん」

「あいつ、なにしに来たの？」

「会長に面会に見えたんですよ」

「アポなしで？」

「そのようですねぇ」

「それはないでしょう。いくら伯父、甥の関係でも。親しき仲にも礼儀ありですよ」

「いいこと言いますねぇ」

山本は皮肉ったつもりだったが、太一は笑顔になった。

「健一の用件はなんだったんですか」

山本は、明かすべきかどうか考えた。

太一の反応を見てみたいと思わぬでもなかったが、話してどうなるものでもないし、話すべきではない——。

「会長に直接伝えるのが筋というものでしょう。親しき仲にも礼儀ありとは、ちょっと違いますが、それが秘書役の心得です。和田さんも室長付になって、四か月経ったんですから、いろいろなことが見えるようになったのと違いますか」

「うん。まあねぇ」

「あなたは、期待の星なんですからね」

「そんなにプレッシャーかけないでよ」

「それでもプレッシャーがかかってるつもりなんですか。とても、そうは見えないが」

「山本さんはきついなぁ。社長室でいちばん怖い人ですよ」

「ご冗談を」

山本は笑いにまぎらわしたが、目の澄んだ健一の顔を太一のそれに重ね合わせて、なぜだか少し不安になった。

3

午後四時四十分に山本のデスクの電話が鳴った。

山下昌子だった。

「会長がお呼びです」

「はい。ありがとうございます」

山本は、会長執務室に急いだ。

和田は五時に外出することになっている。

時間は二十分しかなかったが、先刻、和田健一が来社したことを話すだけのことだから、問題はない。

「健一はなにしに来たのかな」

和田は、あらかじめ健一の訪問を昌子から聞いていたのだろう。山本を見るなり、質問した。

「東和建設に就職したい、とのことでした。そのことを会長に伝えて欲しいと話してました」

和田の表情が翳《かげ》るのを山本は見逃さなかった。

「司法試験にチャレンジしたいと言ってたが」

「ずいぶん悩まれたそうですが、気持ちが変わったようです。お父上が殉職した会社で働く選択肢もあると考えたんじゃないでしょうか」

「山本さんは、健一になにか意見を言ったんですか」

「わたしは、健一さんの選択は間違ってないと思いましたので、歓迎すると申し上げました」

「歓迎する？」

和田の表情が険しくなった。

「ちょっと坐《すわ》りなさい」

「はい」

和田はデスクを離れ、ソファに移動した。

和田が長椅子にどすんと腰を落としたので、山本は正面に坐った。

「失礼します」

和田は腕と脚を組んで、しばらく口をきかなかった。

山本はひたすら待つしかない。

二分ほど押し黙っていた和田が口を開いた。

「健一は、わたしに面会を求めてきたのかね」

「はい。きょうのところは、会長と面会できる日時を教えて欲しいということでした。つまりアポを取りに見えたんじゃないでしょうか」

「わたしは、健一に会うつもりはない。東和建設は、和田商店とは違うんです。甥だからといって情実で入社させるわけにはいかんだろう」

和田の強い口調に、山本は衝撃を受けた。

健一の入社に反対するとは思いもよらなかった。和田は〝月とスッポン〟に拘泥しているのだ。このことは、健一自身が気にしていたことだ。

健一は、伯父である和田の度量、器量を試したい思いもあって、東和建設への入社を希望したのだろうか。

「山本さんも、出向社員の立場で、歓迎するは、ちょっと僭越《せんえつ》ですね」

山本は、深呼吸をして、反論した。

「お言葉を返すようですが、おっしゃるとおり、わたしは出向社員です。しかし、会長のブレーンとしての立場もございます。僭越と言われるのは心外です」

ご都合主義で、出向社員になったり、ブレーン扱いをされる覚えはない、と言いたいくらいだった。

それどころか、大洋銀行を辞めて、東和建設の正社員になれ、とまで言ったのは誰なのか、訊きたいくらいだ。

和田が険《けん》のある目で、山本を見返した。

「きみは太一の後見人の立場をわきまえないのかね」

「会長がそこまでおっしゃるとは思いませんでしたが、太一さんと健一さんが啓発し合うのは、むしろ喜ぶべきことだとわたしは思います。かつて、社長と副社長の立場で、会長は祥次郎さんと切磋琢磨したと聞いてます。健一さんという優れた人材の入社を拒むなど、わたしには信じられないことです。ブレーンとしての立場であえて申し上げますが、ぜひウチへ来い、来てくれ、というのが会長のあるべき姿勢だと、わたしは思います。健一さんの入社は太一さんを発奮させることにならないでしょうか」

ノックの音がし、昌子が顔を出した。

「会長、そろそろお時間ですが」

「北脇に〝茄子〟へ先に行くように伝えなさい。三十分ほど遅れることも。コーヒーをお願いする」

「かしこまりました」

昌子の退出を見届けて、和田が苦り切った顔で言った。

「山本さんは、健一に会って、かれに好感をもったわけだね」

「はい、素晴しい青年だと思いました。東和建設の明日を太一さんと二人三脚で担うことが期待できるんじゃないでしょうか」

「莫迦《ばか》に惚《ほ》れ込んだものだねぇ。だが、太一と健一は、あまり仲がいいほうじゃないからねぇ。たしかに健一はしっかりしてるが、それだけに太一がいじけやせんか、わたしは心配でならないんだ」

「失礼ながら取り越し苦労だと思いますが。健一さんは太一さんがお母上のことで苦労されたことを気遣っておられました」

和田はいっそう厭《いや》な顔になった。

「健一はそんなことまで、山本さんに話したんですか。わたしの離婚をあてこするようなことを言うとは……」

山本はおっかぶせるように急いで言い足した。

「わたしは言い方を間違えてました。太一さんとなんとなく疎遠になった理由として、健一さんは触れたに過ぎません。あてこするなんて、大変な誤解です」

4

コーヒーをすすりながら、和田が急にしんみりした口調になった。

「山本さんには、ぜひともわたしの気持ちを理解してもらわなければ困ります。わたしとしては太一をなんとしても育てなければならないのです。そのためには、健一を排除しなければならない。健一の存在は邪魔になる。健一は太一の足を引っ張るだけで、東和建設に不協和音を持ち込むことになるんです。賢明な山本さんなら、必ずわたしの気持ちが分かってもらえると思いますが」

東和建設のオーナー会長が、実子のことしか考えないとは、親莫迦の極みではないか。山本の目に、和田征一郎が一回り小さく映った。

「きょう、わたしと話したことは忘れてください」

「お言葉ですが、忘れることはできません。健一さんに、一度ぜひとも面会していただけないでしょうか。わたしは百パーセント会長のブレーンの立場に立って、申し上げているつもりです。和田会長が大人物であることを示すためにも、甥《おい》の和田健一さんの入社を叶《かな》えてあげてください。お願いします」

低頭した山本が面を上げると、和田の顔が引き攣《つ》っていた。

った。

「わたしの気持ちを分かってもらえないようですねぇ。山本さんには失望しましたよ」

冗談じゃない。失望したのは俺のほうだ、と山本は落胆し、その思いを顔に出してしま
「健一さんに電話連絡しなければなりませんが、面会は断ると伝えてよろしいのですか」

「今夜、電話しなければならんということでもなかろう」

「できれば今夜中に電話をかけたいと思います」

「わたしは超多忙の身だ。当分の間、時間が取れないと伝えたらいいな」

投げやりな和田の口調に対して、山本は抗議を込めて莫迦丁寧に答えた。

「承りました。そのように伝えさせていただきます。失礼いたしました」

山本は起立して、深々と頭を下げた。

ドアの前で、回れ右をして、もう一度低頭した山本に、和田がきつい口調で命じた。

「健一のことで、わたしと話したことは他言を禁じる。分かったな」

「承知しました。健一さんに電話する以外のことは考えておりません。当分の間、時間が取れない、と会長はおっしゃいましたが、問題の先送りと考えてよろしいでしょうか。つまり、面会のチャンスはある、とわたしなりに判断しているのですが」

「それは余計なことだ。きみは、健一に、わたしが話した以上のことを言う必要はない」

「はい」

山本は一揖《いちゆう》して、会長執務室から退出した。

山本は自席に戻る前に、役員応接室から広尾の和田健一のマンションに電話をかけた。

「東和建設の山本と申しますが、健一さんはいらっしゃいますか」

「まだ、帰宅しておりませんが」

「お母さまでいらっしゃいますか」

「はい」

「いつぞやは失礼なことを申しました」

「義母《はは》とも話したのですが、山本さんにはほんとうに感激しましたのよ。その節はお世話になり、ありがとうございました」

「とんでもない」

「健一がなにか……」

「健一さんはきょうの午後、会社にお見えになりました。会長との面会を希望されておりましたが、日程が立て込んでおりまして、当分お会いすることはできない、と会長は申しております。その旨、お伝えください」

「承知しました。それにしても、健一はなぜ征一郎さんと面会したいなどと言い出したのでしょうか」

「お父上が殉職した東和建設に入社することを希望しておられるようです」

「まあ、そうなんですか。わたしにはなんにも話してくれませんが、けっこうなことだと思います」

「それでは、健一さんにくれぐれもよろしくお伝えください」

「必ず申し伝えます」

治子の明るい声を聞いて、山本は少し元気になったが、目下のところ結果は、「けっこうなこと」になる見通しは限りなくゼロに近い。そう思うと胸がふさがる。

和田征一郎を翻意させることは不可能なのだろうか。宮本や新井の助力を得て、説得する手はないだろうか。

山本は役員応接室で、しばらく考えに耽《ふけ》っていた。

5

接待客を玄関で見送ったあと、和田は北脇と赤坂の料亭〝茄子〟の座敷に戻って人払いし、水割りウィスキーを飲みながら甥の健一が東和建設に入社希望していることと、それに対する山本の意見などを詳しく話した。時刻は十時十五分過ぎだ。

「そんなわけなんだが、どうしたものかねぇ」

北脇がしたり顔で答えた。

「山本は、会長の覚えめでたいことを鼻にかけて、少しいい気になってませんか。まだ尻《しり》の青い若造のくせに、会長にそこまで楯突《たてつ》くとは、大洋銀行のエリートかなんか知りませんけど増長が過ぎますよ」

「山本の言ってることは筋は通ってるが、わたしの気持ちを分かろうとしない。不愉快だよ」

「泣いて馬謖《ばしょく》を斬るしかないと思いますが」

「しかし、まだ一年ちょっとしか経ってない山本を大銀に戻すのは、どんなものかねぇ」

「わたしから、山本に話しますよ」

和田はグラスを朱塗りのテーブルに戻して、腕組みした。伸ばした脚はテーブルの下だ。

「それは不味《まず》い。新井から話してもらうのがいいだろう。もっとも、山本が気持ちを変えれば話は別だ。山本はよくやってるから、できることなら、スカウトしたいくらいなんだ」

北脇はかすかに眉《まゆ》をひそめたが、和田は気づかなかった。

「いずれにしても、早いところ結論を出したほうがよろしいと思います」

「健一には、宮本から話してもらうかねぇ。来年の就職試験はもう終ったも同然だから、宮本に口をきいてもらって、大盛建設にでも嵌《は》め込むしかないだろう。とりあえずゼネコンの大手で五、六年トレーニングしてこい、とでも話してもらおうか」

「東大法科なら、大盛は喜んで受け入れると思いますけど、五、六年のトレーニングは話の綾《あや》なんでしょう」

「もちろんだ。健一なら大盛でも、大成するだろう」

たまたま駄洒落《だじゃれ》みたいなことになって、和田はげらげら笑い、「大盛で大成ですか」と、北脇が追従《ついしょう》した。

「太一はものになりそうか」

「もちろんです。父親が偉大過ぎて、多少萎縮《いしゅく》してましたけど、さすが蛙の子は蛙ですよ。わたしくめが後見人、教育係として、立派な三代目にしてご覧にいれますよ。もともと潜在能力は相当なものなのですから」

「それならいいが、山本を失うのは、太一にとっても大きな損失になるだろうなぁ」

「そんなことはまったくありません」

北脇は、「まったく」にやけにアクセントをつけた。

「健一は、大盛建設を拒否して、ふたたび司法試験に気持ちを向かわせてくれるといいんだが、祥次郎の弔い合戦をやるつもりでいられると、ややっこしいことになるな」

「司法試験もよし、大盛もよしで、東和建設を諦《あきら》めさせれば、どうでもよろしいじゃないですか」

「母の影響を受けて、健一も勇二も、恵美子を受け入れようとはしない。その点、太一は、だんだん、わたしの気持ちを理解してくれるようになってきた。来週からブラジルとパナマに出張するが、山本を連れて行くつもりだったんだが……」

和田はグラスに手を伸ばし、水割りウィスキーをがぶっと飲んで、話をつなげた。

「山本の出方によっては、北脇の言う泣いて馬謖を斬らざるを得ない。一度、太一をブラジルに連れて行くかねぇ」

北脇が間髪を入れずに答えた。

「差し出がましいようですが、それはおよしになったほうが無難なんじゃないでしょうか」

「どうして？」

「奥様が当惑されると思うんです」

「恵美子は、ブラジル育ちで大らかな女だから、そんなことはないと思うが」

「わたしの思い過ごしかもしれません」

「恵美子に率直に訊《き》いてみるか」

北脇は返事をせず、つくり笑いを浮かべた。

「話は飛ぶが、山本を大銀に戻すことになったら、代りを出してもらうのがいいと思うか」

「でしたら、こんどは産銀の若手でしょう」

「それもあるか。産銀と大銀と、両方に気を遣うのもなんだから、やめておくか」

「わたしは、そのほうが角が立たなくてよろしいと思います」

女将《おかみ》が座敷に顔を出した。ふっくらした面立ちだ。

「ワーさま、どうしましょうか。なにかおつまみをご用意しましょうか」

「いや、もうけっこう。車は来てますか」

「三十分前からお待ちしてます」

「そう。北脇とちょっと密談があったんですよ。もう終りました。打ち水に行ってから帰ります」

「わたしもツレションと行きます」

二人は一緒にトイレに立った。

放尿しながら和田が言った。

「健一のことは忘れてくれていい。きみのサジェッションはありがたかったが、山本に口止めした手前もあるからねぇ」

「おそらく、泣いて馬謖《ばしょく》を斬ることになるんでしょうねぇ」

「そうかもしれない」

和田は眉をひそめたが、あしたの朝、山本がけろっと態度を変えるような気がしないでもなかった。というよりそう願っていたというべきだろうか。

6

翌七月五日の朝八時三十分に、和田から山本に呼び出しがかかった。

長椅子で新聞を読んでいた和田は、笑顔で山本にソファをすすめた。

「おはよう。どうぞ、坐《すわ》ってください」

「おはようございます。失礼します」

山本は、用向きが和田健一のことであることは先刻承知していたが、和田の笑顔に接して、翻意したのだろうか、と思った。

だが、次の瞬間、山本の顔がこわばった。

「一晩考えて、わたしの気持ちを理解してくれたんじゃないか、と期待してるんだが、どうですか」

「ご期待に添えず申し訳ございません。わたしは、会長に考えを変えていただけるのではないかと祈るような思いで、眠れぬ夜を過ごしました」

眠れぬ夜は大袈裟《おおげさ》だとしても、あれこれ考えて、寝つきが悪かったのは事実だった。

「すれ違いだな。分かってもらえなかったのは残念至極だ」

和田の表情は目も当てられないほど険悪になった。

笑顔は作り笑いだったのだ、と思いながら山本は気持ちを奮い立たせて、言い返した。

「わたしの一生のお願いです。健一さんの希望を叶《かな》えてあげていただけないでしょうか。東和建設にとって、かけがえのない人材を失うことになると、わたしは考えます」

「もういい。出てってくれ」

「わたしは会長が後悔することを恐れます」

「余計なことは言わんでいい」

手を払われては、これ以上、ねばるわけにもいかない。山本は一礼して、引き下がった。

和田は貧乏揺すりをしていたが、山下昌子を呼び、「新井副社長を呼んでくれないか」と命じた。

「かしこまりました」

新井は、九時からの定例常務会の前に、なにか打ち合わせておきたいことでもあるのかな、と思いながら、会長執務室に顔を出した。

「おはようございます」

「おはよう。坐ってください」

和田は、手短に、甥《おい》の健一が東和建設への入社を希望していること、山本の意見が大歓迎であること、自分はそれに反対であることなどを説明した。

「さしつかえなければ、反対の理由をお聞かせください」

「新井さんほどの方が、太一との関係に思いを致しませんか」

皮肉を言われる筋合いではないが、なるほど、と新井は思った。

「会長は山本にも、そのことを伝えたのですか」

「もちろんだ。たったいま、再確認したが、山本の考えは変わらなかった。それどころか、わたしに意見がましいことを言う始末だ。新井さんはどう思いますか」

「会長の判断に従わざるを得ないと思いますが、健一君のことは、わたしも知らないわけではありません。かれは傷つくでしょうねぇ」

「それじゃあ、新井さんも、ぜんぜん分かってないのと一緒じゃないですか」

「ちょっと違います」

「どう違うんだ」

「会長は太一君と健一君を比較して考えておられるようですが、そんな必要があるんでしょうか。健一君は太一君の味方でこそあれ、敵であるわけがありません」

「あなたも、山本の意見なり考え方と同じですよ。困ったものですねぇ」

「分かりました。それで、わたしの役回りはどういうことになるんですか。健一君を説得すればよろしいのですか」

新井が時計を見ながら、先を急いだ。

「健一には、宮本君に会ってもらうのがいいだろう。産銀に大盛建設を紹介してもらい、修行させたらいいんですよ」

新井は小首をかしげながら、質問した。

「つまり、何年か経って、健一君を東和建設に入社させるというお考えなのですか」

「そんな先のことは分からんよ」

和田は相当いら立っていた。

太一のことになると、人間が変わってしまう。もう少し大物と思っていたが。神ならぬ人間は弱いものだ、と思うしかない。

「山本さんを手放すのはなんとも切ないが、大洋銀行に戻すしかないと思うんです。その点、新井さんの考えはどうですか」

新井はハッと胸を衝《つ》かれた。

和田がそこまで思い詰めているとは、想像だにしなかった。

「実は、北脇の意見も聞いてみたんだが、泣いて馬謖を斬るしかないという意見だった」

「北脇さんらしいですねぇ。山本とはソリが合うほうじゃなかったようですから、厄介払いができて都合がよろしいわけですね」

新井にしては精一杯の皮肉が込められていたが、案の定、和田は顔をしかめた。

「山本さんは大洋銀行の次代を担うエースなんでしょ。それとも、山本さんも傷つきますかねぇ」

皮肉の応酬みたいなことになって、新井は、苦笑を洩《も》らした。

「山本は、この程度のことで傷つくような軟弱《やわ》じゃありませんよ」

山下昌子が顔を出し、「そろそろお時間ですが」と、二人に告げた。

「三十分、ずらしてもらおうか」

「はい」

超ワンマンの和田ならではだが、新井が昌子を呼びとめた。

「ちょっと待ってください。九時五分から常務会を開催できると思います」

当惑顔の山下は、和田の顔を窺《うかが》った。

和田は黙ってうなずいた。

「山本にわたしから話すことは承知しました。七月二十日付でよろしいでしょうか」

「早いほうがいい。きょう付でいいじゃないですか」

「七月五日付ですか。大銀の然《しか》るべき筋に話す時間も必要ですから、十一日付ということでお願いできませんか」

和田は返事をせず、顔をそむけた。

いまや和田は、山本に対して可愛さ余って憎さ百倍の境地と思える。

山本の顔を見るのも厭なのだろう。

しかし、新井は、ここは引かなかった。

「山本を出向させるときもわたしは強引にやりましたが、戻すのも強引にやらせてもらいます。しかし、きょう付はいくらなんでも山本が可哀相です。山本が、あなたのためにどれほど尽くしたか、ぜひとも思い出していただきたいと思います。七月十一日付で、発令することをお認め願います」

「分かりました」

ぽつっとした声で、和田は答えた。

7

常務会は一時間で終った。

和田は、北脇を自室に呼んだ。

「山本の処分は、きみの意見を入れることにした。さっき新井に話しておいたからな」

北脇が崩しかけた相好を急いで引き締めたのは、和田の表情が厳しかったからだ。

「タイミングはどういうことになりますか」

「わたしは七月五日付を主張したんだが……」

「えっ！」

北脇が素《す》っ頓狂《とんきょう》な声を発した。

「しかし、感情論が過ぎるし、新井にも反対されたので、十一日付ということになった。山本がどれほどわたしのために尽くしたか思い出せ、と新井に言われたが、たしかに新井の言うとおりで、惜しい気がせんでもない」

「しかし、オーナーに逆らうなんて許せませんよ。会長の判断は絶対に間違ってません」

「うん。健一を入社させるのはどうにも気が進まん。太一を萎縮《いしゅく》させるわけにはいかんからなぁ。どうして、そういう人情の機微を山本が分かってくれないのか、不思議でならない。それどころか、新井まで四の五の言いやがった」

「バンカーなんて、そんなものですよ。チヤホヤされて、世の中のことが分かってないんです」

「宮本がなんと言うかねぇ」

「宮本社長は、バンカーの中では案外もの分かりがよろしいんじゃないですか」

山下昌子が湯呑《ゆの》み茶碗《ちゃわん》をセンターテーブルに置いて、引き取った。

和田と北脇が同時に茶碗に手を伸ばした。

二人は、ひと口煎茶《せんちゃ》を飲んで、茶碗を茶托《ちゃたく》に戻した。

「太一君をブラジルに同行させることになりましたか」

「恵美子と電話で話したが、太一は招かれざる客ということのようだな。アテンドする者がおらん、と言われたよ。秘書として連れて行きたいと、わたしが言ったら、だったらなぜ山本を連れて来ないのかと、言い返された。めんどくさくなったから、山本は大洋銀行の都合で、戻すことになったと話しておいたよ。山本なら、先回りするほど気が利くが、太一ではそうはいかんし、恵美子としても扱いにくいんだろうねぇ」

「奥さまのお気持ちはよく分かります。太一さんには遠慮がありますから」

「そうなんだ。ジョージの秘書は、エミーにまかせてくれとも言われたよ」

「太一さんも、遊びに行くわけではありませんから、会長に同行するのは気詰まりでしょう」

「そうかもしれない。太一に話したわけではないが、母親の手前もブラジルには行きたくないかもなぁ」

「そう思います」

和田がふたたび湯呑み茶碗をつかんで、口に運んだ。

「山本の後任をどう致しましょうか」

「人事と相談して、早いところ決めてくれないか。今回は、わたし一人で行くが、ブラジルに行くまでに気の利くのを探してもらいたいなぁ」

「承知しました」

北脇の声が弾んでいた。目障りな山本を放逐できたことが嬉《うれ》しくてならないとみえる。

8

北脇が和田に呼び出され、社長室長席を立った同時刻、山本に新井から電話がかかった。

「新井ですが、いま忙しいですか」

「いいえ」

「ちょっと来てください」

「承知しました」

山本は、「新井副社長に呼ばれました」と富永かおりに言い置いて、席を離れた。

新井は、山本とソファで向かい合うなり、硬い表情で用件を切り出した。

「山本さんは和田健一君のことで、会長の逆鱗《げきりん》に触れてしまったようですねぇ」

「もう副社長にも聞こえましたか」

「常務会が始まる前に、会長に呼ばれたのですが、まさか、そんなことになってるとは夢にも思いませんでしたよ」

「わたしも、けさ一番で会長から呼び出されました」

「結論を言います」

新井が居ずまいを正したので、山本も背筋を伸ばした。

「七月十一日付で銀行に戻ってもらいます」

「つまり、クビということですね」

「オーナーには逆らえないということですよ。わたしも、きみの意見に賛成です。そのことを会長に詰《なじ》られましたよ」

「にわかには信じられませんが、なんとか一年持ちこたえられたと思うしかありませんね。クビを斬られるとまでは、考えていませんでしたが」

「北脇さんが、泣いて馬謖を斬るべしと会長に進言したそうです」

「多分そんなことだろうと思ってました。社長室長にはだいぶ意地悪をされましたから。ハラスメント、いじめだと言ってくれた人もいます」

「太一君のことになると、会長は人が変わったようになってしまう」

「それも分からなくはありません。豊臣秀吉が秀頼を溺愛《できあい》したのと同じだと思います」

「そういうことなんでしょうねぇ」

「わたしのブラジルとパナマの出張はなくなったわけですね」

「同行するように言われてたんですか」

「はい」

七月五日付で出向を解くように、和田は言っていたのだから、それは当然だ。

新井が苦々しげに言った。

「わずか一週間足らずですが、自宅待機扱いにしましょう。早い夏休みと考えて、奥さんと旅行でもしたら、どうですか」

「ご配慮感謝します」

山本は目頭が熱くなるほど怒りがこみあげてきた。

バカ会長の顔を見るのも厭だし、バカ社長室長と顔を合わせるのも、まっぴらだ。

「会長はきみを東和建設の正社員にしたい、などとのたまわったことがあるが、あれは一体なんだったたんですかねぇ」

「気まぐれのたわごとに過ぎませんよ。それより健一さんが傷つくのが心配です。あれほどの好青年を、しかも甥《おい》っ子を……」

山本の声がくぐもった。

「父の供養になると考えて、東和建設に入社する途《みち》を選択したと話してましたが、健一さんの気概なり志を無にした会長を許すことはできません」

「きみは、健一君に会ったんですか」

「ええ。昨日の午後一時半頃来社し、会長も社長も会議中でしたので、わたしが応対しました」

「ふうーん。会長はそこまでは話さなかったが、そうだったの」

「わたしは健一さんに合わせる顔がありません」

山本は、健一との対話の内容を詳しく新井に話して聞かせた。

話しながら、いっそう怒りが募り、山本は絶句することも一再ならずあった。

「山本さんの話を聞いて、なんとか巻き返す手はないか、考えたくなりました。宮本さんと話してみましょうかねぇ」

「失礼ながら、副社長が傷つくことになりかねません。諦《あきら》めましょう。バカオーナーに付けるクスリはないと思います」

「わたしも、この会社には長居したくないと思ってます。宮本さんと、話してみる価値はあるでしょう」

「それこそ竹山首相か産銀の池島会長なら、バカオーナーを説得できるかもしれませんが、そういうレベルの話ではないと思うのです。失礼ながらもう一度言わせていただきますが、ぜひともおやめください」

「山本さんにそこまで言われると気持ちが怯《ひる》むが、少し考えさせてもらいましょうか」

「デスクとロッカーを片づけたあと、社内の挨拶《あいさつ》回りをしますが、銀行の都合で出向が解かれたで通します。白々しいですし、あとでバレるでしょうが、立つ鳥跡を濁さずで、挨拶抜きはまずいと思うのです」

「ふうーん。挨拶抜きで構わんと思うが」

新井は腕組みして、小首をかしげながら、話をつなげた。

「立つ鳥跡を濁さず、ですか」

「オーバーなことは重々承知してますが、一宿一飯の恩義のある人もおりますので」

このとき、山本は、福田の猪八戒《ちよはつかい》面を目に浮かべていた。われながら不思議な心象風景に思え、顔をしかめた。

「潔くて、山本さんらしいですねぇ」

「恐れ入ります」

「どうも」

山本も新井も起立して、低頭しあった。

9

和田が新橋の料亭〝たむら〟の小座敷に、宮本を呼び出したのはこの日の昼食時のことだ。

「海外出張を控えて夜の時間が取れないので、宮本さんの歓迎会の真似ごとをやらせていただこうということなんです。急に思い立って、お呼びたてして申し訳ありません」

「お気を遣っていただいて恐縮です」

「ランチタイムなので、料理は少な目です。アルコールもビール一杯にしておきましょうか」

ビールで乾杯し、昼食を摂《と》りながら世間話をしたあとで、和田は茶蕎麦《ちゃそば》を箸《はし》でこねくりながら切り出した。

「祥次郎の長男をご存じですか」

「健一君が、こんな小さいときから、よく存じてます」

宮本は、右手で背丈を示す仕種《しぐさ》をしてから、話をつづけた。

「大変な秀才で、弁護士志望と聞いた覚えがあります」

「ところが、気持ちが変わったらしくて、ウチに入社したいと言い出したんです。大方、司法試験をクリアする自信がなくなったんでしょう」

「…………」

「それで、あなたにお願いするのがいいんじゃないかと思ったんです」

「なにをですか」

「ストレートにウチへ入社するよりも、大手ゼネコンで十年ぐらい修行したほうが健一のためになるでしょう。あるいはウチあたりの準大手なんかに入社するよりも、大手でトップを目指すのも悪くないかもしれませんねぇ」

宮本は箸を置いて、居ずまいを正した。

歓迎会にかこつけて、和田が甥っ子の就職問題を相談したかったのだと気づいたからだ。

「健一君なら、加島でも志水でも入社できると思いますが。たしか大盛建設の会長は、竹《ちく》豊《ほう》会のメンバーじゃなかったですか」

「わたしも大盛がいいと思うんです。ただ、わたしが口を利くほどのこともないですよ。あなたに取りもってもらい、あなたの意見として、健一に伝えてくださいませんか。変に気を回されるのも、なんですから」

「承知しました。とにかく健一君に会いましょう」

「わたしの意思ではなく、宮本さんの意見だということで、くれぐれもよろしくお願いします」

和田は息子の太一と甥の健一が比較されることを惧《おそ》れているのだ、と宮本もすぐに呑《の》み込めた。

しかし、宮本はそんな和田に反感を覚え、少し意地悪をしたくなった。

「健一君が東和建設を強く志望したら、どうしますか。祥次郎君に対する思いも強いでしょう」

「宮本さんにまで、そういう質問をされるのは心外です。新井さんも、そうでしたが」

「いやいや……」

宮本はゆっくりと右手を振った。

「単に念を押したまでのことです」

「くれぐれもよろしくお願いします」

和田に頭を下げられたら、いやとは言えない。ただ、健一の就職問題で、和田が自分より先に新井と相談したとは意外だった——。

もっとも、宮本の疑問は一時間後には氷解した。

新井が社長執務室にやってきたのは、午後二時過ぎのことだ。

「会長と昼食がご一緒だったそうですが、先を越されましたかねぇ」

「和田健一君のことですね」

「山本を大洋銀行に戻すことは、まったく問題ないのですが、健一君を大盛建設に持っていかれるのは、勿体《もったい》ないと思いますよ」

宮本の眉《まゆ》が動いた。山本のことは初耳だった。

新井の話を聞いて、宮本は長嘆した。

「そんなことがあったんですか。泣いて馬謖《ばしょく》を斬るとは驚きました。会長は、山本君をあんなに買ってたのに……」

「バンカーには珍しく、ストレートにものを言い過ぎる点は、山本の長所でもあり、欠点でもあるんです」

「産銀には、そんなのがけっこういますよ。上に向かって、喧嘩《けんか》するのを生き甲斐《がい》にしてるようなのもいますからねぇ」

「風通しのよさは、産銀さんの美風なんでしょう。山本のことはもう済んだことですが、健一君については、なんとかしたいと思いませんか」

宮本は腕組みして、ふたたび深い吐息を洩《も》らした。

「お気持ちはよく分かります。しかし、オーナーには逆らえませんよ。わたしは、大盛建設で修行してらっしゃい、と健一君を説得しなければならない立場です。しかも、わたし自身の意見であることも、約束させられました。〝たむら〟の昼食ぐらいで、損な役回りを命じられて、割りにあいませんよ」

新井はなにも言い返せなかった。

10

出向を解かれ、大洋銀行に戻った山本は、七月二十日付で、人事部に配属され、同期のトップを切って課長に昇進した。

翌日の午後三時過ぎに和田健一から、山本に電話がかかってきた。

挨拶のあとで、健一が言った。

「いま、大手町駅近くにいるのですが、お邪魔してよろしいでしょうか」

「どうぞ。お待ちしてます」

「ありがとうございます。それでは五分後に伺わせていただきます」

「承知しました」

山本は、一階の受付で、健一を待ち受けた。そして、大手町ビル地下一階にあるティールームの小さなテーブルで、二人は向かい合った。二人とも移動するときにスーツを脱いで、ワイシャツ姿になっていた。

「先日はいろいろお世話になり、ありがとうございました」

健一は、電話を含めて、三度も山本に挨拶を繰り返した。

山本は皮肉を言われているような気がしたが、健一のほうに他意はなかった。

「お役に立てなくて、申し訳ありませんでした」

「とんでもない。山本さんとお目にかかった二日後に宮本社長とお会いしました。五、六年大盛建設で修行してこいと言われ、きょう大盛建設の人事部の方々と面接してきました。まだ役員面接やら、社長面接もあるそうですが、宮本社長のお計らいで、採用内定ははじめから決まっているようです」

「宮本社長は、五、六年修行してこいと言ってましたか」

「はい。わたしも、太一さんのように直接東和建設に入社するよりも、大手のゼネコンで勉強させてもらったほうがベターだと思います」

健一が宮本の言葉を信じて疑っていないことは、きらきらした目の輝きからも見てとれ、山本は気持ちが滅入《めい》った。

宮本としても、そうとしか言いようがなかったのだろうが、健一が東和建設に中途入社できる可能性はきわめて少ない。このことは、俺が和田征一郎の逆鱗《げきりん》に触れて、出向を解かれた事実が示して余りある――。

二人は、しばらく口をつぐんで、コーヒーを飲んでいた。

「失礼ですが、山本さんが東和建設をたった一年でお辞めになった理由は、どういうことなのでしょうか」

出し抜けに健一から訊《き》かれて、山本はドキッとした。

「宮本社長から、なにか聞いてませんか」

山本は反問して、時間を稼いだが、返事のしようがない、というのが正直な気持ちだった。

「お尋ねしたのですが、よく分からないという返事でした。大洋銀行の都合だろうとは言ってましたが」

「まあ、そんなところです」

「でも、出向期間が一年というのは短すぎるように思います。逆に、五、六年の修行期間は長すぎるような気がしますけど」

山本は、思案顔でコーヒーカップをソーサーに戻した。

「わたしは直言居士《こじ》というのか一言居士《いちげんこじ》というのか、ひと言多いほうなんです。東和建設の上司とソリが合うほうではなかったのも、その一因なんじゃないですか。銀行の都合も少しはあるかもしれませんけど」

「伯父《おじ》とぶつかったことはあるんですか」

素朴な質問だが、山本は眉をひそめた。

「うーん。いまをときめく東和建設のオーナーに対しても、けっこう言いたいことを言ってましたから、和田征一郎さんからも、うとまれたかもしれませんよ」

山本は、冗談めかして言った。すべてを話してしまいたい誘惑に駆られたが、いくらなんでもそれはない。

「和田さんなら大盛建設で、社長になれるかもしれませんよ。五、六年の修行も悪くないが、そういう志を持って頑張ってください」

山本は、はぐらかすように言って、時計に目を落とした。

11

関西新空港の護岸工事をめぐるゼネコンの談合事件が発覚したのは、山本が和田健一と会った一か月ほど後のことだ。

関西新空港が護岸工事に着手したのは、昭和六十二（一九八七）年一月だが、土砂を供給している海上埋立土砂建設協会（海土協）八社の中核は大森組、東和建設などだ。

わずか一年余の在籍とはいえ、東和建設の行方は気になる。

この談合事件をスクープしたのはC新聞だ。八月二十五日付夕刊一面で大きく報じられた。

〝関西新空港の護岸工事〟〝建設八社が土砂で談合〟〝売却価格もヤミ協定〟の大見出しをしかめっ面で見ていたとき、山本のデスクの電話が鳴った。

「はい。大洋銀行です」

「C新聞読んだのか」

「ああ、河原……。いま、新聞を手にしたところだよ」

「ちょっと会えないか」

「人事部へ来てくれるのか」

「いいのか」

「こそこそすることはないだろう。じゃあ待ってる」

午後四時過ぎに、山本と河原は人事部の応接室のソファで向かい合った。二人ともワイシャツ姿だ。

「山本は先刻承知だったのか」

「関空で、なにかあるぐらいのことはね。なんせ、専任の副社長を関西に常駐させてたからねぇ。しかし、具体的なことは知らない。河原はどうなの？」

「仕切り役の業務屋が大森組常務の島岡清ぐらいのことは、誰が考えても分かるよなぁ。海土協の会長だし、淡路島《あわじしま》の土砂に目をつけたのも島岡だろう」

「詳しいねぇ。C新聞には、そこまでは書いてなかったけど」

「関空が運輸族の議員に、いいように食いものにされてたことは間違いないが、淡路島に土砂の採取場を持たない大森組が、東和建設と同等の四百万立方メートルの配分を得られた裏に、島岡が自社への利益誘導を計ったことは見え見えだろう。東の上村《うえむら》、西の島岡は名うての業務屋として聞こえているからなぁ」

昭和六十三（一九八八）年八月現在、新関西空港の護岸工事の進捗《しんちょく》状況は約九〇パーセントだった。

護岸工事に要する土砂は約二千万立方メートル（空港全体で約一億五千万立方メートル）で、このうち四百万立方メートル割り当てられたのが大森組、東和建設などだ。談合による土砂の統一価格は現場までの船賃込みで一立方メートル当たり千百三十円。百円のサヤがあるとされているので、四百万立方メートルなら四億円だが、関空全体に及べば、どえらいことになる。

山本が右掌で頬を撫《な》でながら、引っ張った声で言った。

「東和は、新都庁舎ではかすりもしなかったけれど、関空では和田征一郎に気合いが入ってたのを思い出すよ」

「俺が心配してるのは、ヤミカルテルで東和も公取委に摘発されるんじゃないかっていうことなんだ。おまえは、いいタイミングで大銀に戻れて、ついてるよなぁ」

「仮に東和建設に出向してたとしても、僕に累《るい》が及ぶはずはないね。一年ちょっとでクビになったのは、いまだに釈然としないけど」

「それで、一選抜中の一選抜っていうのは、どういうことなんだ。まるで焼け太りじゃないか」

「冗談言うなよ。人事なんて、僕の柄じゃない。営業の河原が羨《うらや》ましいよ」

「それこそ冗談じゃないぞ。俺もいまのポストが三年になるから、都内の支店に出してもらいたいくらいだ。まだ支店長は無理だから、副支店長だけど、業績のいい支店を見つくろってくれよ。ほんと頼むぜ」

河原は身を乗り出して、山本の膝《ひざ》を叩《たた》いた。

「俺にそんなパワーはないが、副部長に話しておくよ」

山本はまぜっかえすように言ってから、表情を引き締めた。

「話は飛ぶけど、ゴルフ場は処分したのか」

「いや、まだだ」

「こんな調子で、土地や株が上がるのは、おかしいと思わないか」

「株の業界紙に、アメリカのアナリストたちの間で東京市場のバブル論が出ているという記事を読んだ覚えがあるけど、俺はまだ強気論者に与《くみ》するよ」

「バブルって、あぶくってことだな。初めて聞く言葉だが、警鐘として受け止める必要があるように思うが」

山本は、なんの脈絡もなく、新井哲夫の温容を目に浮かべていた。

「長居したくない」と新井は言った。あのときは冗談と思って聞き流したが、本音だったのだろうか。

和田征一郎の勝ち誇ったような顔も思い出されてならない。

不意に言い知れぬ不安感に襲われ、山本は、身内のふるえるのを制しかねた。


（完）

解説

中沢孝夫
（兵庫県立大学教授）

サラリーマンの最大の関心事は「人事」にある。仕事の達成感は大事だが、自分の昇任や昇格に無関心という人はいないだろう。自分のことだけではない。トップは誰になるかを含めて、社内の上から下までの出世や左遷は最大の酒の肴《さかな》であり、盛り上がるために欠かせないテーマだ。喜びや悲しみ、あるいは憎しみ、そしてまれに満足がそこにはあるからだ。

それゆえ普通のサラリーマンにとって、会社とは人生そのものであるといえるようになってしまうのである。職場では、生活の糧を得るだけではなく、いやもおうもなく、人格の形成や生き方そのものが培われてしまったりするのだ。それは良い悪いではなく事実の問題なのである。

会社あるいは組織で生きたものならば経験があるはずだ。「誰とどのようにして働くか……」によって人の運命は大きく変わるということを。もちろんなかには職場環境にスポイルされず、本書の主人公である山本泰世のように、強く生きるものもいるが、それは多くの人にとって夢である。現実の職場は尊敬できる上司にめぐまれる幸運もあるが、実際は自分の得になることだけを考え、歪《ゆが》んだ人格をもち、直接の部下のみならず、目下を見れば奴隷だと思っている「上司」がたくさんいるのが会社の常だろう。

高杉良の小説の面白さのひとつに「いるいる、こういう奴、いるね」と、思わず膝《ひざ》を叩《たた》きたくなるほどリアルな存在感をもった人物の登場がある。だいたいにおいて度しがたい人物だ。この小説の場合は二人いる。一人は山本泰世の出身の職場である大洋銀行の先輩であり、現在、山本の出向先である大手ゼネコンの東和建設の常務となっている刈田浩二だ。

山本が東和建設の社長、和田征一郎の秘書役として、首相の秘書官との連絡役になるという大命が発せられたとき、刈田に呼びつけられ次のようなやりとりをする場面がある。「山本が首相官邸に出入りするようになれば、いろんな情報が入ってくるだろう。細大洩らさず、俺にも報告してもらいたいんだ」。応接室の長椅子で、ふんぞりかえってのご託宣だ。

これに対して「必要に応じて、常務にもご報告しますが、細大洩らさずは、いかがなものでしょうか」と山本が答える。すると、「おまえ、誰に向かってものを言ってるんだ。必要に応じてではないだろう」。刈田はこめかみの静脈を切れそうなほど浮き立たせて、猛《たけ》り立ち「俺は大銀の利益代表だ。出向者の立場をわきまえているのか」と怒鳴る。

「わきまえています。（しかし）社長秘書の立場もあります。必要に応じてがお気に召さないようでしたら、常務への報告はお断りさせていただきます」。（こんな莫迦《ばか》のいいなりになるいわれはない、と思いながら）山本は一揖《いちゆう》して刈田に背中を向ける。胸のすくような場面である。宮仕えをするものはいつも言葉を呑《の》んでいる。会社というのは泣く子と地頭の揃い踏みのような場所であり、いいたいことの十分の一もいえないのが普通だ。面従腹背がせいぜいである。だから本書の主人公・山本泰世の存在は際立つのである。

山本にとってもう一人の憂鬱《ゆううつ》な存在は、直接の上司である社長室長の北脇謙一だ。和田社長に全幅の信頼を寄せられ、大洋銀行からスカウトしたいといわれている山本の存在が自分の影を薄くするのではないかと、北脇のハラスメントはすさまじい。男の嫉妬《しっと》や恨みの恐ろしさがこの小説でよくわかる。

もう一人、登場人物のなかで楽しいのは、和田社長の後妻の恵美子である。超大手ゼネコンと肩を並べることは国内的に無理な東和建設を飛躍させるために、和田が乗り出した国際ホテルチェーンの運営のために欠かせない存在でもあり、権力欲も強い。そして何よりも、男を銜《くわ》えこもうとする行動力がある。山本をナイヤガラのホテルでたらしこもうとする場面や、クルマのなかで成田空港へ迎えにいった山本の膝に触ったりするが、「こんな女が身近にいたらスリルがあって楽しいだろうな」と読者に思わせるものがある。

ところで筆者（中沢）が、この小説の登場人物のなかで一番好きなのは、「眼鏡をかけた猪八戒」こと開発部長の福田淳である。福田はゼネコンに欠かせないマル暴や総会屋対策のいわば汚れ役だ。しかし汚れ役は表に出ないお金を扱うが故に、役得も大きい。山本泰世が和田社長の信頼をかちえたのを見た瞬間の近づき方が見事である。北脇のように意地悪をするのではなく、懐柔する側にまわった。自分の女が経営する行きつけの銀座のクラブに連れて行き、「気に入ったらいつでも使って下さい」というだけの器量がある。嫉妬を表すのではなく、どうしたら利用できるか、と考えるところが福田のよさである。人生で楽しいのは福田のような生き方かも知れないのだ。社会正義であるとか、人間としての生き方といった、耳ざわりはよいが、実際のサラリーマン社会ではなかなか成立しがたいところには生き方の根拠をおかず、リアリズムに徹しているところが面白いのだ。

しかしリアリズムだけでは身も蓋《ふた》もない。小説には夢が必要だ。そして現実のなかにも、真摯《しんし》に生きようとする人物が少数だがたしかにいる。高杉ワールドの主人公の典型のひとつが、良識も常識もあるミドルエリートの存在だ。権力者（人事権者）へも堂々と正論を述べるのだ。山本泰世がそれである。

本書は、バブルの前夜、一九八七年、大洋銀行企画本部調査役の山本泰世が大手ゼネコン（東和建設）に出向を命ぜられ、一年間で帰ってくるまでの物語だが、他の高杉小説と同じように、さまざまな登場人物や出来事を通して、ゼネコンの世界が一通り理解できるようになっている。

例えば東京都庁の新宿新庁舎建設をめぐる談合や丹下健三とその妻を連想させる描写な

どのリアリティは、著者の取材の徹底ぶりをうかがわせてあまりある。

ゼネコンとのかかわりで、銀行がどのように「案件」をつくり融資を実行するのか。その融資の決定方法。株の持ち合いの方法。メインバンクの座をめぐる確執。そして人事。銀行が内部での競争に負けた人間を、いったん常務や取締役に格上げし箔付《はくづ》けした上で、企業に押し込む場面など、なるほどと思う。あるいは出向者の立場。とくに重要な情報からはずされたときのメンツのなさ。

小さなところをあげると、大企業の資金調達の場合は貸す側の銀行と、短期融資は約束手形で、長期は証書貸付契約を結んでいて、証書貸付の場合は書換えなど煩雑な手続きが不要であること。あるいは当座貸越の仕組みなど、こういうビジネスに暗い人間にとって一通りの知識になるのである。

あるいは、竹下内閣登場時の雰囲気。政治家と財界のつきあい。料亭内の宴会風景（例えば杯のやりとり）。社葬をめぐり、だれが弔辞を読むか（超がつく出たがり屋がいっぱいいる）といったことなど、実にリアルで面白いのである。

その他、小料理屋での酒や肴のこと。ウイスキーやワインの種類、あるいはタクシーかハイヤーか、などの微妙なランキングとやりとり。サラリーマンがほっと息をつく場所。それらの描写の細やかさはこれもまた高杉の取材力によって裏付けられている。たんなる想像では書けないのだ。構想はしっかりした取材によって裏付けられる。面白い小説、よい小説は本書のようにディテールがしっかりしているのである。

筆者（中沢）は、銀行小説の金字塔ともいえる「小説 日本興業銀行」によって、戦後日本経済史の知識の膨らみを獲得したが、高杉ワールドはいつも読者にたくさんの知識と情報を与えてくれる。

日本が世界経済の先端に立ったのではないかと一瞬錯覚し、その後の底の抜けたような日本を象徴する、ゼネコンと銀行そして政治の世界を、鮮やかに切り取った傑作が本書である。

本書は二〇〇三年九月、ダイヤモンド社から刊行された単行本を文庫化したものです。

小《しょう》説《せつ》 ザ・ゼネコン

高《たか》杉《すぎ》 良《りょう》

角川文庫 13763

平成十七年四月二十五日　初版発行

発行者——田口恵司

発行所——株式会社角川書店

東京都千代田区富士見二—十三—三

電話　編集(〇三)三二三八—八五五五

営業(〇三)三二三八—八五二一

〒一〇二—八一七七

振替〇〇一三〇—九—一九五二〇八

印刷所——暁印刷　製本所——コオトブックライン

装幀者——杉浦康平

た 13-13　ISBN4-04-164318-X　C0193

角川文庫発刊に際して

角川源義

第二次世界大戦の敗北は、軍事力の敗北であった以上に、私たちの若い文化力の敗退であった。私たちの文化が戦争に対して如何に無力であり、単なるあだ花に過ぎなかったかを、私たちは身を以て体験し痛感した。西洋近代文化の摂取にとって、明治以後八十年の歳月は決して短かすぎたとは言えない。にもかかわらず、近代文化の伝統を確立し、自由な批判と柔軟な良識に富む文化層として自らを形成することに私たちは失敗して来た。そしてこれは、各層への文化の普及滲透を任務とする出版人の責任でもあった。

一九四五年以来、私たちは再び振出しに戻り、第一歩から踏み出すことを余儀なくされた。これは大きな不幸ではあるが、反面、これまでの混沌・未熟・歪曲の中にあった我が国の文化に秩序と確たる基礎を齎らすためには絶好の機会でもある。角川書店は、このような祖国の文化的危機にあたり、微力をも顧みず再建の礎石たるべき抱負と決意とをもって出発したが、ここに創立以来の念願を果すべく角川文庫を発刊する。これまで刊行されたあらゆる全集叢書文庫類の長所と短所とを検討し、古今東西の不朽の典籍を、良心的編集のもとに、廉価に、そして書架にふさわしい美本として、多くのひとびとに提供しようとする。しかし私たちは徒らに百科全書的な知識のジレッタントを作ることを目的とせず、あくまで祖国の文化に秩序と再建への道を示し、この文庫を角川書店の栄ある事業として、今後永久に継続発展せしめ、学芸と教養との殿堂として大成せんことを期したい。多くの読書子の愛情ある忠言と支持とによって、この希望と抱負とを完遂せしめられんことを願う。

一九四九年五月三日